文豪、社長になる

門井慶喜

文藝春秋

目次

寛《ひろし》と寛《かん》　5
貧乏神　79
会社のカネ　141
ペン部隊　217
文藝春秋　287

装画　井筒啓之
装丁　野中深雪

文豪、社長になる

一

寛《ひろし》と寛《かん》

この高松にも、とうとう大きな図書館ができる。

誰でも無料で本が読めるようになる。

と、街のあちこちで大人がうれしそうに話すのを聞いて、十七歳の菊池寛《きくちひろし》は、

「ほんま、あほやな」

中学校の教室で、友達の矢野《やの》君へ鼻で笑ってみせた。

「ほやって、いまは日露戦争のまっさいちゅうやろ。政府も役所も戦費《かかり》の調達に大わらわやのに、なんで図書館やこ不要不急のもんのために金がかけられるもんか。これしきのこともわからんのやけん、やっぱり街の連中はほっこや。くそぼっこや」

矢野君も、

「ああ、あほうや」

「ここを使わんけん」

と、寛は、自分のこめかみを指で突いた。明治時代の中学生というエリートが一般大衆を侮蔑《ぶべつ》するときの典型的なしぐさだった。

ところが、これは実現したのである。香川県教育会は高松市七番丁《しちばんちょう》四十六番地の旧製糸場の地所と建物を購入した上、明治三十八年（一九〇五）二月十日、同会図書館を開館させた。蔵書数、一万八千八百四十六冊。

市民には無限と同義だった。教育会が購入したもの、徳川時代の高松藩校・講道館から引き継いだものに加えて、広く一般から寄贈を受けたものの総和である。

(俺のために)

と、寛は、思わざるを得ない。

何しろ場所が場所だった。家とおなじ町内である上、中学校への道すがらにある。つまり学校帰りに寄ることができる。寛はさっそく行ってみた。門を入ると、建物が視界に入りきらないほど横に長いのが頼もしく、わくわくする。だが玄関で吏員《りいん》に、

「入場料を」

と言われて戸惑った。家が貧しいのである。寛は、

「無料で読めると」

「なかへ入れば、そらそやけんど」

寛は家に帰り、父にたのんで金をもらい、図書館で一か月間有効の入場券を買った。わずか五銭。その発行番号が一番だったことは、若い自尊心を刺激した。

（俺は、一番の読書人じゃ）

翌日から、通いつめた。

製糸場時代にしみついたのだろう、蚕《かいこ》の繭《まゆ》の生ぐささの甘くただよう閲覧室で、漢詩だの、講釈本だの、滝沢馬琴《たきざわばきん》や十返舎一九《じっぺんしゃいっく》の読本《よみほん》だの、徳冨蘆花《とくとみろか》『自然と人生』だの、夏目漱石《なつめそうせき》や森鷗外《もりおうがい》だの、ツルゲーネフやイプセンだの……かたっぱしから読みふけった。学校へ行くと、例の矢野君など、

「街の連中、やっぱりあほうやな。役人の口車にさっさと乗せられとる。日本がロシアに宣戦布告した、ちょっきし一周年の日に図書館を開館させて、『戦争と読書、文武両道の記念日なり』やなんて、こじつけもええとこや」

と批判したものだが、寛はあっさり、

「まあ、いいじゃないか」

閉館時間に館を出て、夜闇のなかを家へひとりで歩いて行く。その姿を見て、街の大人は、

「ああ、また菊池さんとこの」

とうわさした。

「こんまいころは蜻蛉《とんぼ》釣りや百舌《もず》狩りなんぞに熱中して、ずいぶん腕白《わんぱく》な坊《ぼん》やったけんど、さすがは血やのう。藩政のころ江戸へ出て漢詩の名手になったゆう菊池五山《ござん》翁の後裔《すえ》だけある」

「学校の成績も四、五番はくだらんのやと」

「いずれは五山翁のように、東京へ出るんかのう」

「出るやろう。家《うち》には兄さんがおるけん」

「三男は、兵隊に取られるで」

「戦場で死ぬんは、かわいそうやのう」

「出たら偉物《えらぶつ》になるのにのう」

「末は博士か、大臣か」

「この高松からのう」

なかには直接、

「がんばれ」

と声をかける者もある。そんなとき寛は顔を赤くして、あごを胸に埋めるようにして、

「はい」

元来、内気な少年なのである。寛はけっして美男ではなかった。頭そのものが大きい上に肌の色が浅黒く、目が細く、鼻が太い。

中学校での渾名《あだな》が「炭団《たどん》」、すなわち木炭の粉末を球形にかためた燃料であることも納得できる面貌《つら》であるが、しかしこういう仕草をすると、よく見れば、可愛気がないこともないようだった。

†

十一年後。

寛は二十八歳になり、東京にいる。

早稲田南町《みなみちょう》の師の家で、師の死に顔を見おろしている。

師とは夏目漱石である。当代最高の小説家、英文学者。その死に顔は立派だった。胃潰瘍《いかいよう》の発作が来たということだが、それにしては左右の目はやさしく閉じられているし、にもかかわらず、何かしら安堵をこばむ感じがある。

頬骨は、しっかり上を向いている。鼻の下のひげに光沢はないが、ふれればいかにも強《こわ》そうだった。いったいに人間の顔というのは死ぬと極端に若く見えるか、極端に老いて見えるかのどちらかだけれど、この人はただ現在の年にしか見えなかった。

現在五十、享年五十。少なくともこの世でこうして生きている自分の面貌より、よっぽど、

（生きてる）

寛は、そう思わざるを得なかった。

心のなかで別れを告げ、その顔へ白い布をかけなおした。

合掌《がっしょう》して立ちあがり、ひとつ手前の和室へ下がる。ふだん師が門人との面談に使っていたその部屋は、いまもまた門人でいっぱいだった。

彼らは、おおむね世代ごとにまとまっている。遺体にいちばん近いあたりを占めているのは小《こ》宮豊隆《みやとよたか》、森田草平《もりたそうへい》、岩波茂雄《いわなみしげお》、鈴木三重吉《すずきみえきち》といったような、いわば門人第一世代である。

少し離れて第二世代。赤木桁平《あかぎこうへい》、和辻哲郎《わつじてつろう》、内田栄造《うちだえいぞう》（百閒《ひゃっけん》）。

さらに離れたところに松岡譲《まつおかゆずる》、久米正雄《くめまさお》がいて、寛の足は、おのずからそっちへ向かった。寛自身もやはりこの門人歴のもっとも浅い第三世代に属するのである。松岡と久米のあいだへ座って、

「先生の死は、まったく早すぎるよ」

などと世間なみの痛惜の言でも吐けばいいのだが、しかしこのときの寛は、心にうしろめたさがある。ふたりが気づくよりも先に足をとめ、向きを変えて部屋のすみへ行き、ひとりで正座した。

うしろめたさの原因は、

(門人じゃない)

これに尽きる。自分はこの通夜の場に、門人として来ていない。

「記者として、だ」

つぶやいて、下を向いた。この光景を正視できない。寛はいま「時事新報」紙の社会部記者なのである。

「時事新報」自体は、名門である。明治二十年代にいちはやく世界最大の国際通信社ロイター社と独占契約をむすび、不偏不党を標榜《ひょうぼう》し、日露戦争時には号外をつぎつぎと発行して読者の関心に即応した。

まさしく日本を代表する日刊新聞のひとつ。だがそれだけに記者は取材につとめねばならず、このたびも上司である社会部長・千葉亀雄《ちばかめお》から前もって強く命じられている。

「漱石先生は朝日新聞の社員だから、通夜や葬式もあの連中が仕切ります。よその記者には立ち入らせないにちがいないが、菊池君、君なら門人ということで入ることができる。うんと談話を取って来てください」

実際ここまで、事は千葉のもくろみどおりに進んでいた。寛は玄関でおなじ第三世代の久米正雄に出くわしてあっさり上がらせてもらったし、いま家の外からは、

「なんで入《はい》れんのです」

「話を聞くだけ。すぐ済みます」

などという怒号に近い声が聞こえる。他社にちがいない。いつのまにか出ていたらしく、第一世代の森田草平の声が、

「今夜はいっさいお断りします。あとで朝日が談話を発表しますから」

幸運なのか、不運なのか。寛はいよいよ、

（やらねば）

この業界で言う「種取《たねと》り」を。

顔を上げ、部屋を見れば、やはりほとんど門人たちで占められている。師の妻の鏡子《きょうこ》さんや息子や娘は別室にいるから、朝日の連中もそっちへ詰めているのだろう。いまが絶好の機会なのだ。となると、最初にあたるべきは誰か。これはもう、

（小宮さん）

寛は、第一世代の集まりへ目を向けた。この人しかない。何しろ小宮豊隆ははやくから漱石門

下の逸材と呼ばれ、文芸評論や演劇評論に筆をふるっているばかりか、現在は東京医学講習所（現在の東京医科大学）でドイツ文学を講じてもいる。

ゆくゆくは帝国大学に招かれるという評判もあって、もっともニュース・バリューのある人なのだ。いちおう面識もあることだし、ひょっとしたら自分のこの苦しい立場を、

（わかって、くれるかも）

寛は立ちあがり、空巣のように足音をしのばせて行って、顔の長い丸めがねの男のかたわらへ端座して、

「小宮さん」

小宮はそのとき、腕を組んで目を閉じていた。目をひらき、こちらを向いて、

「ああ、菊池君」

「こんばんは」

「こんばんは。君もさだめし心痛だろうね」

「ええ、はい。それはもう」

「君はまだ若いから。もっといろいろ教えていただきたかったろうに……」

「あの、談話を」

言いかけたら顔色が変わり、高声《たかごえ》で、

「こんなときに」

短刀で刺すような口調だった。

後頭部に、部屋中の視線の槍の集まるのを感じる。刺されたように痛い。寛は、

「すみません」

腰を浮かし、かかとだけで後退《あとじさ》りした。

そのまま部屋のすみへ戻り、尻が落ちた。あわてて正座しなおすと全員いっせいに目をそらした。

寛はうつむいた。顔が火のように熱いけれども、

(当然だ)

みんな先生のためにいる。自分は月給のためにいる。そのことが満天下に露呈してしまった。

小宮は元来、考えかたに偏りがある。

漱石門の筆頭を自任するのはいいとして、ほかの門人への評価もまず師への愛を尺度とする。すなわち学問とか、見識とか、文章の品格とかいうものよりも単純な忠誠心をあげつらうので、ひょっとしたらそれは漱石自身の嫌悪したあの非合理な精神主義そのものではないかと寛などは疑ったりもするのだが、とにかくそんなふうだから、小宮は今後いつまでも、誰に対しても、

「菊池のやつは、漱石先生を冒瀆《ぼうとく》した。門人失格だ」

などと言うのではないか。言うだろう。言うに決まっている。そしてそれは事実なのである。

(なぜ)

寛は、自問せざるを得なかった。

なぜ自分はこうなったのか。月給うんぬん以前に、そもそもどうして社会部の新聞記者などと

いう文人の香気ただよわぬ会社の籠《かご》の鳥になったのか。

ほんとうは自分も漱石師のように文壇で名を成したいと思っているのに。ここにいる人たちは、小宮だけではない、みんな評論や小説で江湖《こうこ》の喝采《かっさい》を博したり、大学や高校などで教えたりと文学の表舞台をふんでいるのに。

(なぜだ。どこで人生をまちがえた)

ふりかえれば、中学校のころは神童だった。学校で首席を取ったこともあるし、取らなくても四、五番はくだらなかった。

家へ帰る道すがらに図書館が開館したときには一か月間の入場券を買って入りびたったから、いよいよ街の評判は高くなった。ところが……そう。卒業後、東京に出て、大塚の東京高等師範学校へ入ったらおかしくなってしまったのだ。

何というか、学校を挑発しはじめた。授業へ出るのに教科書を持たない、ノートも持たない。そのうち授業そのものに出なくなった。

ひとりで芝居を見に行ったり、寄宿舎に帰ってテニスに興じたり。後者のときはどうして勝手に休んだのかと生徒監の助手に詰問されたが、寛はすみませんと言うどころか逆に胸を張って、

「頭が痛くて休みましたが、テニスをすれば治るかと」

そのくせクラス会で演説大会があると聞くと、率先して壇上に出て、

「個人主義よ、大いに興《おこ》れ」

などと一席ぶつ。声をはりあげる。個人主義というのは個人を社会または国家と対立するもの

と見なし、その上で個人のほうに重きを置くという思想であるからして、社会から見れば風俗壊乱の勧めにひとしい。

ましてやそこは、東京高等師範学校なのである。その名のとおり教師養成のための学校なので、学生は諸事穏健、保守的であることを求められるし、実際そういう学生ばかりだった。そんなところでこんな犯罪者予備軍みたいな思想を主張したのだから結局クラス会が興ざめな感じで終わってしまったのも当然だったろう。寛はこのとき、社会と校風どちらもに対して反旗をひるがえしたのである。

こういう態度の代償は、結局のところ、寛みずからが支払わなければならなかった。寛は二年生の夏休みのとき、高松に帰省して家でのんびりしていると、とつぜん学校から一通の封書を受け取った。

「何かな」

つぶやきながら封を切ると、なかには除籍の通告書が入っていた。

いまにして思えば、まあ自業自得としか言いようがない。そのまま高松でくすぶっているわけにもいかないので再上京したが、これを皮切りに、寛は、退学癖《へき》がついてしまった。まずは明治大学の法科に入るも二、三か月でやめ、さらには早稲田大学の文科に入ってまたやめた。もっとも、早稲田のほうの退学の理由はいちおう堂々たるもので、官立の第一高等学校に受かったのである。

大学から高等学校へ、というのは名称の上では格落ちのように見えるけれども、この場合はちがう。第一高等学校は東京帝国大学の予備課程という性格が強く、進学率がきわめて高いため、実質的には東京帝国大学へ入ったようなものなのである。高松の実家も、この報には大いによろこんだという。

入学試験の成績もかなり上のほうだったらしいが、しかしこの学校も結局は卒業直前にみずから退校願を出してしまった。

友達が誰かのマントを盗んで学校当局ににらまれたため、その身代わりになったというのが直接の原因だけれども、要するに、そういうつまらん事件を口実にして人生の駒をうしろへ引いたわけである。

一種の成長拒否症だろう。これで六年間に四つの学校を中退したわけで、われながら堪《こら》え性《しょう》がないというより乱心である。この期間に得たものといえば、しいて言えばふたつだろうか。ひとつは学生であることを理由として徴兵が免除になったこと。もうひとつは、上野の帝国図書館へかよって本を読む習慣がついたこと。特に西鶴には耽溺《たんでき》した。むろんこれも、ほかに似たような学生がいるのだから自慢にもならないわけだけれども。

こうなれば、進学などできるはずもない。

二十六歳にもなって、最終学歴は中学校なのである。だがこのときには、みょうな運がはたらいた。退校後にマント事件の嫌疑が晴れて、学校のほうから卒業検定試験の受験をすすめられ、まったく準備していなかったものの合格したのだ。

すなわち、進学への道がひらけた。しかしこの間《かん》の事情はどうやら東京帝国大学のほうには嫌われたらしく、種々のやりとりの末、京都帝国大学へ行くことになった。学科は英文科。一高時代の友達はみんなすんなり東京へ進んだので、寛ひとり、はぐれ鳥のような恰好になった。

京都は、何しろ田舎だった。最初に着いた日に駅ちかくの旅館に泊まって、

「みやこ落ちですよ」

と自嘲してみせたら、仲居が真顔で、

「みやこは、ここどすえ」

この返事こそ田舎の何よりの証拠だと寛は自分があわれになった。大学の同級生はみんな年下だから仲よくもなれず、しかし今回はそれが逆によかったのかもしれない。寛は勉強に集中した。とりわけ東京でさんざん芝居を見に行った余熱のようなものからか、イギリスやアイルランドの戯曲は熱心に読んで、論文もそのへんのことを書いて、すんなり三年で卒業した。

ときに二十九歳である。これでもう京都などには用がないので東京へ帰り、一高時代の友達と会うようになり、彼らとともに漱石の家を訪れるようになり、時事新報社に入社して社会部記者となり……。

（どこで、じゃない）

寛は、泣きたくなった。

（俺はこれまで、いたるところで人生をまちがえてる）

それも、ものはずみではなく、みずから好んで。こんなことで大学や高校の先生になどなれるはずもなく、ましてや文壇で名を成せるはずもなく、むしろ新聞記者になれただけでもありが

たいくらいではないか。もっとも、その新聞記者としても、この調子では出世の見込みはないだろうが。

社へ帰ろう。寛はそう思った。自分はこの通夜の場にふさわしい者ではない。部長には叱られるにちがいないけれど、どのみち出世しないなら何でもいい。

と、

「あれ？」

小宮豊隆の声である。

寛は、小宮のほうを見た。この門人筆頭は、部屋の向こうの第三世代、松岡譲や久米正雄へ声を投げて、

「あの子はどうした。来ないのかね」

「あの子？」

と久米が首をかしげると、

「ほら、あの子だ。君らの学年でいちばん先生に目をかけられてた」

言葉にとげがある。目をかけられたにもかかわらず顔を出さないのはけしからんと言いたいのだ。久米が、

「ああ、彼ですか。横須賀です」

「横須賀？」

「海軍機関学校の教官ですから。英語を教えて」

「そうだったかね」

「電報はもらってます。葬儀にはかならず出るそうです」

「そうかね。やはりあの子は来なければ……」

「芥川です」

「何？」

「あくたがわ、りゅうのすけ」

久米は、口調を少しゆっくりにした。名前くらいおぼえてくださいと言いたかったのだろう。寛は内心、久米に同意した。この芥川龍之介という新進気鋭の小説家、誰がどう見ても一介の英語教師では終わらないどころか日本文学史にも残るかもしれない人間をこうも粗雑にあつかうとは。

もっとも寛は、久米ほどには勇敢ではない。どういう声もあげられなかった。まわりの人の目を気にしてというより、これもまた、自信のなさのせいなのだろう。寛はほどなく立ちあがり、漱石邸をあとにした。

†

芥川龍之介は、寛の四つ下である。

しかし一高の同級生である。おなじ英文科だったから教室をおなじくすることが多かったが、しかし当時はあまり口をきかなかった。

何しろ芥川は東京うまれの東京そだちである。実家（厳密には養家）の芥川家は旧幕のころには代々、数寄屋坊主《すきやぼうず》という将軍家の茶事一切をとりしきる職についていたというから文人中の文人、都会人中の都会人で、風貌もそれにふさわしく西洋の役者のように端正である。顔が小さく、肌がおどろくほど白く、それでいて唇だけが油絵具を塗ったようにまっ赤だった。

いっぽう寛は、高松の出《で》である。三度のめしより蜻蛉釣りや百舌狩りが好きだったわけだから文人にも都会人にもはるかに遠く、顔はやっぱり炭団のまま。

木炭の粉の球形のかたまり。何から何まで仕上がりがちがう。自然、おたがい敬遠ぎみになり、寛などは嫉妬もあって、他の同級生に、

「芥川は官僚的だ。こっちは野党的だ」

などと気炎を上げたこともあるほどだった。

それが少し接近したのは、奇妙なことに、むしろ一高を卒業して――寛は卒業していないが――寛が京都へ行ってからだった。

東京のほうの帝国大学に進学した連中が、

「同人雑誌を、やろう」

と言いだしたのである。

きっかけはたぶん、芥川と久米だった。ふたりは林原耕三《はやしばらこうぞう》という先輩の手引きで早稲田南町の漱石の家に出入りするようになると、漱石の人柄や識見にたちまちやられてしまったのはいいと

して、尊敬のあまり、

「漱石先生に、俺たちの小説を読んでもらおう」

などと、ずうずうしいことを話し合ったのだという。

「いくら何でも手書きの原稿を読んでくれとは言えないが、活字にしたのをお贈りすれば、ひょっとしたら読んで批評してくださるかもしれん」

ときに卒業直前である。学生生活の最後の花を咲かせるというか、掉尾《ちょうび》の勇を奮うというか、そんな気分もあったのだろう。問題はその同人に誰を誘うかだけれども、それはこの芥川、久米にくわえて、おなじ英文科の、

「成瀬《なるせ》にも、声をかけよう」

成瀬とは、成瀬正一《せいいち》である。もともと法科志望だったにもかかわらず久米や寛に感化されて文科へ鞍《くら》がえしたという変わり種で、かねて一読者として漱石党を公言していたからこれは順当な選出といえる。

さらに松岡譲という、哲学科にいながらやはり漱石に私淑している者も入れて、これで東京四人組になったわけだが、そのうち、

「菊池も、入れよう」

と最初に言いだしたのは誰だったのか、寛はいまもよく知らない。

理由もわからない。かつて一高の「校友会雑誌」にイギリスの劇作家バーナード・ショーに関するちょっとした評論を載せたのを誰かが記憶していたのか。あるいはもっと単純に、ひとりさ

びしく京都で暮らしているのが哀れに思われたのか。

どっちみち、学生のやることに一貫した基準などありはしない。とにかく寛は手紙で声をかけられ、寄稿を約束し、この五人で同人誌をこしらえることになった。

誌名は「新思潮」とした。「新思潮」はもともと東京帝国大学の先輩たちが中心となって刊行していたものだけれども、休刊状態だったので、その名のみ引き継いで使うことにしたのである。（厳密に言うと、久米も芥川も寛もこの先輩時代の「新思潮」に寄稿したことがある。文学史上、第三次「新思潮」と呼ばれるものである。寛が今回の第四次の創刊のさいにも声をかけられたのはこの行きがかりからという見かたもいちおうはできるが、しかし第三次はもう二年も前、半年間ほどしか刊行されなかったので、事実上は一から作るに等しかった。寛が第四次の同人に勧誘されたのは、過去とは関係なく、いくばくかの偶然と幸運によるのである。）

すなわち今回の「新思潮」は、心理的には漱石ひとりを読者として出発した。

その究極の目的は漱石の好評を得ること、ではなかった。どうせやるならそのさらに先、漱石に文壇へ紹介してもらおう。そうして漱石先生なみになろう。学生たちは右の話し合いから三か月後、「新思潮」を創刊した。大正五年（一九一六）二月十五日発行、編集兼発行人成瀬正一、発売所は東京堂。まことに野心満々の卒業文集にほかならなかった。そうして芥川は、その文集において、右の目的をほとんどパーフェクトに達成したのである。

具体的には、そこに載せた短編「鼻」が漱石その人の激賞を受けた。

「鼻」は、寛も読んだが、洗ったように新鮮な作品だった。あごの下までぶらさがるほどの鼻を持つ高僧という現実ばなれした題材をあつかいながら、そこに展開される高僧の心理はありありと実感することができる。

まるで読者自身がそんな鼻を持ってしまったかのようにである。しかもその心理の展開のしかたは旧来の自然主義のように感情的でなく道徳的でなく露悪的でなく無技巧的でなく、むしろ知的かつユーモラスなのだけれど、それでいてそのユーモアはこれまた旧来日本のいわゆる俳味とは一味も二味もちがう。寛などは手もなく、

（新時代が、来た）

と思わされてしまったが、あるいは漱石もそうだったのかもしれない。漱石は編集兼発行人である成瀬ではなく、形式上は一同人にすぎない芥川へわざわざ手紙を寄せて、

あなたのものは大変面白いと思います。（中略）敬服しました。ああいうものをこれから二、三十並べて御覧なさい。文壇で類のない作家になれます。

と、激賞にさらに未来への保証書までつけたのである。

これでいっぺんに芥川の名は文壇に知れた。というより、実際には漱石が知らせたのにちがいなかった。漱石はもちろん学生の無邪気な野心など百も承知で「新思潮」を手に取った上、それにまんまと乗せられたふりをしたのである。

この点で漱石と芥川は以心伝心というか、暗黙の共犯関係にあったわけで、芥川はたちまちジ

ャーナリズムの注目をあびた。老舗の文芸雑誌「新小説」からも、新人作家の檜舞台《ひのきぶたい》とされる総合雑誌「中央公論」からも声をかけられた上、阿蘭陀書房《おらんだしょぼう》や新潮社といった筋のいい版元から早くも単行本刊行の誘いも受けているという。

もはや立派な文壇人である。それでいて卒業後に就職した海軍機関学校でもきちんと教官の仕事をこなしているし、つづいて出した「新思潮」第二号以下にも寄稿しているのだから非の打ちどころがない。

つづいて久米正雄なども注目を浴びはじめている。それにひきかえ寛ときたら、なるほど芥川同様「新思潮」にはほとんど毎号、作品を載せているし、なかにはよく書けたと思うものもあったけれども、それだけだった。漱石にほめられるでもなく、ましてや文壇に注目されるでもなく京都の寒風にさらされるだけ。

(やはり、東京にいないと)

と思ってもみたが、大学を卒業して東京に戻って来てもやっぱり事情は変わらないのだから言い訳にならない。いったい何が悪いのだろうか。自分には才がないのか。それとも日本の文壇のほうが恥ずべき無理解な連中の集まりなのか。

寛は、あせった。

その後、「新思潮」は、刊行のペースが落ちはじめた。それはそうだ、みんな社会人になったのだから。このまま終刊ないし自然消滅などということになったら足がかりがなくなる。寛には唯一の足がかりなのである。時間がない。成果を出さねば……このたびの夏目漱石の死の報は、そんなところへ飛びこんで来たものなのである。

結局、最悪の事態になった。

漱石の葬儀からだいぶん経って、「新思潮」同人は成瀬正一の家に集合した。もっとも成瀬はいなかった。留学のためアメリカに行っているのだ。成瀬の母がたいへん理解ある人で、息子がいなくても自由に部屋を使わせてくれるのである。

集合の名目は、編集会議。参加者は四人。畳の上に車座になるや否や、芥川が、

「もう、よそう」

深刻な顔で言ったのである。

「次は『漱石先生追慕号』と銘打って出して、それで『新思潮』は終わりにしよう。みんなそれぞれ仕事を持って忙しいし、そもそも『新思潮』は先生のためのものだった。亡くなったら出す理由はないよ」

寛は内心、

(お前は、それでいいだろうよ)

が、口では、

「うん」

久米正雄と松岡譲も、

「そうだな」

「賛成」

どういう拒絶の理由があるだろう。芥川はうなずいて、

「それじゃあ、原稿の割り振りだ」

和服のふところから一枚の洋紙を出すと、それに目を落としながら、

「青山斎場での葬儀のことは僕が書く。久米、君は死に目に会っている。臨終記を書いてくれ」

「わかった」

「俺は？」

と松岡が問うのへ、

「君は鏡子夫人はじめ、ご遺族とのやりとりが多かった。そのへんを中心に『その後の漱石山房』というような、家庭的というか、私生活の余光になるような記事はどうかな」

「よしきた」

主題に重複がない。事前によほど考えを練ったのだと寛は思った。いかにも几帳面な芥川らしいが、しかしそうなると自分はいったい何を書くのか。臨終、葬儀、家庭生活、これでコクのある題材は出払ってしまった。

「俺は？」

と寛が聞くと、芥川はちょっと首をひねって、

「菊池ひろしは」

芥川には、こういう小さな癖《へき》があった。姓名そろえて人を呼ぶ。これもまた几帳面さのなせるところか。諧謔《かいぎゃく》のつもりなのかもしれない。

「菊池ひろしは、まあ、ふつうの追憶記事を」

「ああ」

寛は、失望した。書き手の格からして当然のあつかいではあった。

雑誌「新思潮」特別号「漱石先生追慕号」は大正六年（一九一七）三月、このようにして世に出た。誌面には右の記事のほか成瀬正一がアメリカから送ってよこした随筆および評論の二編を載せ（これは漱石の死とは関係ないもの）、さらに同人外の書き手にも依頼して載せた。編集後記にあたる欄では、松岡がいちおう、

自分達は、皆今忙しい。従って兎角雑誌の発行が不規則になりたがって困る。がこれからは成るべく、これまでのような不規律のないように心掛ける積りである。

と記したけれども、以後この同人による「新思潮」は出なかった。寛の長い長い学生時代は、ここにおいて、ほんとうの意味でピリオドが打たれた。

†

ところが世の中はふしぎなもので、同人誌をやめたら、にわかに運が向いたのである。

どういう因果によるものか寛自身わからなかったが、少なくとも口火のひとつは芥川だった。

もともと一高時代には話が合わなかった、そうして卒業後に少し距離がちぢまったこの都会の秀才は、漱石の死ののち、しきりと寛に近づいて来たのである。

具体的には、来社した。勤め先のある横須賀から汽車で上京して来ると、終点の新橋から歩いて南鍋町《みなみなべちょう》の時事新報社へしばしば顔を出した。南鍋町は現在の銀座六丁目なので、距離はそう遠くない。

寛はもちろん記者だから社にいるときもあったし、いないときもあったけれども、いれば決まって三十分や一時間くらいは雑談した。寛が席を立とうとすると、その羽織の袖をつかんで、

「いいだろ。なあ、まだいいだろ」

と引き止めることもあったくらいだから、ひょっとしたら、生まれてはじめて東京を離れて暮らすことが心さびしかったのだろうか。

それともこれは、

(種取り、かな)

寛は、そんなふうに思ったりもした。種取りとは取材の意味である。寛はまがりなりにも社会部記者なので、盗みだの、殺しだの、姦通《かんつう》だの、病死だの、墜落だの、銃後だの、総理談話だの、選挙だの、汚職だの、地震だの、洪水だのと、芥川がふだん海軍機関学校でつきあう教師や役人などとは比較にならぬほど話題が豊富である。そういう話をいわば自分のなかへ仕入れることで芥川は視野を大きくしようとしているのではないか。作家の想像力を鍛えようとしているのではないか。

もっとも、社会部長の千葉亀雄などはもっとあけすけで、何かのおりに、

「菊池君。あれは小説の材料を拾いに来てるんですよ」

とはいえ芥川もただ聞くだけではなく、いろいろ話をしてくれた。こちらはもっぱら文芸がらみだった。最近読んだ小説のこと。文壇の誰それの滑稽な逸話。雑誌社某の経営状態に関する真偽さだかならぬ噂のかずかず。なかでも寛がうれしかったのは、寛自身の書いたものへの評価だった。

寛はこのころ、作家活動がなかば停止している状態だった。それでも漱石の門人、ないし「新思潮」同人という肩書きには余光があったのだろう。「大学評論」や「中学世界」、「斯論《しろん》」などという雑誌から短い小説の依頼を受けることがあった。

いずれも商業雑誌ではあるけれど、こと文芸界での評価となると有力ではなく、同人誌である「新思潮」とくらべてさえも格が落ちる。書いたところで文壇への宣伝にはならないのだが、しかし寛は依頼を断ることをせず、いそがしい記者の仕事の合間をぬって「暴君の心理」「ある敵打の話」「ゼラール中尉」などを書いて渡した。

おなじ文章といっても新聞記事と小説ではまったく別物なので、推敲《すいこう》には苦労した。ときには帰宅して机に原稿用紙をひろげ、あれこれ書いたり消したりするうちに朝になったこともある。とにかく手は抜かなかった。

芥川は、

「手が上がったね、菊池ひろし。好調つづきだ。今月の『中学世界』に載せた『第一人者』なん

か、なかなか感銘を受けたものだよ。あの主人公の吉岡っていう子は、東京から四国のT中学に転校して来た五年生っていう設定だけど、ちょっと僕のおもかげもあるのかな。まあT中学は高松中学校なんだろうがね。その吉岡が、あとのほうでテニスの試合の審判をやるところ、あれが僕には特によかった。試合をやってるのは自分の後輩である副将組で、宿敵のH中学——これはなる。広島中学校かな——に勝ってほしいのは山々だが、勝ってしまったら大将たる自分の立場が悪くなる。自分はもう負けちゃってるから。その複雑な心理がラインの判定に微妙な影響をあたえるなんて、いい洞察じゃないか。感心したよ。『中学世界』には勿体《もったい》ないね。読者は中学生だけだからね。文壇の反応は？」

「ない」

「だろうね。僕がもっといい雑誌に紹介しよう」

寛がいちばんうれしいのは、もちろん最後の一句なのである。何しろ友人の言であるばかりか、文壇人の口約束でもあるのだ。これほど心強いものがあるだろうか。ひょっとしたら例の種取りのお礼の意味もあるのかもしれないが……いやいや、そんなことはない。芥川龍之介というのはそんな情実まがいで文学作品の鑑賞をおこなうような低俗な作家ではないのである。

実際、このことばは嘘ではなかった。芥川はあちこちの編集者との雑談で寛の名前を出してくれたようだった。

持つべきものは友である。そのうち寛のもとには有力雑誌から依頼が来た。寛は「文章世界」に書いた。「新潮」に書いた。書くたび寛もよく名を知っている評論家たちが新聞や雑誌でほめてくれた。菊池寛の名はにわかに彩度を増し、文壇の一部の注目を受けた。

そうしてとうとう、あの雑誌に依頼されたのである。寛はそのころ南榎町《みなみえのきちょう》の裏通りで暮らしていた。表通りから入る路地の幅が一メートルもないようなところで、家のまわりは陽あたりが悪く、どぶに溜まった泥のにおいがいつもしていた。或る日、勤めから帰ると、その入《はい》り口のあたりに人力車が一台とまっていたのである。

車夫が、ぼんやりと突っ立っている。

小脇には饅頭笠《まんじゆうがさ》をかかえている。その饅頭笠には社名も商標も書かれていないらしいところを見ると、自家用なのにちがいなかった。このころ自家用の人力車などという贅沢なものを乗りまわすことができるのは、華族か官員でなければ、

「『中央公論』！」

家へ飛びこむと、背広姿の男がお茶を飲みつつ待っていた。近所の誰かが招じ入れたのだろう。

男はやはり「中央公論」の編集者で、高野敬録《たかのけいろく》という名前だった。

「うちに、ぜひ」

高野を路地まで送り出すと、寛は家に戻り、両手で両頰をぴしゃぴしゃ叩いた。

「来た。来たぞ！」

右手のこぶしで胸を殴った。そうしなければ興奮が静まらなかった。

あの新人作家の檜舞台。芥川が「手巾《ハンケチ》」を書いて地歩を固めたスプリングボード。ここで大きい評判を取れば、この俺も、

（有名に）

人生には、転機というものがある。あとで振り返ってはじめて「ああ、あれが」と気づくものだと人はよく言うけれども、寛はちがうと思っていた。たいてい来るときにわかる。幸運の女神には前髪しかないというのはギリシアか何かの諺《ことわざ》だったが、その前髪をきっちり大事につかみきるか、それとも「チャンスはまた来るさ」などとぼんやり考えて見すごしてしまうか。

俺は、どっちだ。

（もちろん、前者だ）

今回は前者だ。そうあらねば。これまで何度も何度も安易に日をすごして女神の髪のない後頭部を見送ってしまった寛の、これは痛切な決意だった。年は三十一である。こんな好機はもう来ない。

さあ、どうする。寛は気持ちを落ちつかせるため、湯へ行った。晩めしを食って家へ帰り、ゆかた一枚であぐらをかき、机に向かった。

食卓に原稿用紙の束を置き、万年筆を取って、いちばん上の右半分にさらさらと、

出版界での、
現在の菊池寛の地位

書いてみた。

書くことで自分を客観視しようとした。なるほど近ごろは書くもの書くもの好評である。旭日《きょくじつ》昇天《しょうてん》の勢いともいえる。しかし一年半の新聞記者生活を経験した頭であらためて考えてみると、それはあくまで文芸という狭い分野での話である。そうとう小説というものに興味ある読者でないかぎり寛の名はまだまだ知らないと思うほうが現実的だろう。

そうして「中央公論」は総合雑誌である。文芸雑誌ではない。関心があるのは政治問題、社会問題だけ、小説のページは読み飛ばすという読者は実際少なくないと思われる。自分がこれから書く短編は、できるなら、そういう一般的というか非文学的というか、そんな読者にも読まれるようでありたい。

と、ここまで思考が進んだとき、寛の脳裡《のうり》には、ふと、

(部長)

職場の上司である千葉亀雄のことばが浮かんだ。千葉はつねづね、時代遅れのカイゼルひげを二本の指でつまみながら、

「菊池君。ジャーナリズムの妙諦《みょうたい》はね、読者の意表をつくことですよ。三人殺した犯人が子供のころから暴れん坊でしたっていうんじゃあ当たり前です。むしろ虫も殺せない優しい子でしたっていうほうが読者はよろこぶ。頭に残るんです。まあ新聞じゃあ話をこしらえるわけにはいきませんが」

これがきわめて正しいことは、寛自身、日々の仕事で実感していた。千葉は有能な人である。ならところで意表をつくというのは、言いかえるなら、常識をひっくり返すということだろう。なら

ばこの場合の常識とはいったい何か。寛はしばらく考えて、原稿用紙の左半分に、

檜舞台

と書いた。「中央公論」は新人作家の檜舞台である。作家はここから有名になる。
寛自身の常識であり、文壇の常識であり、読者すべての常識である。これをひっくり返すとしたら、

「これだ」

寛は万年筆を置き、手をひろげて一枚目をつかんでくしゃくしゃにした。そうして横へぽいと投げてしまうと、二枚目のまんなかに、

無名！

大書した。

窓の外は暗いのに、卓上には小さな石油ランプしかないのに、目の前がぱあっと明るくなった。
「中央公論」で無名作家の話を書く。これほど場ちがいなことがあるだろうか。これなら読者は不意打ちを食らったような気になって、小説に興味があろうがなかろうが読んでしまうのではないか。タイトルはどうする。端的に行こう。寛はその紙をまた丸めて横に捨てて、三枚目の右四

分の一くらいのところへ、さっきより小さい字で、

無名作家の日記

寛はしげしげとその字を見た。すわりがよろしい。くすぐりがある。「日記」というのも何かしら普通の小説とはちがうのだという合図になるのではないか。これはいい。決定だ。

いや、

「だめだ」

寛はつぶやき、万年筆の尻でコツコツと眼鏡のつるを小突き上げつつ思考を進めた。まだ足りない。中身はどうだ。せっかくタイトルで惹きつけることに成功しても、実際ほんとうに無名の人間しか出て来なかったら読者は興ざめではないか。これは同人誌ではない。商業雑誌なのである。やっぱり有名人も出さなければ。

考えてみれば、芥川もその手口を使っている。彼のおなじ雑誌での初登場短編「手巾」は、四百字詰め原稿用紙でわずか二十枚ほどのものだが、その主人公は「東京帝国法科大学教授、長谷《はせ》川謹造《がわきんぞう》先生」である。いちおう架空の人物だけれども、その先生はドイツ留学の経験があって、奥さんがアメリカ人で、将来の日本の隆盛のためには日本古来の武士道を重視すべしと世間へさかんに訴えている。

モデルは明快である。東京帝国大学法科大学教授・新渡戸《にとべ》稲造《いなぞう》。「中央公論」の読者はさだめ

し「ははあ、あの人だな」と察するだろう。あるいはこれからその新渡戸さんの悪口が聞けるものと期待するだろう。もちろんそれがすべてではないにしろ、少なくとも「手巾」の成功の最初の一歩はこういう世俗の餌《えさ》によるところが大きいのである。

それに実際、「手巾」はやんわりとながら、たしかに新渡戸のあの情緒的な武士道主義を批判していることでもある。ともあれその新渡戸稲造にあたるのは、寛においては誰であるべきか。言いかえるなら、寛は誰の虎の威を借りるか。これはもうひとりしかいない。

「芥川だ」

芥川龍之介。まさしく「中央公論」を跳躍台にして世に出た有名作家。そう、俺はあいつの悪口を言うのだ。この「無名作家の日記」の主人公は俺自身だ。ひとりで京都にいたころの俺。友達はみんな東京の大学へ進学してしまって、彼らは同人誌をやりはじめた。

その同人誌へ、いい作品を発表した。それをきっかけにして芥川や久米などは商業雑誌へのデビューも果たしたのに、俺ひとりはこんな遠く離れた田舎でじめじめと陰気に暮らしている。本の少ない図書館に入りびたっている。そうして芥川たちを嫉妬し、呪詛《じゅそ》し、彼らが失敗すればいいとさえ思いはじめる……。

うん。これはおもしろい。読者はきっと興味を持つ。さだめし暴露ものの私小説だと思ってページをめくる者も多いにちがいないが、それならそれでいい。こっちは勝負をしているのだ。なりふり構ってなどいられないのである。

寛は万年筆をにぎりなおし、タイトルの左に「菊池寛」と書いた。それから本文を書いてみた。

九月十三日。

到頭《とうとう》京都へ来た。山野や桑田は、俺が彼等の圧迫に堪らなくなって、京都へ来たのだと思うかも知れない。が、何《ど》う思われたって構うものか。俺は成《な》る可《べ》く、彼等の事を考えないようにするのだ。


もちろん山野《やまの》は芥川であり、桑田《くわた》は久米である。仮名は暴露の予告編。いきなり挑発的な書き出し。そういえば京都時代の自分のことはかつて「黒潮」という無名の雑誌にたのまれて書いたことがあるけれど、これは掲載にいたらぬまま雑誌のほうが廃刊したから問題はない。どのみち題材はおなじでも、内容はまったく別ものなのである。

筆はすらすらと進んだ。山野＝芥川にもらった手紙を「ズタズタに引き裂く」場面もつくったし（これは架空の場面だが）、京都の下宿でふと新聞をひろげたら「中央公論」の広告に芥川の名前を見つけて茫然としたというようなシーンも挿入した（これは事実）。

さすがに「中央公論」誌上で「中央公論」を呪詛の対象とするわけにはいかないので「△△△」とみずから伏字にしておいたが、わかる読者にはもちろんわかる。結局、この晩は下書きしかできなかったが、翌日からは酒の誘いも断り、仕事もなるべく手早く終わらせて、毎晩のように家で原稿用紙に向かった。

われながら空恐ろしくなるような集中力だった。十数日後に「無名作家の日記」は完成した。

四百字詰め原稿用紙にして六十枚ほど。「手巾」の三倍。ラストシーンをどうするか決めかねたけれども、迷った末、わざと話をまとめず放り出すことにした。

最後の最後まで嫉妬しっぱなし、呪詛しっぱなし。その点では作品自体の完成度よりも、話題性というか、読者に残る印象の強さのほうを重視したわけで、純粋に芸術的な立場から見れば「よろしくない」と言う者もいるだろう。

ひょっとしたら通俗のにおいさえ嗅ぎ取る者もいるかもしれない。しかし寛に言わせれば、そんなのは高みの見物というもので、こっちとしてはまず何よりも結果を出さなければ二度とお呼びがかからないのだから芸術もへったくれもない。いっぺん結果を出してしまえば、お上品な面《つら》なんぞ、あとでいくらでもできるのである。

原稿を渡した数日後、編集者の高野は寛の家へ来て、

「あの、えー、先日いただいた御作ですがね」

「はい」

「中身はおもしろいんですが……」

寛はいずまいを正して、

「何か、問題が」

「編集主幹の滝田《たきた》樗陰《ちょいん》が、これを載せたら芥川さんが怒りやしないかと気にしましてね。いちおう問い合わせてますんで、お知らせします」

寛はむっとした。もしも芥川が首を横にふったら掲載しないと言われたのである。そんな非文

学的な判断があるだろうか。

けれどもこの瞬間、掲載になれば、

(成功する)

確信したことも事実だった。「中央公論」を発行部数が十万をこえるほどにまで育てあげた、これまで小説だけでも何千何万の原稿を読んで来たであろう滝田樗陰でさえそこまで心配になるなら、読者はもっとはらはらする。きっと一息に読んでしまう。寛は答えた。

「だいじょうぶですよ、高野さん。なるほどこの作品は僕自身の体験をもとにしてますが、テーマそのものは人間すべての胸中にひそむ嫉妬心です。友人という仮面の下の醜《みにく》い素顔です。だいいち芥川はこんなことで怒るやつじゃありません」

菊池寛「無名作家の日記」は、ぶじに掲載された。「中央公論」大正七年(一九一八)七月号。よほど評判が大きかったのだろう、刊行後まもなく寛の家へ、こんどは編集主幹・滝田樗陰がみずから訪ねて来て、人力車で本郷の燕楽軒《えんらくけん》へつれて行ってくれた。

寛など人の話でしか聞いたことのないようなフランス料理店である。ナイフとフォークをぎこちなく使って肉を切って口へ入れながら、寛は内心、

(もう一編、注文あるかな)

期待した。滝田は食後にこう言った。

「次からは、一か月おきに載せますから。どんどん書いてくださいよ」

寛は、これによくこたえた。すなわち、

「忠直卿行状記《ただなおきょうぎょうじょうき》」（九月号）

「青木の出京」（十一月号）

「恩讐の彼方に」（翌年一月号）

いずれも読者の評判となり、各紙誌で文壇の重鎮にほめられ、のちのちまで佳作と評されることになる。

滝田もたびたびご馳走してくれた。寛は文壇に登録された。ついに女神の前髪をつかんだのである。

芥川は、やっぱり怒らなかった。掲載のたびに横須賀から南鍋町の時事新報社へ来て、

「いいね、いいね。立派な作だ」

「ありがとう」

ただ何度目かに、しきりと寛の肩を叩きながら、

「僕は、そろそろ筆一本でやりたいんだ」

「そうか」

「君もやれるよ、菊池ひろし。どうだ、ひとつ骨を折ってやろう」

と言い放ったのは当惑した。好意は謝するに余りあるが、そこは記者室。まわりの同僚がいっせいに寛を見たのである。

寛は彼らへ、

「あ、いや」

と曖昧《あいまい》な笑みを浮かべてみせた。

数日後、芥川が、こんどは寛の家へ来た。居間でどさりとあぐらをかいて、

「決めたよ。僕はダイマイに行く」

「ほう。大毎《だいまい》」

と、寛はもちろん同業者だからすぐわかった。「大阪毎日新聞」、通称「大毎」は、社長・本山《もとやま》彦一《ひこいち》の辣腕《らつわん》のもと数年前から部数を急拡大させていて、寛も他社の記者から、

「あの朝刊は、じき百万部をこえるよ」

などと聞いたことがある。

東京でも「東京日日新聞」という系列紙を発行しているので実質的に全国紙である。おそらく日本一の規模だろう。寛が、

「大毎の、いまの学芸部長は、たしか薄田淳介《すすきだじゅんすけ》氏だったかな」

と目を中空へ向けると、

「ああ、そうだ。僕はこれまで何度かあそこの夕刊に書いてるんだが……」

「もちろん知ってる。『戯作三昧《げさくざんまい》』、『地獄変《じごくへん》』、『邪宗門《じゃしゅうもん》』」

「『邪宗門』は中絶したけど」

と芥川は頭に手をやり、首をかしげるような仕草をしてから、

「それを通じて、薄田さんとは親しくなってね。むろん手紙のやりとりばかりなんだが、彼としては、今後はもっと紙面の文芸色を強めたい。小説が目当ての読者をふやしたい。そのため有望

な作家には大いに投資するつもりで、社長の本山さんの了解も得てるんだと。まあ薄田さん自身、むかしは泣菫《きゅうきん》っていう号で『白羊宮《はくようきゅう》』なんて詩集を刊行して、大いに世の注目を集めた人だしね」

「読んだよ、中学生のころ。高松の図書館で」

「そうかい。とにかく僕は、そんなら僕を社員にしてくれって言ったんだ。かつて朝日新聞が漱石先生をそうしたように、月々いくらの報酬をくれてさ。快諾だったよ。これで僕は横須賀と別れられる。東京で筆一本の生活に入れるんだ」

上きげんで話しつづける芥川の、汗でひたいに貼りついた長い前髪をぼんやり見ながら、寛は、

（おどろいたな）

芥川の就職がではない。彼にそんな行動力というか、自分を売りこむ図々しさがあったことが意外だった。ふだんは実生活でも作品中でも都会人らしい繊細さで人の敬意を得ている彼は、その代償というべきか、つぶしがきかないところがある。

実利をともなう交渉が苦手なのである。寛もまあ人のことは言えないが、要するに文人以外になれない人間というか。この場合はたぶん薄田のほうが好意的で、なおかつ薄田も一種の文人記者であることが芥川に変な自信をつけさせたのにちがいなかった。

と、芥川は、

「菊池」

いずまいを正した。寛は、

「何だね」

「君も来ないか」

「えっ」

寛もあぐらをやめ、正座してしまう。芥川はその赤い唇をひらいて、

「君さえよければ手紙を書くよ、君も加えてもらえるよう。君はそれに値《あたい》する作家なんだ。なーに、むつかしく考える必要はない。原稿は求めに応じて送ればいいし、ほかの雑誌にも――新聞はまずいが――いくら書いてもいいんだからね。まあ報酬額が決まってないんで、決まったらまた言うから、前向きに……」

「たのむ」

と、寛は即座に返事した。ひたいが畳にぶつかるほど頭をさげて、

「ぜひお願いする」

大正八年（一九一九）二月、ふたりはそろって大阪毎日新聞の客員になった。

芥川は海軍機関学校をやめ、寛は時事新報社をやめ、それぞれ筆一本の生活に入った。報酬は月々百三十円、原稿料は別途支給。あの南榎町の裏通りの家の家賃が九円五十銭ほどだったことを考えると、とほうもない厚遇だった。

生活は、格段に楽になった。寛は引っ越した。新たな住所は小石川区中富坂町《なかとみざかまち》十七番地。前よりずいぶん家が大きく、環境もよく、それでも家賃は十三円だった。

ふたりは、記念に旅行した。長崎でいろいろのものを見物して、帰りに大阪で下車して、大阪

毎日新聞を訪問して、編集会議でひとりずつ挨拶を兼ねたスピーチをした。

それから京都で葵祭を見た。葵祭なら学生のころにも見たけれど、見えかたがまったく変わっていた。すべての風景から泥や埃が落ちていた。京都をあとにして、東京へ帰るときの車中、関ヶ原あたりの車窓をぼんやりと見ながら、

（絶頂）

ふと寛は、その語が胸にきざした。

ふりかえれば、まわり道だらけの人生だった。蜻蛉釣りや百舌狩りに熱中した子供のころ。入学と退学をくりかえした学生生活。望んで得たわけではない新聞記者の仕事。しかし最後まで折ることをしなかった作家志望という名の心のなかの大黒柱。

それらがすべて、この日の自分にむすびついた。三十二歳にもなって、金の心配をせず、まるまる半月も旅行に出かけられるなど、考え得るかぎりの幸福ではないか。

「ありがとう」

ことばが、口をついて出た。

向かい側の席の芥川は、何か本を読んでいたが、

「え？」

目を上げて、きょとんとした顔をした。寛はその顔をまっすぐ見て、

「芥川君、ありがとう。君は生涯の恩人だ」

言ったとたん、涙があふれた。感激屋なのである。あわててチョッキからハンカチを出して、

目の奥をふいた。ハンカチはもともと汗でしっとりしていた上に、眼鏡の裏にぶつかったため、眼鏡までもが白く汚れた。

芥川は、二十八である。横を向いて、

「よせよ」

はにかんだ。寛は、

「ありがとう。ありがとう」

眼鏡をはずして、大根でも洗うようにハンカチで乱暴にレンズをぬぐった。

†

ところがこの大毎が、結果的に、ふたりの経済力に差をつけたのである。からくりは原稿料「別途支給」の取り決めにあった。

芥川はそれから夕刊に「路上」三十六回（ただし中絶）、「素戔嗚尊《すさのおのみこと》」四十五回（これは完結）を連載した。どちらも新聞連載としては長くなかったが、読者の人気もパッとしなかったので、延長や続編の理由もなかった。

これに対して寛は、芥川の「素戔嗚尊」の終わった直後くらいに朝刊のほうで始めたものが、半年間、百九十六回にわたり掲載されたのである。

堂々たる長編小説である。それだけ手にした原稿料も多かったわけだが、しかし実際にはもう完結前の時点でそんなもの関係なく、寛はさらに多額の金を手にしていた。

読者の人気が圧倒的だったからである。大阪、東京それぞれの新聞社へは激励の手紙が殺到した。主人公が今後どうなるのかという質問の手紙も多かったし、発行部数も双方のびた。これを新聞社から見れば、原稿料はおろか月々定額の報酬までも回収して余りあるほどの社会現象を巻き起こしたのである。

この長編小説は『真珠夫人』だった。挿画は鰭崎英朋《ひれざきえいほう》。あらすじは感傷的である。真珠のように美しい男爵令嬢・唐沢《からさわ》瑠璃子《るりこ》には愛する男がいたけれども、父の仇敵《きゅうてき》というべき船成金・荘田《しょうだ》の卑劣な策略により、荘田の後妻になることに決まった。瑠璃子は荘田に体を許さず、それによって復讐を遂げようとする……。

人気の理由はいくつもあるが、おそらくそのうち最大のものは、主人公が女であることだった。いや、それだけなら従前の新聞小説にもあった。徳冨蘆花『不如帰《ほととぎす》』の主人公は海軍少尉の妻であるし、菊池《きくち》幽芳《ゆうほう》『己が罪』のそれは豪農の娘である。しかしながら彼女らはあくまでも男たちによる、または世間一般による抑圧と庇護を前提とした生きかたを強いられていた。これに対して『真珠夫人』の瑠璃子はむしろ抑圧など最初からこの世に存在しないかのように男を支配しようとし、運命に逆らおうとする。そうしてそのことにかなり成功する。

言動の自由の度がちがうのだ。寛としてはあの「無名作家の日記」のときに採用した、読者の意表をつく、常識をひっくり返すという戦法をここでも駆使したわけだけれども、実際の執筆では、あれよりも今回のほうがいろいろと処理がむつかしかった。

何しろ新聞小説である。読者の数が多すぎるし、検閲当局ににらまれる可能性も高い。小説そのものは社会的に健全でなければならない以上、瑠璃子はこの大正期の社会においてあらゆる女の武器を使いながら、しかも毒婦に見えてはならず、不品行にも無教養にも見えてはならない。それこそ真珠のようでありつづけなければならないのだ。

まったくわれながら矛盾した命題を自分に課してしまったものだが、しかしそこは自信があった。なぜなら寛は、ついこのあいだまで社会部記者だったからである。

好むと好まざるとにかかわらず、ほんものの華族の妻や、令嬢や、船成金や、画家や、政治家や、学者や、実業家と直接会って種取りをした。彼らの口調、ものの考えかた、ちょっとした仕草の特徴はすっかり頭に入っている。

ほかの書斎派の作家とは、どだい仕込みが違うのである。寛は自然に書くことができた。無理な戯画化や類型化をほどこさず、あたかも彼女らが、彼らが、ほんとうに眼前にあるかのように描写することができた。説明ではなく表現することができた。

実際、読者のなかには『真珠夫人』を現実の事件そのままのものと信じた者もいたほどで、しかしまあそれにしても寛自身これほど当たるとは思っていなかった。

毎日毎晩、書きがいがあった。社への手紙は日を追うごとに多くなったし、原稿料は着々と送られて来た。まだ連載中なのにもう単行本化の話が来たときはびっくりしたが、これも、

「いいでしょう」

即座に許可した。大正九年（一九二〇）十一月、『真珠夫人』前編刊行。後編は連載終了直後

に刊行された。どちらも売れに売れて版元（新潮社）に多大な利益をもたらし、寛に印税をもたらした。

演劇界も目をつけた。まずは「新思潮」のころの旧作「父帰る」が新富座《しんとみざ》にかかると評判となり、それから『真珠夫人』が歌舞伎座で上演された。この上演もまた連載のいまだ終わらぬうちに脚色されたものだったが、やはり大あたりを取った。

講演の口も多かった。大阪の日本画家の結社にまねかれて中之島の中央公会堂で話をしたのも連載中の秋である。このときは芥川龍之介、久米正雄、宇野浩二《うのこうじ》、田中純《たなかじゅん》、四人の作家仲間が同行した。みんなで順番にやるのである。

開演直前、宇野浩二が、

「僕は出ないよ。控室で待ってる」

と言いだしたので、急遽、引率役である大阪出身の元雑誌社経営者・植村宗一《うえむらそういち》（のちの作家・直木三十五《なおきさんじゅうご》）が演壇に立つというような事件もあったけれど、それはまた次の話でくわしく述べるとして、ここで寛の印象に残ったのは、むしろ終演後のほうだった。

終演後は主催者が場所を移して、堀江の茶屋で歓迎の宴をひらいたのである。雑談しながら刺身を食い、酒を飲んでいると、襖があいて、つぎつぎと芸者が入って来た。

みな、くちぐちに、

「菊池先生」

「どこにいやはります」

「菊池先生」

「菊池カン先生」

客のひとりが、

「あれだよ」

と教えると、みんな寛のまわりへ集まって、

「せんせ、せんせ」

「『真珠夫人』見ましたぁ」

「読みました、じゃないのかね」

「見ましたぁ、道頓堀《どうとんぼり》の浪花座《なにわざ》で」

「うちは二へんも」

「うちなんか、三べん」

「瑠璃子はん、これからどないなりますのん」

「それよりも美奈子はん。成金の娘の」

「せや、せや」

「ええ子やわあ」

同席の作家はおかまいなしの騒ぎようだった。なかには新聞で読んでいるのもいたが、それはそれで、

「せんせ、そんなにお酒を上がったら、あしたの話が書かれへん」

本気で心配した。どうやら朝刊の原稿はその日の朝に書くものと思っているらしかった。寛もだいぶん酔っ払っていて、

「そういうもんじゃない。原稿はあらかじめ何回ぶんもまとめて渡しておいて、記者が順々に載せるんだ。それでなきゃ印刷が間に合わんだろ」

「ああ、そうなの」

と安心顔で胸に手をあてたところへ、

「瑠璃子は来週の火曜日に死ぬよ」

「えっ！」

「はっはっは、嘘だ嘘だ。そんなことない、そんなことない」

「ひどい、せんせ」

「天下の菊池カン先生が、いけずやわあ」

ささされた酒をつぎつぎと干しつつ、頭のかたすみで、

(カン、か)

寛は、その呼び名へ思いを馳せた。このごろはそう呼ばれることが、

(きゅうに、ふえたな)

寛の本名は、菊池寛《ひろし》である。筆名もおなじ漢字三文字。こっちとしては当然「ひろし」と読ませるつもりなのだが、未知の読者や作家や編集者はたいてい「カン」と読んでいるようだった。

藤原定家《さだいえ》を藤原テイカと読むとか、織田信長を織田シンチョウと読むとかの歴史趣味とは関係

ないだろう。要するにどっちが正しいかわからないので、とりあえず音読みしているだけなのだ。音読みならば間違っていても恰好がつくし、本人の前でもまあ失礼にはあたらない。一種の応急措置というか、安全装置というか。

正直なところ、はじめは気になった。直接言って来る相手に対しては、

「ひろしです」

といちいち訂正したものだし、また大毎の担当記者には、

「これからは、名前に振り仮名をつけてくれ」

と頼もうかとも思ったことがある。だが結局、やめてしまった。定着の速度がおそろしく速かったこともあるけれど、要するに面倒くさくなったのである。書いたのが「ひろし」だろうが「カン」だろうが小説の中身は変わるまい。そんなわけでこの堀江の茶屋での宴会のときはもう、

「菊池カン先生」

などと呼ばれても、

「何だね」

表情も変えず返事している。頭のかたすみで思いを馳せもしたけれど、それも、

「ささ、せんせ、もう一杯」

とお銚子を出されると、酒の霧に消えてしまった。

そんなことより芸者である。寛はそのうちのひとり、丸顔の、まだこの商売に就いて日が浅いらしいのに目をつけて、

「何だね、お前、郷里《くに》はどこかね」

などと話しかけた。

彼女だけに話しかけた。ほかの妓《こ》を追い払うためでもあったけれど、顔が気に入ったのである。自分と似ているからかもしれない。もっとも、芸者たちも、『真珠夫人』の作者のこんな庶民的行動がうれしかったのだろうか、ますます寛から離れることをしなかった。

その場は、寛のまわりだけ盛りあがった。話がなぜか一高のころのことになり、寛がふと思いついて、

「芥川」

声をかけた。

座が、静まった。

「おい、芥川。芥川……あれ」

芥川は、どこにもいなかった。そういえば少し前に席を立ったのを見た気がする。芸者のひとり、古株らしいのが、

「あら、いつのまに」

口もとに袖を添えて気にするそぶりを見せたのへ、寛は手をふってみせて、

「いいんだ。あいつは酒が飲めないんだ。いいからこっちへ酒をくれ。うん、お前がついでくれよ。それでだな、俺は一高のころ、何しろ寮には女っ気がなかったから……」

話をつづけた。昼間の講演料は百円だった。一流銀行の新入社員の月給の倍くらいである。

†

寛には注文が殺到した。寛はほとんどすべてを引き受けて、書きに書いた。短編だろうが長編だろうが、小説だろうが随筆だろうが。書くものの性格にもよることだけれども、おおよそのところ、以前ほど推敲しなくなった。文中の語を「発案」にするか「着想」にするか「アイデア」にするか、文末の語を「だ」にするか「である」にするかなどという些細《ささい》なことを気にするくらいなら、その時間で次の一文をもっと有意義なものにするほうがいい、そんなふうに思ったのである。表現よりも内容を優先するというのは、或る意味、これも新聞記者の流儀かもしれなかった。

原稿料はいよいよ上がり、本にまとまれば印税が入った。上演されれば上演料が入り、講演に出れば講演料が入った。人からの贈りものも多かったため、中富坂町の家は手狭になった。

いや、これはもともと手狭だったのである。寛はすでに結婚していた。一階も二階もそれぞれ二間《ふたま》しかないところへ妻・包子《かねこ》と長女・瑠美子《るみこ》との三人で暮らしていたのだ。寛はまた引っ越しをした。引っ越し先は、おなじ小石川区の林町《はやしちょう》十九番地（こんにちの文京区千石あたり）だった。

人間の世とは、ふしぎなものである。家が大きくなると客がふえる。文士仲間。編集者。新聞記者。顔も知らない読者たち。新聞記者時代の取材相手……。

学生も来た。なかでも寛の印象に残ったのは川端康成《かわばたやすなり》という子だった。東京帝国大学の国文科

に在籍していて、鶴のように体が細く、眼光が鋭く、しかし口をひらけば駘蕩《たいとう》たる大阪なまりで、

「菊池さん、この前の『新思潮』いかがでしたか」

などと聞いて来る。川端は石浜金作《いしはまきんさく》、今東光《こんとうこう》、酒井真人《さかいまひと》、鈴木彦次郎《すずきひこじろう》といったような仲間とともに同人誌「新思潮」（第六次）をやっていて、しばしば二階の和室をたまり場にしているのだ。

寛は、嘘がつけない。平然と、

「読んでないよ。昼まで『改造』の原稿にかかりっきりだったんだ」

すると今東光が、これは帝大生でもないのに帝大へもぐりこんで勝手に授業を受けているという一種の無頼漢であるだけに、香具師《やし》みたいな口ぶりで、

「いま読んでくださいよ、いま。俺のとこだけでいい」

「これから小説家協会の会合なんだ。また今度だ。腹がへったら親子丼でも何でも取るといい」

寛はそう言い残して、ろくに着がえもせず、逃げるようにして家を出てしまうのである。ごろごろと人力車にゆられながら、内心、

（悪いな）

と思うのはこんなときだった。

彼らは全員、ただ雑誌を出しているわけではない。かつての寛自身や芥川や久米正雄や成瀬正一などがそうだったように、出世の手段、文壇への足がかりとして出している。

あわよくば寛が読んで誰かへ紹介してくれたら。雑誌の誌面でほめてくれたら。そう期待しているのはまちがいなかった。しかし時間がない。寛はあまりにも忙しく、最近は、どうして一日

は二十四時間しかないのかと天を恨むほどなのである。

（どうしようか）

数日後、寛はふいにその着想を得た。

（なんだ）

得てみれば、かんたんなことだった。要するに寛みずからが雑誌をつくればいいのだ。

寛がすべての金を出し、寛みずからが創刊の辞を記し、あとは彼らに自由に書かせて本屋で売る。さだめし文壇や雑誌社や新聞社は注目するだろう。寛はいちいち彼らの作品を読むことなく、しかし十把《じっぱ》ひとからげにして売りこんでやれる。

そう、かつて漱石は芥川へ手紙を書いて「鼻」を激賞した。その芥川は寛を大毎へ入れてくれた。それらをいずれも漁師の一本釣りとするならば、寛はいわば網漁《あみりょう》で行くのである。ごっそり捕らえて船へ上げる。その魚がうまいかまずいかは寛が決める必要はない。文壇諸氏や雑誌社や新聞社が決めればいいのである。

なかにはこんなもの食えんとばかり吐き出され、海へ投げ返されてしまう哀れな雑魚《ざこ》もあるだろうが、それは才能の問題である。または運の問題である。仕方のないことだ。そんな雑魚にもせめて寛から原稿料をやれば暮らしの足しにはなるだろう。寛としては最低限の保護者の義務は果たすことになるわけだ。

よし、そうしよう。思い立ったら行動した。寛はひとつ急ぎの原稿を仕上げてしまうと、人力車を田端まで飛ばし、芥川の家を訪ねて、

「芥川」

「何だい、あらたまって」

「巻頭に書いてくれ」

「巻頭に？」

芥川は目をぱちぱちさせて、

「何の雑誌の？」

「いや、これはすまん。順を追って話そう。じつは来年から雑誌をやろうと思って」

かくかくしかじかと構想を告げて、

「いちおう同人誌の形式は取るが、やるからには売りたい。売らなきゃ彼らのお披露目にならないしね」

「君が書けばいい」

「むろん書く。だが基本的には巻末に控えるほうがいいと思う。金主《きんしゅ》がしゃしゃり出るのは世間体が悪いし、だいいち僕じゃあ貫禄が足りないよ。どんな立派な座敷をしつらえても、やっぱり床柱《とこばしら》は君じゃなきゃ」

「君のほうが売れてる」

「君のほうが文壇受けがいい。芸術主義的な姿勢をくずしていないから」

「うーん」

芥川は、声に力がない。

顔色もよくない。頬骨の隈《くま》が異様に濃く、それでいて左右の目はちらちらと白くまたたいている。上下左右へおちつかず動いているせいである。

寛は、

（どうした）

気になったが、次の瞬間、

（嫌なのか）

頭が切り替わった。

つまり寛のために書きたくないのだ。理由はもちろん芥川自身の多忙にもあるのだろうが、それ以上に、おそらく評判を気に病んでいる。

巻頭であろうと何だろうと、そんな素人雑誌の目次にそれこそ川端某《なにがし》ほかの素人連中といっしょに名前が並んだら同列と見られるのではないか。芥川も落ちたものだと陰口をたたかれるのではないか。そんなふうに。

（ばかな）

寛に言わせれば、そんなのは思いすごしである。いくら何でも芥川龍之介の盛名《せいめい》がそれくらいで傷つくはずはないし、かりに陰口をたたかれたとしたら、放っておけばいいではないか。寛は身をのりだして、芥川の手を取って、

「なあ、たのむよ。たのむ。『文藝春秋』を助けてくれ」

「何だいその、ぶんげいしゅん……」

「雑誌の名前だ。決まってるだろ。なあ」

それから寛は、押し売りのようになった。何度もおなじ文句をくりかえした。芥川のような繊細な人間には結局これがいちばん効くのだ。芥川はいよいよ疲れたようになって、

「いや」

とか、

「まあ」

とか、曖昧な返事をしたあげく、

「わかったよ」

力なくうなずいた。

†

大正十二年（一九二三）一月、雑誌「文藝春秋」創刊。

創刊号は好評を博し、三千部が完売した。二号目からは表紙に「菊池寛編輯《へんしゅう》」の五字を大きく入れて、おおむね出すたびに部数がのびた。

芥川は、寛との約束を律儀に果たした。

雑誌巻頭のため毎月着々と原稿を寄せた。ただしそれは小説ではなかった。随筆集というか、アフォリズム集というか、創作格言集のようなものだった。

簡潔な表現で人間の真実を洞察する。具体的には、

道徳は便宜の異名である。「左側通行」と似たものである。

というふうに短く決まることもあるし、数文または十数文におよぶものもあったけれども、すべてに共通しているのは推敲の入念さだった。寛は毎月、それらを校正刷や見本で目にするたび、

「さすが、芥川」

声に出さずにいられなかった。芥川はここでも芸術主義者なのである。

もっとも、その推敲は、ときに悪いほうへ働いた。とりわけ数文または十数文のものとなると、あんまり一文一文に凝りすぎるせいか文章どうしの接続が弱くなり、飛び飛びになり、かえって意味が通じなくなったりした。

さながら彫刻家が十センチ四方の大理石に猫の彫刻をほどこそうとして、耳やら足やら尻尾やらの造作《ぞうさく》にむやみと固執したためかえって全体が猫に見えなくなるようなものだった。それにしても芥川はこれで体力がもつのだろうか。寛はそっちが気になった。どうやら本業の小説のほうでも各紙誌の注文をこなしきれていないらしいのに、こんな格言ごときに精励恪勤《せいれいかっきん》したりして。

どうだ芥川、このへんで少し休んだらと、

(言おうかな)

結局、言わなかった。連載を中断されたら困るのは寛だし、そもそもそんな時間はなかったの

である。

「文藝春秋」の創刊は、ますます寛を多忙にした。地方への出張もますますふえた。

もともと芥川の原稿の受け取りも若い連中にまかせている。寛はふと、執筆のあいまに、会合のあいまに、

(芥川は、いま何してるかな)

思いを馳せることがあった。

もうちょっと相手してやらなければ申し訳ない、そんな気もした。もっともこれは、見かたを変えれば、世間普通の話ではある。学生のころには毎日のように顔を合わせていた友達どうしが、年を経て遠ざかる。

それぞれ家庭を持ち、責任ある仕事を持ち、広汎《こうはん》な人間関係を持つのだから当たり前だろう。

芥川と自分の関係も、

(ひっきょう、それさ)

月日は飛ぶように過ぎて行った。

†

創刊から三年後、寛はまた田端の芥川の家へ行った。

「芥川」

「何だい、あらたまって。また新しい雑誌を出すのかい」

「うん」

「えっ」

芥川は、笑顔をひっこめた。寛はまじめに、

「厳密には新しいってわけじゃないが。まあ第二の創刊だ」

「第二の創刊？」

「『文藝春秋』の面目を一新する」

寛は構想を説明した。月刊「文藝春秋」はこれまでは随筆や小説などしか載せなかったが、今後は時事的な話題もあつかうこととする。

政治、経済、社会、外交等々、いろんな種類の記事を入れることで世間における存在感のいっそうの強化、読者のいっそうの増加をはかる（くわしくは次の話で述べる）。

「つまりは、文芸誌から総合雑誌への衣替えだね。さしあたりは『中央公論』や『改造』のようなものと考えてほしい。むろん独自色は出す」

言いながら、寛は内心、

（反対するかな）

芥川の顔をうかがった。一般に、書き手というのは連載が長期になればなるほど寄稿先の変化を好まなくなる。

芥川は、文机の向こうにいる。

猫背である。Gペンを手に取って右手でもてあそびながら、

「……なるほど」

その右手で、髪をかきあげた。髪はすぐに前へ垂れた。

「で、菊池、こんどは僕に何をしろと？」

「いや、君の仕事は変わらん。これまでどおり巻頭をたのむ。君の書くものの輝きは文芸雑誌だろうが総合雑誌だろうが減るもんじゃないからね。もちろん原稿料もこれまでどおりだ。いや、部数がのびたら増額しよう。これまで何度かそうしたように」

「増額、ね」

芥川は、風船に穴があいたような笑いかたをして、

「若いころは、夢にも思わなかったな。君に原稿料をもらう日が来るとは」

寛は、ちょっと返事できなかった。皮肉なのか何なのかわからない。あるいは本人にもわからないのではないか。

寛は眼鏡をはずして、絹のハンカチでレンズをぬぐいながら、

「これからたのむのは、書くのとは別の仕事さ」

「別の仕事？」

「座談会だ」

と、寛は言った。座談会とは寛の発明した記事の形式で、三人、四人、ないしそれ以上の人々がおなじ場所に集まって何かについて語り合う。

それを活字にして載せる。「新潮」あたりのよくやる小説の合評会と似ているけれど、あれよりももっと話題が広く、もっと討論色が薄い。いってみれば縁側での茶飲み話を高級にしたようなものか。その座談会というものへ、

「今後は君にも、大いに出てもらいたいのだ。なーに、気楽なもんだよ。こっちの用意する料理屋へ来て、めしを食って、ときどき思ったことをしゃべればいいんだ」

「……」

「特別な準備はいらない。推敲もいらない。世間も揚げ足を取ったりしない。そのくせ文壇以外の人間と会って文学以外のことを話すんだから、小説の種取りにもなる」

「種取り、ね」

芥川はまたうつむいて、

「やっぱり君は、社会部記者だね」

「元記者だ」

と受け流してから、

「もちろん礼はする。いつもの原稿料とは別に、座談料というのかな、出演料というのかな。食事代も雑誌で持つ」

「うーん」

その声は、老人のように枯れていた。寛はようやく、

（三年前も、こうだったな）

思い出した。

いや、三年前より痩せている。たしか目方は十三貫を切ったと人づてに聞いたから、四十キログラム台である。三十代なかばの年齢でこの軽さは異様というより病的だった。頰骨には隈がある。もう地色《じいろ》になっている。そもそも芥川はこんなに猫背だったろうか。

そういえば、芥川はこのごろは親しい者にしきりと、

「死ぬ話をしよう」

だの、

「僕の仕事は、これ以上は進まない」

だの、あるいは、

「よろこべ。とうとう死ねる方法を見つけた」

などと言っているという。薬も常用しているらしい。アロナール・ロッシュとかいう睡眠薬をはじめとして、アヘン・エキス、ホミカ、ベロナール、オピアム、各種の下剤や座薬などなど
……寛はそれを聞いた当初、

「まあ、芥川は痔持《じ》ちだしな」

その程度の感想しか持たなかった。作家というのは座りっぱなしの仕事だからか、肛門まわりの疾患や炎症に悩む者が意外と多い。

あんまりひどいと痛みで眠れないそうで、それで睡眠薬に親しむ者もいることはいる。芥川もそれかと思ったのである。

まあ、いくら何でも、この期におよんで痔ですべてが説明できるはずもないだろう。やっぱり芥川は、

(疲れたのだ)

あんまり推敲をやりすぎた。あんまり人の評判を気にしすぎた。最近も興文社という出版社から監修を頼まれて『近代日本文芸読本』全五巻という一種のアンソロジーを編纂《へんさん》したが、さほど売れなかった上、収録した作家や詩人から、

「芥川だけが印税をもらって書斎を建てた」

などと根も葉もない悪口を言われて、それが耳に入ったらしい。

その話はたまたま芥川本人から聞いたのだが、そうとう気に病んでいたので、寛は言下に、

「ぐずぐず言うやつには言わせておけ。気にするな。もともと無償っていう約束だったんだろう？　印税だって大した額じゃないわけだし、それだけの仕事はしたんだから」

「うん。そうだね」

だがあとで聞いたところでは、芥川は結局、その作家ら全員に対して三越の商品券を送ったという。百人以上もいるのにである。打ち割ったところ芥川が推敲をやりすぎるのも、

(ほんとに、芸術主義か)

寛はいま、そう疑うときがある。ほんとは恐怖のせいなのではないか。ほんのちょっとでも推敲を怠ったりしたら読者の痛烈な悪口を浴びる。文壇に「通俗」のレッテルを貼られる。そうなったら神経が耐えられない……芥川龍之介という作家は「鼻」でのデビュー時から、あるいはそ

れ以前から、兎のように少しの風にもおびえつづけて生きて来たのだ。

だからこその座談会なのだ。寛はそう思って訪れたのである。座談会には推敲はいらない。世間も揚げ足を取ったりしない。

何より気分転換になる。そこで人のおもしろい話を聞いて、自分でもいろいろ放言すれば帰って少しは眠れるのではないか。死ぬなどという馬鹿な気は起こさなくなるのではないか。

芥川は、黙っている。

体に対してむやみと大きい頭をゆらゆらと前後にゆらして、

「………」

待つうちに、寛のほうが息苦しくなった。

ほんとうに息が浅くなった。胸の左がちくちくした。じつは寛にも持病がある。最初の発作は二年前で、明け方めざめると、漬物石でも載っているのかと思うほど胸が痛んで起き上がることができなかった。

妻を呼ぼうにも声が出ず、ようやく医者が来たころには発作はおさまっていたものの、医者からは、

「狭心症です」

断言された。

「肉を食うのは控え目にして、もっと野菜を摂《と》ってください。さもなければまた発作に襲われますぞ」

「襲われたら、どうなります」

「早死にします」

寛はその後、しかし生活をあらためなかった。発作前と同様に、会食、祝宴の日々をすごして肉を食い、酒を飲んだ。

料理屋の食事は、青物が足りない。菜食のためには結局のところ会食の機会そのものを減らすほかないのだが、それは仕事上むつかしいし、そもそも人生の楽しみを犠牲にしてまで長生きするつもりも寛にはなかった。寛は声をしぼり出すようにして、

「どうだ、芥川」

返事をうながした。芥川は顔を上げもせず、

「死んじゃったね」

「えっ」

「滝田さんもさ。病気で」

「ああ」

寛は、渋い顔をした。もう一年以上も前になるが、総合雑誌「中央公論」編集主幹・滝田樗陰は四十四の若さで亡くなっていた。あの寛の短編「無名作家の日記」をはじめて掲載してくれた責任者であり、なおかつ掲載後は寛を燕楽軒にまねいた上、今後は一か月おきに載せるとまで言ってくれた恩人である。

死因は、腎臓病だった。長年にわたる会食の連続、過大な酒食が悪かったのだと文壇では噂さ

れている。寛はむしょうに頭にきて、腰を浮かして、

「そんなことはどうでもいいんだ、芥川。いまさら何だ。人は誰でも死ぬものだ。とにかく座談会わかったたか。返事しろ。どうだ」

文机をぴしゃりと手で打った。芥川はびくっと肩をはねあげ、顔を上げて、

「わかった。わかったよ」

哀訴するような目になった。寛は、

「結構」

立ちあがり、芥川に背を向けて、急ぎ足で出て行った。恫喝《どうかつ》した気はない。これからまた会食があるので、時間の節約をしただけだった。

†

芥川が、自殺した。

という知らせを聞いたとき、寛は宇都宮にいた。

婦人雑誌「婦女界」の企画した講演のためである。講演が終わったところで「文藝春秋」編集部からの伝言を聞いて、急いで汽車で帰京した。内心、

(まさか)

と思ったり、

（ついに）

と思ったりした。

上野で汽車を下り、タクシーを飛ばして芥川の家に行った。白木の台の置かれた玄関を上がり、座敷へ入った。奥にふとんが敷かれていて、遺体があり、その上にまた薄いふとんがかけられていた。

やや離れたところに男が四、五人、正座している。こっちへまっ先に気づいたのは久米正雄だった。ほかには佐佐木茂索《ささきもさく》、菅忠雄《すがただお》といったような「文藝春秋」編集者の顔がある。寛は目で合図してから、遺体の前に正座した。

白い布を取り除けると、芥川の顔があらわれた。その刹那《せつな》、

「あ」

十一年前のことを思い出した。

漱石先生の死に顔。立派な人生そのままの威厳にみちた表情、鼻の下のひげ。あれから時を経て、自分はこうして、またしても当代最高の小説家をむなしく見おろしているのだ。

もっとも、芥川の顔は、漱石のそれほど凜々しくはなかった。もともとひげを生やしていないこともあるけれど、とにかく普通の眠り顔で、肌はさらさらとした晒木綿《さらしもめん》の感じだった。

頬骨の隈も、消えている。寛は何かほっとした。とにかく芥川はもう苦しまずにすむと思う反面、とうとう自分は、

（これを、止められなかった）

芥川は結局、総合雑誌となった「文藝春秋」のために三度、座談会に出てくれた。しかしいずれも首尾は上々とはいかず、とりわけ三度目は誤算だった。

忘れもしない。五月三十日のことだから、まだ二か月ほど前でしかないのだ。寛は麴町《こうじまち》の料亭・星ヶ岡茶寮へふたりの文化人をまねいた。

歴史家・尾佐竹猛《おさたけたけき》および民俗学者・柳田國男《やなぎたくにお》。「文藝春秋」側からは寛と芥川が出て、あわせて四人で、速記を取りつつ話しはじめた。

掲載予定は七月号である。また柳田は日本の民間伝承の専門家であるということで、話は自然と怪談になった。どこぞで化物がどうのこうの、狸《たぬき》がどうのこうのというような他愛ないものばかりだったけれども、芥川は気分よくしゃべった。ところが会話が途切れたので、司会役である寛が、

「芥川はこのごろ『河童』という話を書いたね。ひとつ河童の話をしてくれないか」

と水を向けたら、きゅうに目を三角にして、

「あれをkappaと読んでくれって書いたらね、文壇じゃ何か僕が気取って、知識のひけらかしで書いたって言ってるんだ。そうじゃないんだ。あれは地方によって読みかたが違うんだ」

まくしたてた。声が異様に甲高い。客分たる柳田がうなずいて、

「河童《かどう》ともいうし、河童《かわわらべ》とも読めるでしょう」

と話を合わせると、芥川はなおも、

「だからカッパと読んでくれと断ったんだ。でも誰もそう取ってくれないんだ」

おなじ主張をくりかえした。何度も何度も。寛はもうやめろと言いたかった。心底どうでもいい話だった。なるほど文壇はいろいろとやかましい輩《やから》が多いけれど、いくら何でも、そんなことまで悪口の種にするほど暇ではない。

いったい芥川の目には何が見えているのか。芥川の耳には何が聞こえているのか。寛は皆目わからなかった。ただ怪談なんかやらなければよかったと思うばかり。座談会はほどなく終わった。

終了後、店を出た。門のところで芥川が、

「菊池」

こっちを見た。

まだ目が光っている。寛は、

（何か言いたいのだ。俺に）

直感したが、しかし寛はこの企画の責任者である。客分ふたりを自動車に乗せ、自分も同道して、家まで送り届けなければならない。

「じゃ」

手をさしあげて、さっさと乗りこんでしまった。正直ちょっと面倒くさかった。ひょっとしたら、あれが生きた芥川を見た、

（最後だったか）

寛はそう思いつつ、ねんごろに合掌した。

手をさしのばし、ふたたび顔に布をかけたところで久米が来て、

「菊池」

「………」

「ゆうべのうちに、何か劇薬を服《の》んだらしい。けさ奥さんが見つけたんだ」

「そうか。奥さんは？」

と寛が聞くと、

「二階にいるよ。文壇からも小島政二郎《こじままさじろう》、宇野浩二なんかが来て励ましてるが、やっぱり気落ちしてる。行って声をかけてやってくれ。君なら安心すると思う」

「子供たちは？」

「芥川の？　ああ、それもいっしょだ。男の子三人とも」

「そうか」

寛はうなずいた。立ち上がって階段へ近づいたら、玄関のほうで、

「カン先生」

声がした。

寛は、足をとめた。扉の向こうから、

「カン先生、菊池カン先生、おられるんでしょう。新聞社の者です。ぜひ談話をいただきたいのです。すぐ済みます」

寛は顔をしかめて、久米へ、

「追い返せ」

言ったとき、こんどは階段で足音がした。寛にとっては背後である。ふりむくと、男の子がひとり下りて来たところだった。

声が気になったのだろうか、不安そうな目を玄関へ向けている。久米が、

「ひろし君」

寛は、

「えっ」

どきっとして、

「何だい」

が、久米は寛に話しかけたのではなかった。男の子に向かって、

「だいじょうぶだよ、比呂志《ひろし》君。九時になったら発表をやる。この家とは別のところでね。記者にはそっちへ行ってもらうさ」

男の子は久米を見あげ、目をぱちぱちさせて、

「はい」

芥川の長男だった。八歳である。芥川はこの子が生まれたとき、寛の家へ来て、

「君の名をもらうよ。字は変えるがね。君の名がいいんだ」

と律儀に告げたものだ。あのころはまだ屈託がなかった。死ぬ話なんかしていなかった。

（芥川）

寛は、遺体のほうを見た。

白い布のかかった顔が、上を向いたまま、こっちへ語りかけて来た。

おい、菊池ひろし。

何だい、菊池ひろし。

手が上がったね、菊池ひろし。僕がもっといい雑誌に紹介しよう。

君もやれるよ、菊池ひろし。

菊池ひろし。

菊池ひろし。

「うっ」

寛は、胸がつまった。狭心症とは別の痛み。心の熱さ。そういえば芥川は最後まで寛をカンとは呼ばなかった。どうしてだろう。そんなのは本物の菊池じゃない、世間の作ったまぼろしにすぎないと言いたかったのか。

あるいは、もしかしたら、自尊心の抵抗を見せたかったのか。菊池という自分が無名時代に激励してやり、少し売れたら報酬のいい新聞社社員の地位を紹介してやり、つまりは作家にしてやった田舎出《で》の人間がその後みるみる巨大になって自分を圧倒するまでになってしまった、そのことに対する抵抗のしるしを。

「比呂志君」

と、寛は彼を呼んだ。他人という気はしなかったが、やっぱり芥川の息子である。顔はこっちより上だった。寛はいがぐり頭をくしゃくしゃ撫でてやり、気のきいたことばが思い浮かばなか

ったので、

「お金のことは、心配するな」

とだけ言ってやった。そうして胸をひとつ叩いてみせると、顔をしかめて、二階への階段を駆け上がった。

一
貧乏神

菊池寛《かん》がはじめて直木三十五と会ったのは大正九年（一九二〇）十一月十六日である。直木はまだ小説家にはなっておらず、本名は植村宗一だったから、寛はこの三つ年下の、鉛筆のように痩せた男のことを、

「植村君」

と呼んだ。

植村は、何しろ無口だった。

この日はかんたんな顔合わせをしただけだったが、三日後の夕方、東京駅の二等待合室で落ち合ったときも、夜汽車に乗りこんでからも、まったく口をきかなかった。

翌日つまり二十日の早朝、京都駅で下車したときですら、

――ついて来い。

と言わんばかりに目くばせしたきり、ひとりで改札を出て、どんどん歩いて行ってしまう。寛

はその背中を見て、

（何だ、あれは）

腹が立った。

植村は、歩くのが速かった。七条通を東へ東へ。鴨川をこえて上り坂になり、三十三間堂《さんじゅうさんげんどう》の横をすぎたところで寛はとうとう、

「何だ、あれは」

口に出した。われながら不機嫌きわまる声で、横を行く友達へ、

「せめて目的地くらいは言ってしかるべきじゃないか。実際無礼だよ。そう思わんか芥川」

「聞けば、答えてくれるんじゃないかな」

と、芥川龍之介はちょっと笑う。芥川はこのころは元気があって、執筆量も多かった。寛は、

「聞こうにも追いつけん」

「正直だね」

「健脚《けんきゃく》は健脚なんだ。あんな、やせっぽちが」

寛と芥川は、これでもましなほうなのである。ふたりのうしろには、さらに仲間がふたりいて、ふうふう息をしつつ足をもつれさせているのだから。

宇野浩二、田中純である。すなわちこの早朝の七条通では、ぜんぶで四人が植村ひとりを追っているわけだった。

四人とも三十歳前後の作家だった。出自や出身校はまちまちだし、文壇登場の時期にも差があ

るものの、みなすでに佳作または話題作をいくつも発表していて一家とみとめられている。

特に有名なのは寛だった。何しろいまちょうど「東京日日新聞」と「大阪毎日新聞」で長編小説『真珠夫人』を連載中で、これが世間の話題をさらっている。ぜひとも創作の裏話を、そうして物語の今後の展開を、作者自身の口から聞きたいという読者の声にこたえるべく、このたびは大阪で講演をやるためにはるばる東京を出たわけなのである。なおこの当時の講演会というのは、現代とはちがい、聞くほうにとっては一日がかりの娯楽である。講師がひとりというのは例外的で、ふつうは暫時《ざんじ》の休憩を入れつつ三人や四人がつづけて話す。この点ちょっと寄席に通じるところがあるかもしれない。芥川以下が同行した理由である。

植村は、寛たちの会話が聞こえたのかどうか。しばらく行くと立ちどまり、

——着いたぞ。

と、また目くばせだけして一軒の店へ入ってしまった。座敷へ上がる。植村が勝手に大根のふろふきを五人前注文した。それが店の名物のようだった。

のれんには「わらんぢや」と染め抜いてある。座敷へ上がる。植村が勝手に大根のふろふきを

来たものは、どうということもない。小ぶりのお椀《わん》に大根が二きれ。味噌が京ふうの白味噌であるところが多少めずらしいだけで、腹ごたえがしなかった。

添えられた白飯と漬物も、やはり鳥の餌のように少ない。寛はついに堪忍ぶくろの緒が切れて、

「植村君」

箸を置き、語気を荒らげて、

「われわれは君に従ってここまで歩いた。夜汽車のあとで疲労困憊《こんぱい》だ。その贖《つぐな》いに君が供するのがこの一椀かね」

と、大根の椀を鼻先へつきつけた。なかは空っぽである。植村は黒目を寄せてそれを見て、まばたきして、はじめて寛に向かって口をひらいた。

「おかわりなら遠慮なく……」

「そういう意味じゃない！」

どんと卓をたたいた。まわりの客がこっちを見る。神経質な宇野浩二が、横から、

「まあまあ、菊池君」

と服の袖を引くのもかまわず、

「植村君、君は雑誌社の経営者なのだろう？　何、もと経営者？　どっちでもよろしい。今後も雑誌をつくる気なら作家は資本だ。もっと丁寧にあつかえ。そもそも講演は大阪なのだから、京都などは余計だった。まっすぐ大阪へ行けばいいんだ」

「申し訳ない」

と頭を下げたにもかかわらず、店を出ると、植村はまた四人の先に立った。来た道を引き返したから駅へ戻るかと思いきや、河原町通を北へ向かい、二条通を西へ入って、鎰屋《かぎや》とかいう店の二階で紅茶を飲ませてからようやく京都駅のほうへ足を向けたのである。

京都駅では午前十時台の汽車に乗った。さっきおなじ駅で降りたのが六時ころだった、ということは、約四時間で十キロくらい歩いたことになる。散策というより行軍である。講演会は夕方

から、定刻どおり大阪中之島の中央公会堂でおこなわれた。

二年前に建ったばかりという、煉瓦造りの、なかなか立派な建物である。講演の順番は、寛、芥川、田中純、そうして宇野浩二の予定だったけれども、宇野はよほど疲れたのか、

「僕は出ないよ。控室で待ってる」

と言い張った。こうなると宇野は、てこでも動かないところがある。

主催者は、大阪の日本画家の結社である。植村とはもともと何かの仕事を通して親しかったらしい。

「あかん。もう四人やる言うてしまいました。三人では足りへん」

と彼らが訴えるので、結局、植村が四人目になった。演題は「ロシアの前衛作家」とした。

なるほど植村には、それを語る資格はある。寛のとぼしい知識によれば、植村はもともと早稲田大学の学生だった。学費滞納による除籍処分を受けたあと出版業に飛びこんで、人の縁があったのだろう、トルストイ全集刊行会という会社を興し、同全集を刊行した。

この売れ行きはかなりよく、植村自身、かなりの金を手にしたらしい。それを元手に「主潮」とかいう翻訳ものを中心とした文芸雑誌を創刊してみたものの、こっちのほうは成績がふるわず、六号で終わり、返本の山にかこまれて逆に借金をかかえてしまった。

植村は、うわさでは家賃を十八か月ぶん溜めるほどの苦境におちいった。現在もきっと全額返済には至っていないのにちがいないが、とにかく彼の教養はロシア文学がひとつの背骨をなしている。講演がはじまり、寛、芥川、田中純がそれぞれの話をつつがなく終えて、さて植村の番に

なったとき、寛は、

「どれ」

そっと控室をぬけだして、会場である大集会室の後方のドアを少しあけた。

隙間から壇上を見た。何しろあのむっつり屋だ、よほど進退きわまっているだろう、聴衆を退屈させているだろうという意地悪な気分からだったが、意外にも、その話しぶりは堂々としている。

声はよく出ているし、聴衆も熱心に聞いていることは野次の少なさからもわかる。この当時の講演会はむしろ野次のあるのが当たり前なのに。

(なんだ)

寛は、正直がっかりした。しかしながら講演が終わり、堀江の茶屋で歓迎会がひらかれると、植村はやっぱり元どおり。

ひとり腕組みをして沈黙するのみ。まわりは騒々しく、ことに寛のまわりはそうだった。芸者がどんどん入って来て、お酌をしつつ、

「『真珠夫人』見ましたぁ」

と、くちぐちに言ったからである。「読みました」ではなく「見ました」だった。新聞連載がまだ完結していないのにもう道頓堀の浪花座で芝居がかかっているらしかった。

東京へ帰り、家に着いてから講演料の袋をあけて、寛は、

「ほう」

百円である。なかなか遠出のかいがあった。反射的に、

「植村も、もらったかな」

この場合、植村には受け取る資格がどこまであるのか。講演をしたのは植村だけれど、宇野へも足を運ばせておいて無報酬ではさしさわりがある。

全額ならずとも、半額もらえれば返済の足しになるだろうか。寛はその後も二、三日、ふとしたおりに、あの宴席での植村のむっつりと腕組みしている姿を思い出した。平静だったような、憂い顔だったような……他人の財布が気になるたちなのである。

†

その寛が、

（雑誌を、やろう）

と決めたのは二年後、大正十一年（一九二二）の秋だったか。

世はまさしく雑誌の時代だった。硬派の雄というべき総合雑誌には「改造」「中央公論」があり、軟派の花というべき読物《よみもの》雑誌には「講談倶楽部」「婦人倶楽部」があり、文芸誌という特定少数の読者しか見こめない世界においてすら「新潮」が主座を占めていた。日本史上初の壮観だった。

その背景には、維新以来の公教育制度がようやく全国的に機能したことがある。

すなわち、識字人口が激増した。それまで字を読めなかった、あるいは読めても何の益にもならなかった工場労働者や、商店の小僧や、家庭の主婦がこぞって教養や娯楽のために読むようになったし、また社会のほうもそれをもう無為や怠惰とは見なさなくなった。活字が市民権を得たのである。

この傾向をいっそう推し進めたのは、石油ランプや電灯の普及だった。日が暮れてめしを食い、風呂に入ってもまだ一日は終わりではない、家や寮にはあかりがある。それをたよりに雑誌が読める。

夜の時間が、史上はじめて余暇というものに変わったのである。そうしてラジオや蓄音機といったような音声機器はまだ普及していなかったから、その余暇は雑誌がほぼ独占した。

夜は雑誌の時間だった。一冊を数人、ときには数十人で貸し借りしあう、いわゆる「まわし読み」の習慣もさかんだったことを考えると、たとえば「講談倶楽部」など、実質的にはつねに数十万の読者を持っていたといえる。雑誌をやろうという寛の決意は、打ち割ったところ、このような時代の空気が大きかった。

当時の文芸出版界でもっとも権威があった版元である春陽堂《しゅんようどう》に発売を引き受けてもらえたのも、寛の決意を後押しした。創刊は翌年一月号。誌名は「文藝春秋」とした。おもてむきは編集同人制を採ったけれど、何しろ急に決めたものだから同人組織などありようがない。寛自身がいろいろな知り合いへ、

「雑誌をやるから、同人になれ」

と声をかけて、ようやく体裁がととのったのである。

声をかけた相手は、横光利一《よこみつりいち》、川端康成、今東光、佐々木味津三《ささきみつぞう》といったような二十代の作家が多かった。

もちろん寛より年下である。若い人たちに発表の場をあたえてやろうというのは確かに今回の目標のひとつであり、寛自身、創刊号の巻頭に掲げた「創刊の辞」でもそのように明快に宣言している。しかし一部の文壇関係者は、

「なるほど若くて無名の作家じゃなきゃ、こんな急な話には乗れんさ」

と、やや意地悪にうわさした。

創刊号の目次には、寛のほか、その同人の名前がならんだ。

もっとも彼らは、小説や戯曲を寄せたわけではなかった。四百字詰め原稿用紙で数枚ぶんの随筆ばかり。何しろ制作費が全額、寛の私費から出ていることもあって雑誌自体がはなはだ薄く、二十八ページしかないので仕方がなかった。同人のひとり川端康成は、のち大家となってから「雑文雑誌」と回想したが、これは言い得て妙である。「文藝春秋」は雑文から出発したのである。

世間では、しかしこれが案外めずらしがられたものか。発行した三千部は完売した。春陽堂の社員がこの知らせを東京市小石川区林町十九番地の寛の自宅へ持って来ると、二階の和室にあつまって次号の相談をしていた同人たちは、

「おおっ」

万歳をした。若手のリーダー格である横光利一も、ふだんは天才きどりの佐々木味津三も腰を

浮かして、

「壮挙だ、壮挙だ」

肩をたたきあった。寛も血がさわいだ。あぐらをかいた両ひざを肘でとんとんと打ちながら、

「よーし、よし。次の号はもっと売るべし。諸君この調子で行こうじゃないか」

が、車座のどこかから、

「ちがうな」

ぼそりと声がした。

沸騰した鍋に差し水をしたように、みんな口をつぐんで声のぬしを見た。声のぬしは、ふだんは群を抜いて無口な男だった。

寛も、おどろいた。おどろきつつ、

「何がちがう？　直木君」

「完売はたまたまだ。雑誌っていうのは、創刊号は出るもんなんだ。読者のご祝儀だ。それに加えて俺たちの場合は、一冊十銭なんだからな。うどん一杯とおなじ安さだ」

「それは、まあ……」

「問題は次号だ。『この調子』なんかじゃいかん。前号をしのぐ企画を打たんと読者は飽きる。雑誌は早々につぶれちまう」

直木は、鉛筆のように痩せている。背も高い。寛がその顔を見あげて、

「何をするんだ」

と聞いたら、ぷいと窓のほうを向いて、
知らぬ者が見たら失敬というか、不愉快きわまる態度である。だが寛は、このときにはもう、

「……」

(こういうやつだ)

いちいち口に出さずとも、直木には直木なりの考えがある。そう知っていた。二年ちょっと前、たった一椀のふろふき大根のために寛たちを早朝の京都でえんえん歩かせたのも結局のところは東京の文士に京名物を食わせてやろうという彼なりの不器用な親切だったように。

直木三十三、あの植村宗一の筆名である。「直木」は植村の「植」をふたつに割ったもの。三十三は……冗談みたいな話だが、彼はいま三十三歳なのだ。

年齢をそのまま筆名にしたのである。たぶん読者へひとつ話題を提供した気でいるのだろうが、寛はこの悪ふざけが嫌いだった。

やることが幼い。妙策のつもりで奇策に堕している。だいいち校正が面倒ではないか。この伝で行くと来年は直木三十四、そのつぎは三十五……。

にもかかわらず寛はこのたび、この男へも声をかけた。やはり財布が気になったのである。あの大阪での講演以降、寛はときどき直木の消息を聞くようになったが、どうやら直木はさらにもうひとつ雑誌の経営を引き受けてつぶしたらしい。

生活は、窮迫の極に達した。何でも誰かが直木の家をおとずれたところ、座敷には十人以上の高利貸しがいて、

「返せ」

「利子だけでも」

「差し押さえするぞ」

騒ぎに騒いでいたのだという。近所にももちろん聞こえていただろう。直木はあぐらをかいたまま返事しないので、ひとり去り、ふたり去りして、やがて誰もいなくなった。

大した胆力だ、などと評する者もあったけれど、寛に言わせれば胆力なものか。単に無口なだけではないか。どんなに慣れているにしても、人間、金のことで責められて心が無傷でいられるはずがない。同人雑誌の原稿料など微々たるものだけれども、

（足しになれば）

そんなふうに思ったのである。もっとも、現実的な計算もあった。文筆家としての直木にはほとんど実績がなく、いわば単なる閑人《ひまじん》なので、

（雑用に使おう）

雑誌づくりとは、意外にそれが多いものなのである。同人以外の寄稿者に対しては原稿とりの手間があるし、ほかにも校正やら、印刷所との打ち合わせやら、官庁への納本やら、読者の手紙への返事やら、定期講読者の名簿づくりやら。寛はこの時点では、直木には原稿の期待はしていなかった。

ともかく、同人会議である。直木はもう口をきかぬと見て、寛はみんなへ、

「まあ次号が大事だというのは本当だ。どうするね」

「創作です」

と即答したのは横光だった。長い前髪をかきあげて、

「新企画の必要を言うなら、やはり創作を載せなければ。力のこもった小説を」

「集まるかね。いまから」

と佐々木味津三が言った。味津三はどういうわけか円形の、弁当箱を伏せたような赤いトルコ帽をかぶって、首をゆらゆらさせている。横光は、

「きまってる。俺たちが書くんです。次号は無理でも四号か五号には……」

「外部の作家は？　誰にたのむ？」

「おい今（東光）君、君の師匠は谷崎《たにざき》だったな」

「精二《せいじ》か？」

「潤一郎《じゅんいちろう》だ」

「いやいや、あかん。俺ぁ不肖《ふしょう》の弟子やさかい」

「菊池先生から言ってもらおう」

「僕に頼るなよ」

熱気あふれる議論のなか、直木はひとり窓を向いたままだった。寛はその無表情な横顔を見て、この男はいま、まちがいなく「文藝春秋」のことを考えていると思った。次号どころか、はるか未来のことまで考えてくれている。

（直木君）

いやな予感がした。今度はどんな道を歩かせて、どんなふろふき大根を食わせる気なのか。

†

月刊「文藝春秋」は、第二号も好調だった。

書店で目立つよう表紙を色刷りにして（創刊号は白黒）、あらたに「菊池寛編輯」の五文字を入れたのが功を奏したのか、四千部が完売した。

第三号は六千部。第四号はさらに、清水の舞台から飛び下りるつもりで一万部刷った。数字だけ見ればもう同人誌ではない、堂々たる一般商業誌の域であるが、これもまた完売に近い成績をおさめた。

第五号は「特別創作号」と銘打って、堂々十二篇の作品をならべた。さすがに谷崎潤一郎のものは得られなかったけれども、佐々木味津三、川端康成、石浜金作といったような同人のほか、滝井《たきい》孝作《こうさく》、片岡鉄兵《かたおかてっぺい》など外部の筆者も力作を寄せた。みな新進作家だった。

当時の文壇情況は、一般に、

――沈衰。

――停滞。

などと評されていた。

作家の檜舞台というべき「中央公論」や「改造」、ないし各文芸雑誌などは登場する面々が固定化し、その面々も、ジャーナリズムの発展にともなって仕事がふえたからだろう、なかなか世評を惹くような仕事ができなかった。駄作ではないが傑作でもない、ぬるま湯のごとき出来ばえの連続。そういう空気のよどみのなかへ、この号は、たしかに清新の気を吹きこんだのである。

もちろん横光利一も一篇を寄せた。題は「蝿《はえ》」。ごく短いものだったし、ストーリーも要するに馬車が人を乗せたまま崖から落ちたというだけのものだったけれども、その落ちた一瞬を、馬の背から飛び去る蝿の視点から描いてみせるなどの映像的な斬新さが評判になった。

同年同月、春陽堂の文芸雑誌「新小説」に掲載された中編小説「日輪」もまた話題となったので、横光は一躍文壇にみとめられ、同人の出世頭となった。現在は両作とも岩波文庫版『日輪・春は馬車に乗って　他八篇』などで手軽に読める。時代をこえた古典になったのである。

こうした「文藝春秋」の快進撃には、寛もあちこちで讃辞をあびた。

「大したものだ」

とか、

「商売上手」

とか、

「菊池さんには、親分の才もあったんですな」

とか。その反面、

――あの雑誌は、下品だ。

というような評判もちらちら耳に入って来た。

寛はこのころ、自宅を引っ越しして、本郷区駒込神明町《しんめいちょう》三一七に住んでいる。和風建築の母屋のほかに洋館もついている広壮な家だったけれども、ふだん洋館はあまり使わず、この日も上野精養軒での会合をすませて帰宅すると、母屋に入り、二階へ上がった。

同人用に開放している八畳間に入った。西日のさしこむその部屋では、直木がひとり、こちらに背を向け、うつむいて、どうやら原稿を書いているらしい。寛はその後頭部へ、

「ほかの連中は？」

「………」

「君は、何してる」

直木はあくまで振り返りもせず、

「埋草《うめくさ》だ」

「ああ」

寛は、返事にこまった。埋草というのは雑誌の誌面にやむなく生じる余白を文字どおり「埋める」雑文のことである。たいてい無署名または匿名で書かれ、書いたところで筆者の業績にはならない。

野球でいえば球ひろい。純然たる裏方仕事。直木より七つも八つも年下の横光や川端などが最近は商業雑誌からも注文が来ていることと、つい胸のうちで比べてしまう。

「ご苦労さん」

「………」

「だがその埋草で、ちょっと困っている」

「……」

「われわれの雑誌が、或る種の連中に……下品と呼ばれる原因になっている。わかるな？」

「ゴシップか」

と、直木が言った。寛は、

「そうだ」

例の、直木の新企画だった。第二号から掲載されている。題も形式も毎回ちがうが、内容がいわゆる文壇ゴシップ、つまり作家の仕事や私生活をときに興味本位に、ときに露悪的に、あげつらう記事であることは変わらなかった。

毒舌ならぬ毒筆である。たとえば第二号掲載の「文壇百人一首」では、

　　久米正雄
主婦の友、脚本活動印税と
久米の正雄に金は降りつつ

といきなり同人を槍玉にあげる。読者は久米の金満ぶり、および作家のくせに小説に集中していない俗物じみた生活ぶりが印象に残ることになる。

あるいは、第四号の「文壇新語辞典」。

ぼうりゅうさっか（傍流作家）
（名）主流作家に対してその他の作家を云う。一生涯かかっても流行作家になれぬ作家。例、
宇野喜代之介。松岡譲、若月保治、三島章道

（名）とは名詞の意なのだろう。何といっても「例」に出たのがみな実在存命の作家であることがぶっつけである。なるほど彼らが傍流であることは、或る程度、世評を反映するものではあるが、それをこう堂々と、証拠もなしにやっつけるのは特別な神経が要る。または神経の欠如が要る。


「実際、若月《わかつき》さんから抗議状が来たよ。いや、ちがう、若月さんの弟子からだ」

「自称弟子だろう」

「そうかもしれん」

「で、どうだ」

「どうだとは？」

「やめろと言うのか」

直木はそう言うと万年筆を置き、こちらへ首をねじまげた。

背丈があるので、キリンが振り返ったような感じがする。目は怒っているようだった。

寛は視線をそらし、机の上の原稿を見た。ちらっとしか見えないが、題のところに大きく「文

壇」の二字が見えるのは、おそらく次号用のゴシップなのだろう。

「どうなんだ。菊池君」

と重ねて聞かれて、寛は直木を見た。正直に、

「迷っている」

と答えると、直木はきゅうに首を垂れて、

「俺のことなら、気にするな。仕事なら自分で見つける」

めずらしく弱気な発言だった。やはりどこか後ろめたいのかもしれない。寛はそっと首をふって、

「君のことは、気にしてない」

「何だと？」

「読者のことを」

「どういう意味かね」

「好評なんだよ」

と、寛はまるで不評の話でもしているかのような苦い顔になって、

「君のゴシップは、読者にかなり好評なんだ。手紙は見たか？　どうせ見てないんだろう。あとで持って来させるが、東京はもちろん地方からもたくさん届いてる」

「ほう、ほう。もっとやれと」

「そういう声もある。もうやめろという声もある。なかには僕に向かって、こんな記事を掲載し

ていたら菊池先生の名誉に傷がつきますと案じてくれるご婦人もあるくらいだ。しかしやっぱり好評だな。よくぞ言ってくれたというような」

などと教えてやりながら、寛自身、

（民衆が、こんなに醜聞好きだったとは）

意外の感がぬぐえない。こんなこと明治の世ならあり得なかった。作家というのは「言葉」という聖具をもちいて芸術の神にその身をささげる聖職者、ないし殉教者であるという通念が書き手のほうにも読み手のほうにも多少はあったような気がする。その醜聞をあばくなど、それこそ一種の冒瀆だった。

それが、いまはどうだろう。この大正デモクラシーなる民衆の世では作家はもはや聖職者や殉教者などではなく、官吏や、将校や、博士や、財閥の重役や、大地主などとおなじ俗界の人間にすぎない。

あるいは俗界の名士にすぎない。そうして名士に対しては、民衆は嫉妬する権利がある。かくしてゴシップの出番である。ゴシップとは名士がほんとうは自分とおなじ凡庸人であるという当たり前のことを暴露して、それによって嫉妬の症状をやわらげる一時的な解毒剤だからである。

「率直に言おう、直木。君の書くものは痛しかゆしだ。雑誌の品位のためにはやめてほしいが、売り上げのためにはつづけてほしい」

「わかった」

この男にはめずらしく、返事の声が大きかった。

直木はその後、ゴシップの執筆をやめるどころか、いよいよ意気込んで書くようになった。ひょっとしたら激励と受け取ったのかもしれない。その内容は号を追うごとに辛辣《しんらつ》になり、遠慮がなくなった。右の話し合いから約半年後、大正十三年（一九二四）二月号には「文壇名流女見立」なる記事が掲載されたが、これは、

女優　久米正雄
女中頭　徳田秋声
女学生　生田春月

といったように作家にひとつずつ女の肩書きをあてがって、その由来という口実でもって彼らの作風をあるいは揶揄《やゆ》する。あるいは私生活に筆誅《ひっちゅう》を加える。

偶像破壊の快感に、さらに女性の社会進出という都会の最新風俗をうまく嚙み合わせたわけだ。何しろ鬱然《うつぜん》たる大家まで、

婆芸者　泉鏡花

などとやっつけている。分量も多かった。とりあげられた作家は二十三人。見ひらき二ページを占領した上、最後のところは数行の余白を残しているのだからもはや埋草ではない、堂々たる

企画記事である。逆に言うなら、こういう企画をもう誰も制止できないくらい、それくらい読者の反響は大きかった。

ゴシップ路線の頂点は、同年十一月号にあらわれた「文壇諸家価値調査表」だった。以下「調査表」と記す。これはあたかも学生児童の成績表のごとく作家のもろもろを採点するもので、縦横の罫の引かれた文字どおりの「表」が、何とまあ三ページもの誌面を占領している。もはや企画記事どころか一大特集である。例を挙げれば(表中の漢数字は算用数字に直した)、

芥川龍之介
学殖96　腕力0　未来97
南部修太郎
学殖0　人気6　性欲88
宇野千代
学殖32　度胸88　性欲86　未来10

こういう調子で有島武郎《ありしまたけお》、泉鏡花《いずみきょうか》、谷崎潤一郎といったような大物から無名に近い書き手まで、総勢六十八名をとりあげたのである。

まさしく「文藝春秋」の発したゴシップの大砲。寛は迂闊《うかつ》にも、それを見本刷りで知った。

(これは、来るな)

苦情がである。

校了前に見ておけばよかったと思った。このごろは「文藝春秋」もずいぶん分厚くなった上、寛自身、ほかの仕事がいそがしく、全部の原稿にはとても目が通せなかったのである。表のなかには直木や寛の名も入っているし、また直木には修養20、腕力20などと低い点数もついているけれども、そんなもの、何の迷彩にもなりはしまい。

はたして、来た。

読者の手紙が来た、文壇顰蹙《ひんしゅく》の声が来た。しかしいちばん敏感に反応したのは、この場合、ほかならぬ同人仲間だった。

横光利一が激怒したのである。その十一月号をわしづかみにして今東光の家へ行き、

「こんなのを載せては雑誌は低俗になるいっぽうだ。もうついて行けん」

「ああ、そうだ。君の言うとおりだ」

これだけ怒るところを見ると、横光も今も、やはり事前に原稿は見ていなかったのだろう。このころふたりは川端康成、片岡鉄兵、佐佐木茂索、佐々木味津三、菅忠雄らとともに「文芸時代」という名の、よりいっそう純粋に文学的な、よりいっそう創作中心の、よりいっそう理想主義的な同人雑誌を創刊していたから、そっちのほうへ気が向いていたのにちがいなかった。

横光と今は、それぞれ反論の文章を書いた。それらは「文藝春秋」への苦言というより攻撃に近く、菊池寛に対して、

――絶交する。

と宣言したも同然の内容だった。

　書きあげてしまうと原稿を封筒に入れ、切手を貼り、近くのポストへ投げ入れた。横光の宛先は「読売新聞」、今のそれは文芸誌「新潮」。それぞれ懇意の記者または編集者がいたからである。最近の話題性を考えれば、どちらも没書にはならず、すんなり掲載になることは確実だった。

　そうして横光は、その足で、千駄木《せんだぎ》の川端康成の下宿へと歩いて行った。今は自宅に帰って本を読んだ。これがふたりの運命をわけた。川端は事の次第を聞くと、ふだんは大きな声など出さないのに、

「それは、だめだ」

　と、横光を説きに説いたのである。

「君ははっきりと菊池寛の門下生だ。僕もそうだ。少なくとも世間はそう見ている。なるほど君も僕もずいぶん前から創作活動をしてはいたが、名が上がったのは『文藝春秋』がきっかけなのだから。それに生活卑近《ひきん》の面で言っても、僕たちはどれほど菊池さんの家で鰻丼を食ったか、酒を飲んだか。僕はただの一銭だって払ったことはない。君もそうだろう」

「………」

「今回の雑誌のこともそうだ。僕たちが『文芸時代』を出したいと言ったら、菊池さん、あんなに不愉快そうな顔をして、結局は出陣祝いの金をくれた。『文藝春秋』の低級なゴシップ路線をあきたりず思う心は僕もおなじだが、それをわざわざ天下にさらして菊池さんに恥をかかせていいかどうかは問題が別だ。自重しろ、横光君。そのほうが結局、君のためにも、僕らの『文芸時

代』のためにも得策だ」

横光は、目がさめた。

ふたりして「読売新聞」へ走り、懇意の学芸部長に面会して、

「原稿は取り消す。返してくれ」

学芸部長は困惑顔で、

「そりゃ困るよ、横光君。もう印刷部へまわしちまった」

「応接間を貸してください」

横光は応接間を占領して、おなじ分量の、毒にも薬にもならない随筆を書いて差し替えてもらった。

印刷はぎりぎり間に合った。こうして「読売新聞」には絶交宣言は出なかったが、今東光のほうの原稿はそのまま「新潮」十二月号に掲載された。タイトルは「文藝春秋の無礼」。

寛は、読んだ。

激怒した。今を呼んでも来ないので、「新潮」翌月号に反論の文を寄せた。例の「調査表」における諸家への無礼はいさぎよく認めて謝罪した上、ほかの今の主張をしりぞけた。そうしたら翌月に今が再反論の文章を寄せた。やっぱり感情的な文章だった。

今は、もともと放埒《ほうらつ》な人間である。父親が日本郵船会社につとめるヨーロッパ航路の船長だったことから小学校の転校が多く、横浜生まれにもかかわらず函館、小樽、大阪、神戸と港町を転々とした。

このことが、何がしか人格形成に影響をおよぼした。人間関係というのは永続しないもの、また永続すべきでないものと無意識に思うようになったのかもしれぬ。関西学院中等部でも、兵庫県豊岡中学校でも素行不良で退学を食らった。父親からは勘当された。

上京して文学青年の生活に入っても女郎屋には入りびたる、友達は馬鹿にするで、いい評判は聞かなかったから、じつは「文藝春秋」創刊時にも寛はこの男の同人入りには難色を示したのだった。けれども、かねて今とは同人誌「新思潮」の仲間だった川端康成が、

「入れてください。彼が入らないなら僕が出ます」

とまで言ったので入れてやった。川端にはこういうところがある。ふだんの老成ぶりの反作用ででもあるのか、きゅうに一肌ぬぐのである。

それが結局、このありさまである。このたびばかりは川端もものを見誤ったと言うしかなかった。今はこの後「文藝春秋」同人を脱退した。

いわば「文芸時代」専業になった。なお、これは半年後の話になるが、今はその「文芸時代」のほうも脱退して、べつの同志と語らって「文党」なる新雑誌を創刊して、その宣伝のためチンドン屋よろしく街を歩いた。

胸と背中に看板をかけ、鳴りものを鳴らして、

天下に生まれた文党だ

値段が安くて面白い

既成文壇討たんとて
　勇んで街へ出かけたり

と放吟したという。

要するに、文学よりも文学騒ぎのほうが好きなのである。「文党」は売れ行き不振であっさりと廃刊になった。今はその後もあちこちに書いたが存在感は薄れるいっぽうで、出家して天台宗の僧侶になった。

†

「文藝春秋」は、その後も部数をのばした。

寛の胸もふくらんだ。どうせならこの雑誌を、

（もっと、大きく）

じつを言うと、それは創刊時からの野心だった。部数だけではない。内容の上でも現在のような文壇雑誌のせせっこましい湖を出て、もっと一般的というか、世間普通の大海を行きたい。

政党の動向だの、工場における労働条件だの、女性の職業進出だのいう時事的な現象もあつかいたいし、海外事情や、家庭問題や、スポーツや、歴史読物や、政界裏話や、長寿の秘訣や、旅行案内や、華族のふだんのお食事拝見といったようなものや……要するに都会の市民が興味を抱

くありとあらゆる対象へぶつかりたいのだ。

もちろん小説の創作も載せる。これをひとことで言うと、

——総合雑誌にしたい。

とは、しかし果たして言えるだろうか。

なるほどそう呼ばれる雑誌はある。さしあたり「中央公論」と「改造」あたりは二巨頭だろう。だがこの両誌が「総合」の二字をもって称されるのは、基本的には、思想、政治、経済、科学、文学、美術などに関する論文を載せるという意味。つまりは学芸諸分野の「総合」の意ではないか。

寛はちがう。あるいは「文藝春秋」はちがう。それよりも先にまずこの自分たち人間という体温のある、体臭のある、よろこびもすれば悲しみもする不可思議この上ない存在への興味があって、そこから諸分野へ手をのばす。

別の言いかたをするならば、かたっくるしい諸分野にわかれる前の身軽な人間そのものを「総合」と見るところから出発する。「総合」の意味がちがうのである。学問芸術を探究するふりをして人間そのものを探究する、いや、人間そのものをおもしろがる。そんな態度でもあるだろうか。

したがってその記事の文体は、おのずから論説よりも随筆寄りになるだろう。いっそ談話に近いかもしれない……われながらあんまり漠然としているけれども、もしもそれに成功したら、「文藝春秋」は類のない雑誌になる。

「中央公論」や「改造」のような硬派とはちがう、「講談倶楽部」や「キング」のような軟派ともちがう雑誌になる。そうして雑誌というものは、類がなければ、

（売れる）

そのためには、まずは「文藝春秋」を商業雑誌にしなければならぬ。寛はそう決意した。もちろん現在でも商業的ではある。本屋の店先で売っているとか、新聞に広告を出しているとかの点では商業的なのだけれども、ほんとうの意味でそうなるには、いまや以下の二点が問題だった。
一、同人制を敷いていること。
二、制作費は寛個人が出していること。
一については言うまでもない。同人制を敷くかぎりは雑誌はひっきょう素人細工の域を出ない。編集も校正も営業もそれぞれの玄人が、毎日着々と、趣味ではなく業務でやらなければ雑誌というのは大きくならない。寛は、同人を解散した。
さいわい――と言うべきか――横光利一や川端康成、あるいは石浜金作などといったような若手の主力は「文芸時代」のほうの編集にすっかり夢中である上に、作家としても多忙になった。つまるところ寛の手をはなれ、一人前になったのである。雑誌創刊の目的の一半は果たされた恰好である。それに「文藝春秋」の仲間には、菅忠雄のような人間もいた。菅は公式にではないものの事実上の同人で、しかも小説よりも編集のほうに天分があり、すでにして編集長みたいな存在だったから、解散後の新しい組織づくりも円滑に進んだ。今後はこの菅忠雄が業務の中心となっていくだろう。

編集のほうはそれでいいとして、もうひとつ、二の会計の問題はいくらか厄介だった。

それまでもいちおう「文藝春秋」は文藝春秋社なる団体が刊行していることになっていたし、発売ももう春陽堂に依存せず、何とか自分たちでやっていたけれども、実際のお金は、要するに寛が自分の財布から出し入れしているだけ。

収支の計算も杜撰《ずさん》というか、そもそも帳簿をつけていないのだから杜撰以前である。武家の商法ならぬ文士の商法。いままで何事もなかったのがむしろ奇跡的なので、寛はいろいろの試みの末、文藝春秋社を株式会社とし、みずから取締役社長の座に就いた。

資本金五万円。ここにおいて組織的にも、会計的にも、個人と法人が切り離されたのである。

これにより寛は、ときどき社員から、

「菊池さん」

でも、

「菊池先生」

でもなく、

「社長」

と呼ばれるようになった。ときに「菊池社長」とも。

（文士が、社長か）

多少の満足がないでもなかった。余談だがこの法人化以降、社員がよく働くようになった。寛は、

（なるほど）

と思うところがあって、人にはこう言い言いした。

「人間というのは、おもしろいものだね。おなじ仕事でも個人商店でやるのと株式会社でやるのじゃ気概がちがうんだ」

これは寛の勘ちがいだった。あとで社員のひとりが打ち明けたところでは、個人経営の時代には月給も寛の財布から出るわけで、出る日も金額もばらばらだったからまったく安心できなかったのだという。

特に家族のある者は、心配がひととおりでなかった。その月給がこのたびの法人化によって毎月決まった日に、決まった額が出るようになったので働きやすくなった、それだけの話だった。気概うんぬんは関係なかったのである。

ともあれこの結果、「文藝春秋」は急速に面目をあらためた。

雑誌そのものが分厚くなり、そこへ寄稿するのも、だんだん文壇外の著者が多くなった。新聞紙法第十二条にさだめる保証金を当局へ納付することで本格的な政治論、社会論も掲載できるようになったため、この雑誌は、名実ともに総合雑誌へと脱皮した。誌名は変わらぬ。総合雑誌なのに「文藝春秋」というのは考えてみれば奇妙だけれど、まあ、それはそれで粋《いき》に見えないこともないし、だいいち経営の実際から言っても、多数の読者にひきつづき買ってもらおうとすれば誌名を変えるのは得策ではない。その総合雑誌化第一号は、大正十五年（一九二六）十二月号だった。

創刊から、ほぼ四年後である。翌月には部数が十五万を突破した。目次には政治評論家・鶴見《つるみ》祐輔《ゆうすけ》による「二大政党か小党分立か」とか、あるいは太田菊子という著者による「婦人記者十年の生活」などといったようなものが出はじめた。政治種《だね》であり社会種である。「文藝春秋」は少しずつ寛の理想に近づいて行った。もしくは寛その人に近づいて行った。

おのずから、文壇ゴシップは載らなくなった。

文壇の話題そのものが激減したのだから当然だった。読者もそれを求めなくなった。たしかに雑誌の雰囲気は一段高級になったのである。

そうなると、

(直木)

寛は、みょうに気になりだした。

自分はひょっとしたら、あの無口な貧乏神を、

(捨てたか)

直木には直木の言いぶんもあるにちがいない。低級だろうが何だろうが創刊直後のもっとも困難で大事な時期にとにかく「文藝春秋」の名を世にひろめ、発行部数をふやしたのは自分ではないか。文壇ゴシップではないか。その功労者をこうもあっさり追放して、口をぬぐって知らん顔とは恩知らずにもほどがある。

寛は、

(会いたい)

その思いが、しきりと去来した。

言い訳はしない。捨てたといえば捨てたのである。そのかわりと言っては何だけれども、たらふく鰻丼を食わせてやりたい。別の仕事をあたえてやりたい。しかし直木はもう東京にはいなかった。三年前、マグニチュード七・九の関東大震災が発生して東京および京浜地方が壊滅的な被害を受けたとき、直木は、

「東京は、もうだめだ」

と言い残して、着のみ着のままで大阪へ行ってしまったのである。

震災うんぬんは口実で、ほんとうはやっぱり毎日のように借金とりに責め立てられる生活が耐えられなかったのだと寛は察したものだけれども、ともあれ寛は、その後は直木と会うことはなかった。

手紙のやりとりのある誰かから消息を聞くだけ。その消息がまた呆れるものだった。何でも直木は大阪でもやはり出版業から離れられず、プラトン社という出版社に雇われたという。

プラトン社は、生粋《きっすい》の出版社ではない。

化粧品の製造販売で全国的に有名な中山太陽堂という会社が興したもので、つまりは異業種参入組である。それがこのたび「苦楽」という名のおしゃれな娯楽雑誌を出すことになったため、直木はその経営と編集をまかされたらしい。寛はそれを聞いたとき、

「また経営か」

舌打ちしたものだった。

腹が立ったのは、むしろその版元のオーナーに対してだった。化粧品がどれほど儲かるのか知らないが、どうして事前にちょっとでも直木の経歴を調べないのか。

調べれば雑誌「主潮」の失敗はすぐにわかる。東京での借金まみれの暮らしぶりも。すなわち他はともかくこの男だけは雇ってはいけないと容易に判明するではないか。直木というこの特殊な才能を制御できるのは、

（俺だけだ）

それはそれとして、日が経つうち、うれしい知らせも舞いこんで来た。

直木が小説を書きだしたという。しかもその内容は仇討《あだう》ちだという。芥川龍之介や横光利一や川端康成が書くようないわゆる純粋芸術の系統ではなく、大衆小説なのである。

こんどは埋草ではないのだろう。「苦楽」には創刊号以来、ほぼ毎月、着々と直木の短編が掲載された。各回だいたい四百字詰め原稿用紙二十枚ぶんほど。それらのうちから数編をえらび、さらに新稿数編をくわえて『仇討十種』という単行本もプラトン社から出した。

このころ東京・雑司ヶ谷《ぞうしがや》にあった文藝春秋社（後述する）の寛の部屋には、それらの雑誌や単行本がつぎつぎと郵便で送られて来た。寛はそのたび安堵したというか、肩の荷が下りた気がした。よく考えれば直木は編集長の身で自分の原稿を採用したわけだからお手盛りもはなはだしいわけだけれども、二、三編読んでみて、

（悪くない）

寛はそう思った。大衆文学としてはまだまだ標準的な出来ばえの域を出ないけれど、とにかく

書きっぷりの明るいのがいい。文壇ゴシップの余徳といえるかもしれない。東京のジャーナリズムでは特に話題にはならなかったが、新人の作などそんなものだろう。

「直木のやつも、もう筆一本で立ってくれたらなあ」

と社員に言いもした。おとなしく小説や随筆だけ書いていれば経営失敗で借金をこさえることもないし、多額の原稿料がふところに入る。

講演旅行で一稼ぎもできる。じつはそのほうが直木に向いているのではないか。

こんな寛の期待は、

——直木が、プラトン社を辞めた。

の報に接してますます大きくなった。理由は容易に察しがつく。どうせ経費を使いすぎるとか、部数がのびないとかでオーナーと対立したのだろう。いいきっかけではないか。

ところが一か月後に来た続報は、

——こんどは、京都で映画事業に手を出した。

というものだった。

何でも直木め、聯合《れんごう》映画芸術家協会なる会社を設立して、プロデューサーのような立場になって、制作費あつめに奔走しているとか。

筆一本どころではない。自分から借金を増やしに行っているようなものである。ほどなく直木直筆の手紙が来た。右の次第をかんたんに報告した上で、

——ついては君の人気作『第二の接吻』を映画にしたい。許可してくれ。

寛はこれを社長室で読んで、

「馬鹿！」

あやうく手紙を引き裂くところだった。大声で、

「斎藤《さいとう》君！　斎藤君！」

「文藝春秋」編集部の斎藤龍太郎《りゅうたろう》が飛んで来たので、椅子から立ちあがり、手紙を読ませて、

「返事は君が書け。僕は書かん。そんな際物《きわもの》にうつつを抜かす暇があったら小説を書けと言っておけ」

くるりと背を向けてしまった。

斎藤は、有能な実務家である。ふだんと変わらぬ声で、

「菊池さん」

と呼びかけた。社長を社長と呼ぶ世間の美風は、この会社からはとっくのむかしに消えている。やはりどこかに素人くささというか、同人雑誌ぶりが残っているのだろう。寛は、

「何だ」

「原作の使用は？」

「………」

「菊池さん」

「うるさい！」

寛は体の向きを変え、大またで出口のほうへ歩いて行った。ドアのノブに手をかけて、ドアに

向かって、

「許可する！」

部屋を出た。われながらどうにも感情の始末がつかなかった。

†

直木が東京に帰って来たのは、昭和二年（一九二七）の夏だった。

先に送った十五個の家財道具はすべて田端駅で債権者たちに差し押さえられたため、直木と妻とふたりの子供はとりあえず本郷の菊富士ホテルに身を寄せているという。ろくに着がえもないのだろう。

話を聞いて、寛はただちに、

「やつを連れて来い。首に縄をつけても引っぱって来い」

直木が来た。社長室で机ごしに対峙した。社員を出て行かせ、ふたりっきりになると、山ほど言いたいことがあるのに舌が動かない。

直木は、むろん話さない。

寛も話さない。じっと直木を見た。その風貌はかなり変化していた。やせっぽちで背が高く、鉛筆のようであることは以前のままだが、そのてっぺんが、つまり額から頭頂にかけての部分が、ひろびろと禿《は》げあがってしまっている。

そのくせ、まんなかだけ黒いものが残っているので、武士の髷《まげ》のように見える。ちょっと独特の風貌である。激しい心労でそうなったのか、それとも単なる遺伝の残酷な仕事の成果であるのかは寛にはわからなかった。

寛は、

「直木」

ようやく、呼びかけた。

直木はこっちを見おろしている。その顔からは感情はうかがわれない。

「直木」

もういちど呼んで、金縁の丸めがねを指でもちあげて、

「無口の病気は、治らんようだな」

「……あんたこそ」

「え？」

「あんたこそ、不機嫌だと極端にしゃべらんようになるらしいな。うまいこと言うやつがいたよ。あれは菊池寛じゃない、クチキカン（口利かん）だとさ」

「くだらん。誰が言った」

「俺だ」

「貴様が言うな」

と口に出したときにはもう、寛は微笑してしまっている。負けである。この直木という、無量

無辺の借金とりを相手にしてきた極道者には、自分ごときの叱責など蛙《かえる》の面《つら》に水なのだろう。寛は笑いを引っ込めて、

「直木」

「何だ」

「小説を書け。それに集中しろ。貴様にはその才が……」

「あるか」

と、ふいにまっすぐ聞いて来る。寛はとっさに、

「経営の才よりは」

「そうか」

直木は、それから猛然と書きだした。「キング」や「週刊朝日」や「サンデー毎日」といったような読者の多い媒体につぎつぎと短編を寄せ、掲載された。

これらの編集部へは、寛が直木を紹介したわけではなかった。直木へじかに注文が行ったのである。どうやら東京の各社もかねて大阪での作品には注目していたようで、帰京を機に、それがいっぺんに花を咲かせた。

直木は、注文を断らなかった。すべて引き受けた。翌々年には「週刊朝日」で長編『由比根元《ゆいこんげん》大殺記《だいさつき》』の連載も始めたし、「報知新聞」での連載も持った。直木三十五の名は、小説好きの読者はもちろんのこと、そのほかの一般的な市民の脳裡にも定着した。薹《とう》の立った新進だった。

筆名も、このころには固定されていた。あの直木三十一、三十二、三十三……などという年齢

をそのまま採った校正者泣かせの奇抜な名つけは、すでにして関西時代、三十五に達したところで直木自身が打ち止めにしたのである。寛もかねて、

「つまらん真似はよせ」

と言っていたのだが、ここへ来てようやく直木も反省したか、あるいはただ単に面倒くさくなっただけか。どうも後者のような気がする。ともあれその直木三十五のこんな流行作家ぶりには、寛は、おどろくよりも先に、

(よかった)

胸をなでおろす思いだった。

運というのは、つづくときにはつづくものである。直木は帰京から三年後、昭和五年(一九三〇)六月より、『南国太平記』という長編を連載しはじめた。

幕末における薩摩藩の内部抗争、いわゆるお由良《ゆら》騒動に材を採ったやはり歴史ものの小説だが、その連載媒体は、ぴったり十年前に寛の出世作『真珠夫人』を掲載したあの「東京日日新聞」および「大阪毎日新聞」だったのである。

そうして『真珠夫人』と同様に、『南国太平記』もまた大人気となった。直木三十五はまさしく菊池寛なみになったわけだが、その寛もたまたま、またしてもたまたま同時期に、あらたな試みを始めていた。

娯楽小説雑誌「オール讀物」を創刊したのである。のちに月刊化されるけれども、この時点では定期刊行物ではない。まずは「文藝春秋」本誌の臨時増刊という体裁で、つまり単発のかたち

で世に出した。

総合雑誌ではどうしても或る程度以上には小説のために誌面をさくことができないので、その鬱憤《うっぷん》をこっちで晴らそうという気もあったのだが、それにしてもやっぱり、

（売れる）

その目算が大きかった。

臨時増刊「オール讀物號」は、実際よく売れた。寛はその売り上げの報告を聞いて、

「半年後、いや四か月後には二号目を出そう」

と言った。社員は沸いた。寛はつづけて、

「今回はいろいろの事情があって実現しなかったが、二号目には、きっと直木に書かせよう」

注文を出させた。

直木は、これを引き受けた。ところが締切の日が来ても原稿をよこさない。担当の若い社員が、

「直木先生、まだ一行も書いてないんです。他社の仕事がいそがしいって」

と泣きそうな顔をするので、

「あいつめ」

寛は舌打ちして、椅子から立ちあがり、

「あいつはいま、どこにいる？」

「地下に」

「レインボー・グリルか」

「はい」

「よし、ひとつ僕が行ってやる。うんと尻を叩いてやろう」

文藝春秋は、このときには東京市麴町区内幸町《うちさいわいちょう》一―二、大阪ビルヂング内に移転している。レインボー・グリルは、そのビル内のレストランの名前である。

入居者全体の共用施設であって、文藝春秋社専用ではないのだが、しかし多数の社員がふだんからそこで飲み食いしつつ著者と雑談をしたり、印刷屋と打ち合わせをしたり、はなはだしきに至っては編集会議をひらいたりしているため、何となく専用めいている。

寛はその雰囲気がかねて好きだった。応接室よりも開放的で、それでいてホテルのロビーのような場所よりももう少し閉鎖的というか、気が置けない。しいて言うなら、談話をたのしむサロンに近いか。そのサロンめいたレストランのいちばん奥のすみの席で、直木は原稿を書いていた。

向かいの席が、あいている。寛はわざと大きな音を出して尻を落として、

「それは、うちのか」

直木は顔を上げもせず、

「『改造』だ」

「他社か」

「うん」

「うちのを書け。締切はおとといだ」

「鯖《さば》を読んでる。まだ間に合う」

「まあな」

と、寛もあっさり認めてしまう。直木のような雑誌編集のうらおもてを知りつくしている相手には、こんな交渉はもともと何の意味もないのだ。寛は手をのばし、直木が注文したらしい飲みかけのアイス・ティをがぶりと飲んで、

「いつから書ける？」

直木は、ひぃ、というような甲高い咳をひとつして、

「あと十二、三枚だ。終わったら取りかかる」

「そうか」

「一時間後だな」

「ほんとか」

「ああ」

この間、直木は、寛とは目を合わせていない。あくまでも顔を伏せ、ペンを持ち、こちょこちょと原稿用紙のマス目を埋めながら話している。

その埋めっぷりは、たいへんなものだった。寛の倍は速い。これならなるほど一時間で十二、三枚という神業もじゅうぶん可能ではないか。

一枚ぶんを埋めてしまうと、直木は、それを手で横へ払ってしまった。

カルタの札でも払うような手つきである。横には若い女がすわっていて、それを上手に受け止

めて、裏返して、それまでの原稿の束の上にのせて両手で立たせ、トントンと音を立てて端をそろえた。見るからに慣れた仕草である。

寛は、

「わかったよ、直木。それまで織恵《おりえ》さんと話していよう」

と言い、その若い女へ、

「こいつの世話はたいへんだろう、織恵さん？」

寛もかねて顔見知りの直木の愛人、香西《こうざい》織恵である。原稿の束を寝かせて置いて、にっこりして、

「ええ。たいへん」

「僕のとこへ来てもいいよ」

「あらあら」

「うんと可愛がってあげる」

「そういえば、あしたは晴れますかしら。帝劇へ梅幸《ばいこう》を見に行くんですけど」

会話がうまい。いかにも昭和という新時代の都会の女性という感じがして、寛は気持ちよく雑談した。

ときおり直木も口をはさんだ。結局、執筆は三十分あまりで終わってしまって、直木は、

「おーい」

とレストランの女給仕を呼んで、原稿用紙の束を突き出して、

「もうじき『改造』の記者が来る。渡しといてくれ」

女給仕が原稿を受け取ると、直木はさらに財布から十円札を一枚出して、

「チップだ」

寛は反射的に、

(多すぎだ)

と思ったが、こっちが口を出すことでもない。だいいち、もう待ちきれないのだ。

「よし。直木」

「ああ」

「それじゃあ」

寛は立ちあがり、

「飲みに行こう！」

「ひぃ」

と、直木はまた咳をした。承知した、の意らしい。一緒に来ていた若い社員があわてて背広の裾を引いて、

「菊池さん。菊池さん」

「何だね」

「あの、『オール讀物』の原稿は……」

「あしたから書く。それでいいだろう」

と、まるで直木本人であるかのように一蹴して、ふたりで夜の街へ出た。

銀座のカフェで女給をからかい、それから新橋の待合へ。なじみの芸者を呼んで深夜まで痛飲した。直木は酒は飲めないが宴席が好き、というより、宴席で女と話すのが大好きなのである。

寛は、酔った。これほど飲んだ夜はなかった。自分がこの直木三十五という男を、

（流行児にした）

その自負が、何より旨い酒の肴だった。もちろん本当のところは直木を流行児にしたのは他の誰よりも直木本人であり、その才と意志の力にほかならないのだが、そもそもの話をするならば、もしも自分が「文藝春秋」に文壇ゴシップを書かせていなかったら。

その総合雑誌化ののちも根気づよく普通の随筆を書かせていなかったら。大阪で失敗した直木をふたたび東京であたたかく迎えて「小説を書け」と叱咤《しった》していなかったら。そのいずれかひとつが欠けていても、作家・直木三十五が世に出ていなかったことは確実なのである。

直木も、さだめし恩に着ているはずである。何しろ浪費家だからまだ借金は少し残っているらしいが、これも近いうちに完全になくなる。そうなればもう恐いものなしだ。直木の名はますます大きく重くなり、天下第一等になり、そうしてそれを目次に載せた自分の雑誌もますます売れる。お金が儲かる。

（永遠に）

とまでは思わない。

そこまで寛は夢想家ではない。ないがしかし寛はこのとき四十三だったし、直木は四十になっ

たばかり。先は長いはずだった。今後もどんどん書かせよう、依頼の雨を降らせようと思いながら新橋の待合を出たとき、直木は、

「これから書く」

と言った。寛は呂律《ろれつ》のまわらぬ口で、

「何を？」

「貴様の原稿だ」

「ああ、たのむ」

酒を飲まない直木には、こんなことも可能なのである。寛は大声で、

「たのむ。たのむ」

くりかえしつつ、その痩せた背中をばんばん叩いた。ごりっと背骨の感触があって、

「うっ」

直木が顔をゆがめた、ような気がした。

†

それからまもなく、直木は、織恵への態度が一変した。

各社の記者の前で平気で叱る。どなりつける。とうとう織恵が耐えきれず、

――直木のもとを、去った。

と聞いたのは、三年後のことだった。

つまり織恵は三年も耐えたのである。寛はつい、

「かわいそうに」

と口に出した。

織恵がではない。直木がかわいそうだと思ったのだ。なぜなら寛は、このころにはもう、

（結核）

その確信を持っている。

死病である。寛がそれに気づいたのは、あの、

「ひぃ」

「ひぃ」

という甲高い咳がきっかけだった。

日を追うごとに激しくなった。直木はいつからか、袱紗《ふくさ》づつみに大量のちり紙を入れて持ち歩くようになった。ちり紙には痰《たん》を吐くのである。十分か十五分に一度くらい、ときには二、三分に一度の頻度でそれをやるため、少量では足りないのだと寛はわかった。

体つきも、気の毒だった。もともと鉛筆のようだったのが、さらに痩せほそり、肌の色が悪くなった。或るとき寛が、

「体重は、いくらだ」

と聞いたところ、

「十二貫を切った」

と答えた、ということは四十五キロ以下である。これで健康だと思うほうがどうかしている。本人もとつぜん胸が痛んだり、その痛みが背中へまわったりするらしく、ことに背中は深刻だった。どうやら織恵が逃げ出したのは、これが原因らしかった。痛みで直木にやつあたりされたのもそうだけれども、記者のいないときに四六時中、背中を揉ませられたのが体力的に保《も》たなかったのだ。

そんなふうに衰弱しながら、しかし直木は、仕事はした。原稿の注文はすべて引き受け、すべて書いた。

あの小さな字で書きとばした。それがまた読者に受けるものだから注文はいよいよ多くなる。執筆量も多くなる。宴席好きも相変わらずだった。夜になるたび、まるでそれが義務でもあるかのように誰かを誘って銀座へ行く。待合へ行く。そうして湯水のように金を使う。

誰かから、

――静岡に、美人の芸者がいるらしい。

と聞けばさっそくその店へ行って口説きにかかるという具合で、或る意味、これほど勤勉な遊び人もなかった。たばこも吸った。一日に二箱。ときに胸がごろごろ鳴っても、かまわず吸いつづけた。安い国産は吸わなかった。

織恵のあと、直木は、新しい愛人を得た。

真館《まだち》はな子という女だった。紹介したのは寛である。もともと文部省傘下の大日本聯合婦人会

という団体の会計をしていたというので、直木のところへ連れて行って、

「秘書に雇ってくれないか」

と言ったところ、直木は、はな子の顔をじっと見て、

「秘書もいいが、女房にはどうだ」

直木はこのとき、妻と正式に別れたばかりだった。はな子もまた離婚歴のある女だった。直木ははな子をふたりきりの旅行へ誘い、こう言ったという。

「僕はこれから一年間うんと働いて、金をこさえて、その後一年養生する。それからほんとの結婚をしよう」

ふたりは、生活をともにするようになった。事実上の夫婦になった。でもやはり駄目だった。はな子は或る日、寛のところへ来て、

「もう、無理です」

泣きだしたのである。あんまり小言がやかましく、或る日など、やかんの湯の沸く音がうるさいと言い出して、そのやかんを投げつけたという。

香西織恵のときとおなじだった。いや、いっそう情況は、

(悪いな)

その日はどうにかはな子をなだめすかして直木のもとへ帰らせたが、数日後また来て、こんなことを訴えた。

「あの人とふたりで海を見ていたら、沖に船が泊まったんです。そうしたらとつぜん怒りだして。

私に『あの船を動かせ！』って」

寛は、

（いよいよか）

暗然とした。直木自身、もはや何を言っているのかわからないのではないか。

「これはもう、入院だね」

と、はな子へ言った。もっとも寛はつづけて、

「どう言えば、聞き分けるかな」

ため息をついた。それまでも入院を勧めたことはある。費用はいっさい文藝春秋社で持つとも言ったのだが、直木はそのたび、

「いそがしい」

と言って、それきり無口になってしまうのだった。

だが今回は、事情がちがうようだった。はな子から沖の船の話を聞いた数日後、こんどは直木が社に来て、

「入院するよ」

寛はつとめて表情を変えず、

「そうか」

「君だけじゃない。各社の連中もうるさいんだ。嫌になっちまう」

「はな子さんもか」

「ああ」

「そうか」

各社うんぬんも事実だろうが、それよりも、直木はもうよほど痛みが耐えがたいのだろう。寛は、

「入院したら、書くのはよせよ。退院したらまた書けばいい」

直木は素直に、

「うん。そうする」

入院先は、東京帝国大学医学部附属医院。整形外科の病棟だった。

医師の診断は、脊椎《せきつい》カリエスだった。肺に生じた結核菌の病巣が血管を通じて脊椎へまわり、いわば背骨を腐らせる。

だが診断は、これだけではなかった。入院から五日後には、

——脳膜炎の可能性あり。

ということで内科病棟へ移された。寛が察したとおりだった。はな子へ沖の船を動かせと言ったのは、痛みの故のやつあたりというより、何か幻覚を見ていたのだ。脳膜炎は脳および脊髄をつつむ膜に病原体が入りこむことで引き起こされ、高熱や意識障害等をもたらす。菌はもう作家の頭脳まで侵していた。

ベッドの上で、直木は毎日、頭痛を訴えた。

右へ左へと寝返りを打って、シーツをぎゅっと握りしめ、

「痛い。痛い」

どなりちらして、看護婦をののしった。

鎮静剤の注射を要求した。腰が痛いと言うときもあり、背中が痛いと言うときもあったが、どこでも激痛であることは変わらなかった。

鎮静剤は、一日に何本も打たれた。はじめは打つたび五、六時間ほども眠ったもので、周囲の者はほっとしたが、その時間もだんだん短くなった。体が薬に慣れたのだろう。食事はほとんど口にしなかった。栄養はもっぱら葡萄糖《ぶどうとう》の点滴で摂取した。

病状は、もはや国民的な関心事になっていた。

何しろ当代一の人気作家のそれである。新聞やラジオは連日それを報道した。きょうの体温、きょうの容態、きょうの言動……病院には記者たちが押しかけて来た。はな子や看護婦は対応できない。ほかの患者にも迷惑がかかる。寛はそこで病院側へ、

「となりの病室を、借り切ることはできませんかね」

と提案して、了解を得た。

ベッドを運び出し、かわりに椅子やテーブルやソファを持ちこんで、いわば文藝春秋社の出張所とした。社員はここに交代で詰めて、直木の世話をしたり、取材者に対する受付の仕事をしたりするのである。

他社の編集者や記者も、出入り自由とした。こうなったら全出版界、全新聞界をあげて、

（面倒を、見てやる）

そんな気だった。

入院から九日後の晩。寛はその控室のソファに腰をおろし、夕刊を読んでいた。ほかには二、三人の若い編集者がいた。今夜はもう取材記者は来ないだろう。と、廊下から、

「菊池さん。菊池さん」

ささやく声がある。寛は顔をあげて、

「何だい。菅君」

ドアが、少しあいている。その隙間でこっちを見ているのは「文藝春秋」編集長・菅忠雄の片目だった。この夜は、彼が病室当番なのである。

「菊池さん。その……おかしいんです」

「おかしい？　何が」

「直木さんが。もう六時間も眠ったままで」

「結構じゃないか」

「最近は、鎮静剤はせいぜい二、三時間しか効いてないでしょう。大丈夫ですかね」

不安そうな声だった。目の前で容態が急変してほしくないというのは、看病する者には共通の心理である。寛はさして考えもせず、

「大丈夫だろう」

と答えてから、ふと思いついて、

「それじゃあ、ちょっと休まんか」

「えっ？」

「僕が病室へ行く。直木とふたりっきりにしてくれ。君はそのあいだ、これでも」

と、読んでいた夕刊をばさりと折って立ちあがり、ドアをあけて、菅の胸へ押しつけた。菅は夕刊を手に取ると、

「ええ、そりゃあ」

少し軽い足どりで控室に入った。寛は病室へ足をふみいれる。

うしろ手に、ドアを閉める。

窓はカーテンで覆われていて、電灯もあまり明るくない。寛は目を細めた。直木の痩身がながながとベッドにあおむけになっている。

体の上に毛布をかけ、ひからびた両腕だけを出して、すうすう息を立てている。安らかな寝息だった。寛はそっと近づいて、直木の顔を見おろした。左右の眼窩《がんか》ががっくりと落ちくぼんでいて、そのなかで、瞼《まぶた》が山のようになっていた。

頬は、無精ひげが伸び放題だった。唇はぴったりと閉じられていたが、意外に色がよく、ただし無数のしわが寄っている。寛は椅子を引いて来て、ベッドの横にすわり、

「直木」

声をかけた。

直木は、返事しない。無口のせいではない。寛はうつむいて、

「すまない」

「………」

「ほんとうにすまなかった。僕は、その……あんまり君を酷使してしまった」

あとはもう、ことばにならなかった。胸のなかで話をつづけた。直木。直木。言い訳するつもりはないが、僕はたぶん、君が一人前になったのがうれしすぎたんだ。

ただ不安でもあった。何ぶん君は金づかいが荒い。生活もめちゃくちゃだし、人に迷惑をかけることを何とも思わないところがある。それでなくては作家というのは偉大な作品は書けんのだと君は豪語していたけれども、読者は気まぐれだ。いくらでも流行の風に流される。もし人気がなくなったらどうなるのだ?

知れている。君はたちまち暇になる。その暇を埋めるべくどうせまた自分で雑誌を創刊するに決まってる。そうなったら借金地獄へ逆落《さかお》としだ。

僕の不安は、つまりそこにあったんだ。僕はつねに自分へ言い聞かせたものだ。蚕《かいこ》に桑の葉を食わせるように、馬に飼い葉を食わせるように、直木三十五には小説の仕事を食わせなければならんとな。だから毎月のように注文した。他社の仕事も山ほどあると知りながらだ。

いや、もうひとつある。僕は大きな誤りを犯していた。僕はこれまで、何としても、君の体は頑丈なのだと思いこんでいたのだ。ちょっとやそっとじゃ壊れやせんとな。

何しろ君は健脚だった。おぼえているか。まだ僕たちが若かったころ、講演旅行に出かけたとき、君は早朝の京都でえらく僕たちを歩かせたじゃないか。

そうだ、たかだか一椀のふろふき大根のためにだ。いやもう、まことに、あれは人生最悪の日だったなあ。それにしても君はあのとき足が速かったし、また疲れを知らなかった。きっとあの第一印象が頭に残ってしまったのだろう。君なら大丈夫、どこへ置いても大丈夫と……。

「すまない」

寛は、顔をあげた。

直木の顔を見た。さっきと変わらない。ぴくりともしない。ただただ静かな病室の空気のなかへ、規則的な、平和な鼻息がほのかに溶けて行くだけ。まるで子供が寝ているようだと寛は思った。

「………」

眠り顔を、見まもりつづけた。

†

五日後は、昭和九年（一九三四）二月二十三日。死の前日である。その晩、直木はとつぜん立ちあがった。

病室の当番は、またしても菅忠雄だった。寛はその場にいなかったので、あとで順を追って聞いたところでは、菅は社で急ぎの仕事をして来たのだという。

だから、ひどく疲れていた。前の番の者と交代して、椅子にすわった。直木はおだやかに眠っていた。菅はそれで安心して、うつらうつらしたのである。

夜半、ガタリと音がした。

菅は目をさました。長い影が視界に入った。見あげると、うすぐらい電灯の下、直木がすっくと立っていた。小学生が定規《じょうぎ》で引いた線のように細い体が、ベッドの向こうを、出口のほうへ歩きだしている。

その横顔は、鬼気にみちていた。頭蓋骨へ直接埋めこんだような眼球がくわっと前を向いている。口は大きくあいていて、耳のあたりまで歯が見える。

歩きながら、右手をかざした。

その手はペンを持つかたちになっていた。こまかく動きつつ上から下へ。また上へ戻って下のほうへ。

(書いてる)

菅は、背すじが凍った。大声で、

「池島《いけじま》！　池島！」

控室には、池島信平《しんぺい》という新入社員がいるはずだった。帝大出だが若いから力はあるだろう。

池島はドアをあけて入って来るや、

「あっ！」

ふたりは前後から直木へ抱きついた。菅がうしろ、池島が前。創刊以来の同志と最若年者。いっしょに抱き上げてベッドへ戻そうとしたのだが、直木の歩みは力強く、ふたりにはそれを止めることができなかった。

直木の口は、どんなことばも発しなかった。意識もないのだろう。物音におどろいて看護婦たちが来て、ぜんぶで四、五人で、棒を倒すようにしてベッドの上にあおむきにした。

直木は、おとなしくなった。食い入るように天井を見つつ、その右手はなお空をさまよっていたという。享年四十四。あの新聞小説『南国太平記』で流行作家となってから、わずか三年後のことだった。

†

翌年、寛は「文藝春秋」誌上で、ふたつの文学賞の新設を発表した。芥川龍之介賞と直木三十五賞である。

それらを、誰にあたえるべきか。寛は当初、

(老大家に)

そのことも考えた。そのほうが賞そのものは重みを以て世間にむかえられるだろう。

だが結局、逆にした。芥川賞は一般文芸、直木賞は大衆文芸、それぞれの分野で最も優秀なものを書いた「無名もしくは新進作家」にあたえることとする。

なぜそうしたのか。会社経営や雑誌編集の面でのいろいろな配慮があったことはむろんだけれど、心理的というか、感情的な理由は自分でもわからない。

ちょっと分析できない。けれども、

（ひょっとしたら）

と、寛は、のちに思ったりした。

ひょっとしたら自分は、賞に託して、ひとつの夢を見ているのかもしれない。

時間の復讐とでもいおうか。受賞者がもしも二十年、三十年と活躍すれば、そう、そのぶんだけ、あまりにも命みじかくして死んでしまった畏友《いゆう》ふたりの魂への埋め合わせができる。罪ほろぼしになる。そんな感傷的な夢を。

そのためには受賞者はもちろん、賞そのものも、

「長生き、だな」

そう自分へつぶやいたとき、寛の人生に、またひとつ新しい目標が誕生した。

会社のカネ

菊池寛が最初に狭心症の発作を起こしたのは大正十三年（一九二四）十一月。まだ芥川龍之介の生きているころだった。明け方めざめると胸が痛んで起き上がることができず、声も出なかった。

ようやく医者が来たころには発作はおさまっていたものの、医者からは強い口調でこう言い渡された。

「肉を食うのは控え目にして、もっと野菜を摂《と》ってください」

寛は、服従しなかった。仕事の必要を口実にして、会食、会食、また会食。肉を食わぬときは刺身を食い、天ぷらを食い、鰻の蒲焼《かばや》きを食った。

酒も飲む。たばこも吸う。野菜などは煮物のなかに人参のかけらでもあれば口へ入れるという程度にすぎず、これに家では甘いものが加わった。何しろ小説を書くのは頭が疲れる。締切が近いときなど特にその疲労が激しく、寛はしばしば羊羹《ようかん》一本わしづかみにしてムシャムシャやりながら書き進めた。それに見合うだけの大量のお茶も飲んだことは言うまでもないのだ。

こんな生活の当然の結果として、寛は太った。例の医者からは、

「運動をしなさい。痩せなさい」

とこれまた当然の健康指導を受けたけれども、寛も聞かん坊そのもので、

「運動したら、心臓に負担がかかるじゃありませんか。狭心症はどうなります」

そのくせ食べたものの消化という点においては寛はみょうに細心だった。食事のたびに胃腸薬ダイモールの錠剤をぽいぽい口へ放りこんだ。ふだんは、

「長生きなど、する気もない」

と公言している寛であるが、この錠剤服用の瞬間だけは、何かしら善根を積んだ気にもなるのである。

†

約一年後、「中央公論」編集主幹・滝田樗陰が死去した。告別式は本郷の曹洞宗喜福寺《きふくじ》でおこなわれたが、寛はその参列者のなかに、

（お）

見なれた人物の姿を見つけた。

時代遅れのカイゼルひげ。左右の先がピンと上を向いている。そのくせ身長は五尺（約百五十

センチ）にも足りず、境内でぽつんと立っていると、しばしば他の者に隠れて見えなくなってしまった。寛は近づいて、その人を見下ろし、

「千葉さん」

「ああ、菊池君」

「お久しぶりです。どうです、法事が終わったら場所を変えて、少人数で滝田さんを偲《しの》びませんか」

めしを食おう、の意である。相手はひげの先を指でつまんで、

「ええ」

千葉亀雄。ちょうど寛の十《とお》年上なので、四十八である。現在の肩書きは「読売新聞」文芸部長だが、かつて「時事新報」社会部長だったころには寛はその社会部の一記者だった。

すなわち、元の上司である。最近はみずから筆を執って社外の雑誌へいろいろと文芸方面の文章を寄せているので、文芸評論家ともいえる。昨年ひとつの旋風を巻き起こした。「新感覚派」という一流派名を案出して、それを流行させたのである。

これには寛の創刊した「文藝春秋」も少し関係していた。「文藝春秋」の同人である横光利一、川端康成、今東光といったような若手の作家が同誌の卑俗なゴシップ主義をよしとせず、よりいっそう純粋に創作に打ちこむべく別働隊というべき雑誌「文芸時代」を創刊したところ、千葉はその創刊号をさっそく読んで評論を書いた。

千葉はそのなかで、彼らの――おそらく特に横光の――小説の新しさが、前衛的な映像、奇抜

な擬人法、象徴を駆使した暗示等々、もっぱら小説の末梢《まつしょう》的なところにある点に注目した上、そういう「小さな穴」から彼らがかえって社会や人間の普遍をとらえることを期待した。そうして従来の現実派との対比において彼らを「新感覚派」と呼んだのである。

この一語はこんにち、文学史の基本用語となっている。千葉の代表的業績といえる。ところでこの千葉の評論は「世紀」という総合雑誌に載ったものなので、寛はこの成功を見て、「文藝春秋」でも二度ほど随筆を書いてもらった。

いずれも反響はまずまずで、寛は、

（千葉さんには、いずれ本格的なものを書いてもらおう）

そう思っていたところ、この日たまたま本郷の喜福寺で出くわしたわけだ。

あるいはこれも滝田樗陰の霊の引き合わせか。さしあたっての用事はないとはいえ、こういうとき顔をつなぐのは編集者の仕事の基本なのである。

寛と千葉は喜福寺を出て、歩いて燕楽軒へ行った。

ここもまた寛には樗陰との思い出深いフランス料理店である。牛肉のシチューのコースを注文して、ひとしきり樗陰の思い出を話して、それから「時事新報」社会部時代の話になった。

千葉は、酒が飲めない。

ついでながら女遊びもしない。何しろ或る宴席で、作家の三上於菟吉《みかみおときち》がほとんど泥酔状態で、

「千葉さん、あなた恋愛経験がないでしょう。女を知らずに文学がわかりますかね」

とからんだのに対して、

「私は、家内に恋愛しました」

と至極まじめに言い返したという人である。ここでも謹直《きんちょく》な顔で水ばかり飲みつつ、やや弾んだ口調で、

「私はあのころ菊池君を見ていて、これは出世する人だと思ってましたよ」

寛は赤ワインをやりながら、

「そりゃ、どうも」

「いいえいいえ、後知恵ではありません。ほんとうです。もっとも作家じゃなくて、新聞記者として大成するという見立てでしたが」

「どうしてですか。原稿を書くのが速かったから？」

「ちがいます」

と千葉は水のコップを置き、カイゼルひげを指でつまんで、

「毎朝、時間どおり出社して来たから。パンクチュアリティは記者の第一条件です」

「パンクチュアリティ」

寛は復唱し、なつかしさに目尻が垂れた。そうだった。この人はこれが口癖だった。時間厳守の精神、とでも訳したらいいか。なるほど当時の同僚はたいてい出社時刻など気にしなかったばかりか、むしろ気にするほうが胆力の欠如だと言わんばかりの顔をしていた。

（社会部か）

その連想で、

（俺の雑誌も、ひとつ社会種や政治種もあつかってみようか。文芸種だけじゃなく）

すなわち「文藝春秋」の総合雑誌化であるが、この時点では、まだ単なる思いつきにすぎない。最後のデザートが出て、コーヒーを飲んで、あらかた話題も出つくしたところで、千葉は姿勢をあらためて、

「菊池君」

「はい」

「ここの食事代は、誰が持ちますか」

「私が持ちます」

と、寛は即答した。千葉はちょっと頭を下げて、

「ありがとう。ご馳走になります。その『私』というのは個人としての菊池君ですか。それとも文藝春秋社代表としての菊池寛氏ですか」

「個人です」

また即答。きまっているではないか。文藝春秋社は名こそ「社」ではあるけれども、この時点では株式会社でも何でもない。

ただの巨大な同人組織にすぎず、その同人費はみな寛が出している。菊池寛と「文藝春秋」は一心同体、ふたつに割ることは不可能なのである。

千葉はちょっと首をかしげて、

「でもこれは、ゆくゆく私に原稿を書かせるための布石なのでしょう？　ならば文藝春秋社の社

用です。お金は社の金庫から出すべきです。きちんと帳簿にも記録しなければ……」

「どうなります」

「つぶれます」

「えっ」

「脅しじゃない。ほんとうに『文藝春秋』は世から消えますよ。雑誌の内容がいかに良くても、読者の支持がいかにあっても」

「そりゃまた、大げさな」

と言おうとして、寛は口をつぐんだ。元上司に対する礼を示した恰好である。そのかわり冗談めかして、

「時間だけじゃなく、お金に対しても厳密であれと」

千葉はまばたきもせず、

「ええ」

「帳簿なんか、ありませんよ」

と寛は正直に言うと、はっはっはと大声で笑ってみせて、ダイモールの錠剤を飲んだ。

†

それでも寛は、気になった。

ほかならぬ千葉の意見である。作家や雑誌や出版社の興亡をつぶさに見ている。言われてみると現在の自分と文藝春秋社の関係は、不可分というより、

（未分化、かも）

だが寛は、具体的に手を打つことはしなかった。そんな役人じみたことより、やりたいことがたくさんあったのだ。そのうち最大のものは「文藝春秋」を総合雑誌にすることだった。

法的な処置は、むつかしくなかった。あらかじめ内務省の役人に相談して、新聞紙法第十二条にさだめる保証金を納付すれば政治論も載せられる、社会評論も掲げられる。こうして「文藝春秋」は大正十五年（一九二六）十二月号より編集方針を拡大したが、雑誌の見た目は変えなかった。誌名はもちろん表紙の字体や目次の字配りなど従来どおり。いきなり何から何まで変えてしまうと従来の読者が離れてしまう、そのことを懸念したのである。

もっとも、雑誌の編集というのは甘くない。こっちでいくら心機一転しましたと言ったところで、これまで何のつきあいもない非文芸畑の書き手が、

「よし、書こう」

と応じてくれることはない。

彼らにはすでに活躍の場があるのだ。特に一流の人はそうだった。さっそく翌年一月号に政治評論家・鶴見祐輔が「二大政党か小党分立か」一編をよこしたのは例外的な幸運である。鶴見は親分肌でしかも筆の速い人だった。

応じてくれるのは概して二流ばかり、となると今度はこっちが困る。雑誌が貧乏くさくなる。

読者というのは敏感なもので、この種の空気はたちまち売れゆきに響くのである。

結局は、一流にぶつかるしかない。

「どうすれば、原稿取れるかね」

寛は或る日、会議の席で議題を呈した。

場所は、文藝春秋社。もともと寛の自宅内にあったものだが、あんまり社員や来客がふえたので、半年ほど前、別のところへ切り離した。

麴町区下六番町《しもろくばんちょう》十番地、人気作家の有島武郎が生前住んでいた屋敷を借りて転用したのである。独立したものとしては最初の社屋ということになる。母屋の和風建築は広大で、部屋の数が大小あわせて二十ほどもあったので、寛はこの日、そのうちの一間へ適当に入って社員たちと車座になったのである。

会議の参加者は、六名だった。寛のほか「文藝春秋」編集長・斎藤龍太郎。古参のひとりで病気療養あがりの菅忠雄。早稲田中退の若手で映画通の古川緑波《ふるかわろっぱ》。それに販売部から鈴木《すずき》氏《し》亨《こう》、広告部から椎田《しいだ》邦明《くにあき》。これは広告部長である。

みんな専属の賄《まかな》い夫婦のこしらえた重箱のちらしずしを食いながら話すので、会議というより、親戚の寄合みたいな光景である。菅忠雄が口をもぐもぐさせながら、

「どうすれば原稿取れるかって、それは結局、菊池さんが依頼の手紙を書くしかないでしょう。僕らじゃ相手にしてもらえない。ていねいに書いてくださいよ」

寛はみるみる渋面になって、

「君はまたそんな人まかせを言う。ちっとは自分でものを考えろよ。原稿料をはずむって言ったらどうかね」

「そりゃあ、まあ……書く人もあるでしょう」

「斎藤君はどう思う？」

「うーん、たしかに……」

「なんだなんだ。みんな歯ぎれが悪いじゃないか」

めしつぶを飛ばして文句を言ったが、これは無理もなかったろう。雑誌の支出が結局のところ寛個人の財布でまかなわれている以上、こういう経理上の重要問題に関しては強いことが言えるはずもないのである。

一座が、ちょっと重い空気になった。そこへ、

「いや、菊池さん、そりゃ賛成できませんや。原稿料は極力おさえましょう」

ずけずけ言ったのは、広告部長の椎田邦明だった。菅忠雄と同年だから二十九歳、寛の十一歳下である。

「ほう、椎田君、どうしてだね」

「書き手の側に立ってみたら、よそが一枚八円、うちが十二円じゃあ、かえってうちが格下に見えちまう。『文藝春秋』にはこの程度でいいやなんて手でも抜かれたらどうします。こういうのは他誌と大体おなじでいいんだ」

「他誌の原稿料なんか、どうやって調べるのかね」

と販売の鈴木氏亨が言うと、

「そりゃ菊池さんが知ってるでしょう、小説家なんだから」

「小説のお金と論説のお金はまた別だろう。今後は菊池さんも書いたことのない雑誌がライバルになるんだ」

「知らない雑誌でも、定価と目次を見りゃあ原稿料はわかります」

こんな椎田と鈴木の論戦へ、

「そんな乱暴な」

と菅忠雄が口をはさみかけたのと、寛が、

「ほら見ろ。菅君、斎藤君」

叱責したのが同時だった。寛はつづけて、

「何も考えないうちに僕にばっかり依存して。椎田君の言うとおりだ。定価に発行部数をかければ売り上げの総額が出る。それに広告料収入を足す。そこから紙代や印刷代を引いて、取次や小売店の取り分を引いて、編集部員の給料を引いて、残りを目次と照らし合わせれば……」

「部数や部員の給料はわかりませんよ」

「部数は定価を見れば大体わかる。雑誌は売れれば安くできるんだ。広告料収入は想像でいい。部員の給料も想像でいい。一円一銭にいたるまで正確な情報がそろわなきゃ計算できないっていうのは、君、一種の怠惰《たいだ》だよ。意味ないよ」

「すみません」

と、菅は重箱をコトリとひざの前に置き、みるみる路傍《ろぼう》の菊がしおれるような塩梅になった。

菅はもともと作家志望である。芥川龍之介の弟子であり、作品も「文芸時代」その他へいくつか発表していたが、それだけに芥川流の文人肌が抜けきらず、特にお金の機微には敏感ではない。

寛が、

「それじゃあ原稿料の件は、調査の上、あまり上げない方向で……」

言いかけると、椎田が今度は寛のほうを向いて、

「いや、菊池さん、勘ちがいしないでくださいよ。僕は決して吝嗇《りんしょく》であれって言ってるんじゃない。あくまで内容本位のつもりなんだ。何しろ僕たちは広告屋でしょう。雑誌の実物を持って、あちこちの会社へ飛びこんで『これの、ここへ広告を下さい』って頭を下げる。その雑誌の記事がふるわないいんじゃ意味ないよ」

と言ってから、口に手をあてて、

「あ」

照れたような顔をした。

意味ないよ、というのは寛の口癖なのである。その口癖がそっくり伝染《うつ》ってしまった。のみならず、それを本家の前で口走ってしまった。寛がにやっとして、

「聞いたか、編集部諸君。大いに奮発したまえ」

と言ったところで、それまで黙っていた古川緑波が、

「座談会はどうです」

口をひらいた。

古川は、早稲田中退の若手の映画通。のちに喜劇役者となって一世を風靡《ふうび》するだけあって、立て板に水の名調子で、

「ほら、さっきの、大家から原稿取るって話。まず座談会に呼べばいいんじゃないかな」

「どういうことだね」

寛は、首をかしげた。座談会は寛の発明した記事の形式だが、寛の構想では、そこへ呼ぶのは文筆家ではない。政治家とか、軍人とか、外交官とか、スポーツ選手とかいう文筆家ではないけれども世間の目を引く人の名を誌面に載せるのが目的なのだ。

「それはね」

と古川はあごを引き、ぐりぐりと目玉を左右へ動かしてみせてから、

「早い話が、めしと酒で釣るわけです。座談会の会場には麴町の星ヶ岡茶寮とか、上野の精養軒とか、一流の料理屋を使うわけだし、座談料っていうのかな、出席の礼金も支払うわけでしょう。ちっとは恩に着ますよ。そこへ文筆家もときどき呼んで、帰りぎわ『先生、次はぜひお原稿を』とでも言やあ、いくら斯界《しかい》の重鎮であっても……」

「それだ！」

寛は、塀の外まで聞こえるほどの声を出した。背すじが寒くなる感覚があった。自分の発明した記事の形式の可能性を、まだ二十代の若造がぐいぐい両手で押し広げる。そのよろこびも大きかったけれど、それとは別に、こういうとき寛はたしかに編集者なのである。

小説家はどこかへ行ってしまうのだ。そうして編集者たるもの、書きたがらぬ人に書かせるほどの快事はない。

「古川君、よく思いついた。もう一箱どうだね」

「食えませんよ」

「よし、みんな、さっそくその座談会の話をしよう。再来月以降の号は誰を呼ぶか決まってないが、さて……」

古川はもちろん、

「そりゃあ女優でしょう。浦辺《うらべ》粂子《くめこ》なんてどうです」

俄然《がぜん》、ほかの者たちも饒舌《じょうぜつ》になる。みんな現代の椿事《ちんじ》が大好きなのである。

「女優？　男の役者のほうが……」

「うん。誌面が引き締まるな」

「そんなの時代遅れですよ。もっと女をどしどし出すべきなんだ。人類は進化する。女性もまた進化する」

「男女同権というやつか」

「っていうより、そうするほうが雑誌が売れる」

と口をはさんだのは販売の鈴木氏亨。古川もうなずいて、

「それは確かだ」

「座談会はどうする」

「みんな食い終わったかね」

「茶でももらおう」

「大家の書き手を呼ぶって話はどうなった。ロッパ、お前が言い出したんだぞ。なかなか原稿取れそうにない……」

「柳田國男氏はどうです」

と、これは菅忠雄。病気療養あがりでもきっちり短く刈り整えたコールマンひげに右手の甲を押しつけながら、

「柳田氏はもちろん民俗学の大家だが、ここはぐっと世話にくだけて、たとえば幽霊だの河童だのの怪談話をしてもらったらどうだろう。夏売りの号向けに」

寛が、

「そいつはいい。決定だ。あとで僕が手紙を書こう」

とお墨つきをあたえたので、この古参もようやく面子《メンツ》が立つかたちになった。寛はさらに、

「河童といえば、いまちょうど芥川がそんな題の短編を書いていて、ちかぢか『改造』に載るらしい。あいつに話を受けてもらおう」

この企画は、約半年後に実現した。「文藝春秋」昭和二年（一九二七）七月号、「柳田國男・尾《お》佐竹猛《さたけたけき》座談会」がそれである。文藝春秋側からは芥川と寛が出席して、合計四人での会になった。もっとも、芥川は座談日の約二か月後に自殺したため、この号の見本を手に取って見ることはなかったが。

「文藝春秋」の総合雑誌化は、寛をいっそう多忙にした。

寛は編集会議に顔を出し、依頼の手紙を書き、座談会には毎回出席した。ときには社員どうしの角逐《かくちく》の面倒も見なければならなかった。たとえば右の参加者のうち、菅忠雄と椎田邦明はあまり仲がよろしくない。

菅は一度など、わざわざ午前中に寛の家へ来て、玄関先で、

「社では言えないのでお邪魔しましたが……、椎田君は、どうも不正をしているようで」

「何だって？」

「手口はわからないのですが、会社の金を自分のものに。会社がこの家から独立して、菊池さんが社にいる時間が減ったのをいいことに……」

「ばかを言え」

「し、しかし……」

「子供じゃないんだ。仲よくやれよ。さあ社へ行った行った。僕もあとで行く」

こんな会社がらみの仕事のほかに、寛にはもちろん、執筆の仕事がある。自宅の書斎で小説や随筆を書くのである。

ふつうの流行作家ならこの原稿書きだけで一日二十四時間をすっかり使っていいわけだが、寛

はそうも言っていられない。何とか少しでも執筆の時間を減らして、しかも作品の質は落としたくない。

矛盾に近い命題であるが、しかし人間、やると決めれば方法はあるものである。この場合には、(助手を使おう)

一般的に小説の制作というのは、どんな作家でも、大ざっぱに言って、

一、アイデア出し

二、下書き

三、推敲

の手順を取るものだが、寛の場合には、特に「一」に時間がかかった。なぜなら寛の書くのはいわゆる純文学ではない。大衆の心をつかむ娯楽小説である。

そのため絶対に必要なのがおもしろいストーリーであることはわかりきっているけれども、これを考えるのが案外むつかしいのだ。

それをむりやり――一か月のあいだに三つも四つも――生み出すのは、さながら、からからに乾いた雑巾をしぼって水を出すようなもので、そこで「一」に時間がかかるわけだ。

となれば、ここを助手にやらせる手があるだろう。つまりはあらすじの採集である。具体的には日本橋の丸善で海外の小説をまとめて買って来させて、読ませて、要約を書いて提出させる。

寛はその要約に目を通して、それで現代日本の話をこしらえるわけだ。「二」と「三」の過程を経るうちに寛がいろいろ手を加えるので、最後には寛のオリジナルになる。翻訳や翻案にはならないし、もちろん盗作にもあたらない。

ただこの場合、問題となるのは助手の質だった。外国語の能力が必須である。それもかなり優秀でなければ短期間に何冊もの本を読むことはできないし、上手に要約することもできないのだ。寛はここでも幸運だった。その優秀な人材の集まりが、何とまあ家から歩いて数分のところにあったのである。

寛はもともと、引っ越し好きである。

「大阪毎日新聞」と「東京日日新聞」に連載した長編小説『真珠夫人』が大あたりに当たって流行作家になってからは妻子とともに小石川区林町十九番地に住んだことは前に述べたが、ここも来客が多くて手狭になり、東京内外を転々としたあげく、ひとまず市外は高田雑司ヶ谷金山《かなやま》三百三十九番地の広大な家を借りて、そこに落ちついた。

「文藝春秋」発刊の年である。最初の狭心症の発作を起こしたのもこの家だった。このころの雑司ヶ谷はまだまだ田んぼの多い片田舎だったが、近くには日本女子大学校があり、そこには英文学部が設置されていた。

女子の最高学府である。寛はこれに目をつけた。というより、順を追って言うならば、そもそも家の近くにこれがあったからこそ右の方式を思いついたのである。大学の学生はおしなべてお金がないものだから、彼らには、いや彼女らには、一種の学費支援にもなるのではないか。

助手は、常時数人いた。入れかわり立ちかわり仕事をしに来たけれども、特に優秀なのは浦和出身の石井《いしい》桃子《ももこ》という学生だった。

桃子は、外見が特徴的だった。

ときどき眼鏡をかけて来る。どのみち字の読みすぎで近眼になったにはちがいないにしても、それで年長の男の前に出て来るのはなかなかいい度胸だった。女がかしこぶって眼鏡などかけるものではない、生意気だと思われて嫁のもらい手がなくなるというのは、この時代、世間の一般的な感覚だったのである。

寛はむろん、

「どうして眼鏡を外さんのかね、君」

などと聞きはしない。

だいいちそんな暇はない。その日は或るアメリカの恋愛小説の要約の提出日だった。いつものように応接間の椅子へ腰かけて、数枚の原稿用紙に丁寧な字で書かれたそれを読むや否や、寛は、

「つまらんね」

原稿用紙をテーブルに置いた。桃子は立ったまま、あからさまにむっとして、

「そんなことはありません」

「ちがうよ石井君。君の要約がつまらんと言ったんじゃない。もともとのアメリカの話の中身が

……」

「それは先生が男性の目でご覧になっているからです。たぶんお気に入らないのは百貨店の創業

家ジェームズの人物像なのでしょう。仕事ができてお金持ちでハンサムで会話が上手っていうのは、現実には……」

「あり得んね」

「でもこれは実際にそうかどうかじゃなくて、十三歳のシンシアにはそう見えたっていう話ですから。女性の理想をあらわしている」

「理想っていうより、妄想だよ」

「なら妄想でも結構です。その妄想のおもしろさがこの小説の正体なんです。あと、ここ」

と、桃子は小脇に抱えた原書を机に置き、手早くページをめくって、

「ここのところの原文が」

などと言われると、寛自身も英文科の出身だけに、つい議論に乗ってしまう。なるほどこの子は、

(男なら、帝国大学に入れたかも)

この当時の帝国大学は、通常、女子の入学を認めていなかったのである。

ともあれ、寛には時間がない。いつまでも原文談義をしているわけにはいかない。寛は和服のふところから何枚かの一円札を出して机に置いた。

財布を持つのがめんどうなので、裸銭《はだかぜに》である。丸善での書籍代に仕事の報酬、それに色をつけた金額。やや過分かとも思ったが、

「また頼むよ」

と言うと、桃子は財布に入れて、まだ少し唇をとがらせて、

「ありがとうございます」

さっさと出て行ってしまった。寛は苦笑いした。なるほど、いつか古川緑波が言ったのは正しいのかもしれない。人類は進化する。女性もまた進化する。

もっともこの家には、桃子とは対極的な女もいる。妻の包子《かねこ》である。

結婚したのは、寛がまだ「時事新報」の記者だったころである。作家として芽が出ず、ひとあし先に出た芥川龍之介や久米正雄を羨望の目で見ていた時期で、

(文士は、食えない)

その覚悟から、寛はかねがね高松の親や親戚へ、

「結婚相手は、金持ちの娘がいい」

と手紙を書いていた。

寛の親は、いくつかの候補を送ってよこした。そのうち寛が目をとめたのは、奥村《おくむら》という旧高松藩の上級武家の次女だった。すなわち包子である。

いちおう顔写真も見たけれど、決め手はやはり経済だった。維新後に田畑や家作《かさく》を買い集めたかして、とびぬけて資産がある。寛は、

「この人にします」

という旨の手紙を書いて送った。

寛はいちど高松へ帰り、結婚した。持参金はかなりのものだったので、これによって若き寛は

洋書を買ったり、旅に出たりと大いに勉強することができた。寛の判断は正しかったのである。

とにかくまあそんなわけで包子とは親しく口もきかぬまま結婚したので、暮らしてみてびっくりした。包子ほどの封建思想のもちぬしは見たことがなかった。

女は男より愚かである。女の道は男に従うことにある。結婚したらみだりに夫以外の男に近づくべからず。そんな旧幕時代の道徳を骨の髄から信奉している。

いかにも田舎の武家にふさわしいと言うべきかどうか。結婚の翌年、長女の瑠美子が生まれたときも、この妻は、

「大きくなっても、口紅は塗らせません」

と言い放った。そんなのは淫《みだ》らな商売女のやることだということらしく、寛はまた口もきけないほど驚いたのである。

石井桃子と妻の包子。

「両極だな」

寛は部屋を出て、台所へ向かいつつ、

「おーい。包子。包子」

と、世が世ならご家老様の姫君だったかもしれない人を呼んだ。包子は台所の入口から顔だけを出して、

「何です」

「出かけるよ。自動車を用意させてくれ」

「どちらまで?」

「どこへも寄らん。まっすぐ下六番町まで」

「承知しました」

下六番町とはこの場合、文藝春秋社をさしている。例の旧有島武郎邸、最初の独立した社屋。独立前はこの雑司ヶ谷の自宅に同居していたわけだから、ずいぶん都会へ出たことになる。寛は門を出て自動車に乗った。もう午《ひる》近くだった。社屋が独立したということは、社長もまた「出勤」するということなのだ。

†

その下六番町に社があるのは、

「不便です」

はじめて寛にそう言ったのは、例の、広告部長の椎田邦明だった。

よほど思いつめたものらしい。吉成力《よしなりちから》、景山登志郎《かげやまとしろう》という部下ふたりを連れて社長室へ来て、

「引っ越しましょうや、菊池さん」

社長室は、和室である。

母屋の奥、庭に面した大きな座敷。畳敷きだが椅子とデスクを持ちこんで洋風の使い勝手としたところに英文科出身の寛の自己主張があるか。

寛はその椅子の、片方の肘かけに体をあずけて、

「不便？」

「何しろ辺鄙《へんぴ》にすぎますよ。なあ」

「ええ、部長」

「ええ」

デスクの向こうに、三人が――広告部全員が――ならんで立っているのだ。寛から見ていちばん右が椎田だった。

「辺鄙？　ここが？」

「はい」

椎田は、理由を説明した。自分たちは広告取りである。広告取りとは雑誌の外征部隊である。東京市内のいろいろな会社をまわって広告を載せてくれと頼んだり、惹句《じゃっく》やデザインの案を示したり、掲載料を受け取ったりする。

だがこのたびの総合雑誌化で、広告の内容も変化した。これまでは文芸系を主とした出版社のものを載せていればよかったが、いまは歯みがき粉だの、健康薬だの、化粧品だのの広告も取らなければ記事と釣り合いが取れないし、また実際、そういう企業のほうが掲載料が高く取れる。

ところがこういう非出版系の大会社の多くは宮城《きゅうじょう》（皇居）の東の都心にあるので、宮城の西のこの番町《ばんちょう》――社のある下六番町をふくむ一番町から六番町の総称――からは遠く、いちいち市電に乗らなければならない。

「掲載料の札束を鞄に入れて満員電車に鮨詰めにされるのは、安全の面からも困るんです」

「意味ないよ、かね」

「へへへ」

「なるほど」

寛はうなずいた。そういうことなら番町はたしかに辺鄙といえる。あの学習院出身の有島武郎が選んだだけあって閑静な高級住宅街という性格が強く、いまも官庁の役人や銀行員は、

「課長になったら、番町に住む」

などと人生の目標を定めているらしい。寛は椎田の顔を見て、

「考えておくよ」

「お願いします」

「いい提案をありがとう、椎田君」

「へへ」

と椎田は鼻のあたまを指で掻いて、部下をつれて出て行った。

年のわりに幼いしぐさで、寛はくすっとした。椎田邦明は愛媛県今治《いまばり》市の出身である。松山中学校を卒業後、上京して生命保険会社に就職した。

保険の外交員として、寛の家へ勧誘に来た。まだ小石川区中富坂町だったころである。売りこみの弁舌がさわやかな上に、寛の熱心なファンだというので、

「どうだい、君。うちに来ないか」

と、寛が逆に勧誘した。

広告取りに向いていると思ったのである。案の定、水を得た魚のようだった。「文藝春秋」が総合雑誌化して早々、それまで取引のなかった瓶詰め酒「両関」の発売元・一木商店に広告を出させたのは椎田の一功績である。

椎田のほうも、よほど恩に着ているのだろう。盆と正月にはかならず羽織袴の姿で寛の家へ来て、高級タオルを進物にしている。タオルは今治の名産品らしく、風呂のあとの水の吸いかたが優しくも急速、肌ざわりも滑るようだった。まことによく気のつくことである。

(それに引きかえ)

と、寛はきゅうに不機嫌になった。

社長室のデスクをコツコツと指のふしで叩きながら、大声で、

「おーい。菅君。菅君」

すぐに菅忠雄が入って来た。寛はいまの椎田の提案を話して聞かせて、

「どう思うかね」

菅は、

「………」

庭のほうを向いてしまった。

右手の甲を、コールマンひげに押しつけている。何かを考えているときの癖である。寛はますますいらいらして、

「どうした、菅君」

「失礼」

菅はきゅうに歩きだし、デスクのこっち側へ来た。寛の耳もとに口を寄せて、

「椎田君ですが、その、やはり横領の可能性が。どうも広告の量に比して収入が少ないと、経理部から……」

「ばか！」

寛は、菅を押しのけた。そうして我を忘れて、

「まだそんなこと言っているのか。僕はそんなこと聞いてない。番町が不便かどうかを聞いたんだ。だいたいこんな提案なんか、広告部の前に、まず君たちから出てしかるべきじゃないか。これまで編集者は不便じゃなかったのか？　作家だの評論家だのと違って政治家や実業家はやっぱり都心で仕事してる。君たちは原稿を取りに行く。もらった原稿を鞄に入れて、満員電車に鮨詰めになって、不安になったことはないのか？　うっかり失《な》くしでもしたら『また書いてくれ』って言うわけにはいかんのだぞ」

まくしたてた。菅がおろおろと、

「でも、その……」

と言い返そうとするのへ声をかぶせて、

「菅君は、椎田君とおない年だったな。何が横領だ。男の嫉妬は見苦しいぞ。君も彼くらい仕事してみろ」

「菊池さん、声が」

「うるさい！」

デスクを叩いて、菅を追い出してしまった。

†

その後、寛は、社の移転を決断した。

椎田に焚《た》きつけられた部分もあったけれど、編集部員からも同様の意見が多く出たので、最後には自分で判断した。「文藝春秋」という政治経済をあつかう雑誌の奥付の住所が「下六番町」では、やっぱり、

（素人芸だな）

そう考えたのである。

寝床で演説をやるようなちぐはぐさ。地方はともかく東京の読者には鋭く感知されるだろう。長い目で見ればそれは雑誌そのものの説得力を薄弱にし、読者が離れる原因になるのだ。とまあ、もっともらしいことを考えつつ、本音では寛も社員もただ単に都心で一あばれしたい、雑誌づくりという紙の上のお祭りを心ゆくまで楽しみたいと童心をたくましゅうしているだけかもしれなかったが。

それと、ついでに、

（千葉さん）

寛は「時事新報」時代の上司・千葉亀雄の顔を思い出したことも事実だった。千葉はあのとき――たしか滝田樗陰の葬儀のあとだったか――食事代を寛が支払おうとすると、

「これは文藝春秋社の社用でしょう。お金は社から出すべきであって、菊池君個人が出すべきではありません」

という主旨の訓戒を垂れたものだった。

要するに、法人と個人の経理をきびしく別《べつ》せよと言った。ほかならぬ千葉の忠告だけに寛はその後もけっこう気にしていて、このたびの都心への進出は、そっちの面での発展のきっかけにもしようと企てている。新しい場所には金庫を置こう。今度こそ帳簿もちゃんと作って、社は社、菊池は菊池、経理分業の体制をゆるぎないものとしよう。

決心したら、行動が早いのが寛である。東京市内の一等地をあちこち見てまわったあげく、一《いち》日《じつ》、社の寛の部屋に「文藝春秋」編集長・斎藤龍太郎を呼んだ。

斎藤は、来なかった。

かわりに大草實《おおくさみのる》が来た。斎藤の腹心として「文藝春秋」編集の実務を一手に引き受けている有能な若手である。

寛が、

「斎藤君はどうした」

と聞くと、大草は、第二次大戦後は嵯峨信之《さがのぶゆき》の名で詩を発表するようになるだけあって、

「夢のなかです」

と、ちょっと凝った言いかたをする。寛は、

「寝てるのか」

「はい」

「午後一時だよ」

「はあ、何でもゆうべ横光利一さんや川端康成さんと遅くまで麻雀《マージャン》してたらしくて……」

「この社屋でかね」

「はい。雑魚寝《ざこね》で」

「たたき起こせ」

ほどなく菅忠雄が来た。よく刈りこまれた頭髪はもちろん、ご自慢のコールマンひげまでWの字のように跳ねている。

目が、とろんとしている。寛は、

「君も麻雀組かね」

「はい、斎藤さん、どうしても起きなくて……」

「日比谷にしよう」

いきなり言った。宮城の東、丸の内に隣接するオフィス街である。菅は、

「はあ」

「日比谷だ、日比谷。会社の移転先だよ。丸の内から見ると街はずれだが、しかし何しろ国会議

事堂もあるし、帝国ホテルもある。内政外務の要所ににらみがきく。もちろん市電の停留所もあるし、東京駅が近いから地方への出張にも便利だ。それに」

にやりとして、

「銀座も近い」

夜の遊びにも事欠かない、の意である。菅はきゅうに目を輝かせて、

「いいですな」

「だろう、だろう」

「あ、でも、議事堂は仮のものですよ。永田町で本建築が着工しています」

「ああ、そうだったな。完成したら少し遠くなる。でもあれは設計のときから辰野《たつの》金吾《きんご》とか妻木《つまき》頼黄《よりなか》とか下田《しもだ》菊太郎《きくたろう》とか、いろんな建築家が口を出して、いまも揉めに揉めてるっていうからね。完成はまだ先さ」

寛はそれから不動産の情況を調べさせた。おりよく日比谷公園の近くに最新のオフィスビルが建築中という。基礎工事は大林組、主体工事は竹中工務店。

名前は、大阪ビルヂング。

「大阪ビルヂング？」

と、こんどの話し相手は宇野浩二である。寛と同世代の作家であるが、やはり社に入りびたっている。こっちは麻雀より将棋のほうが好きなようだ。

「ビルってことは、一軒家じゃないのか」

「ああ、そうだ」

寛はうなずき、顔をしかめて、

「ここのありさまを見ろ。一軒家で二十も部屋があったところで、麻雀だの雑魚寝だのに使われてるだけじゃないか。学生の寮じゃあるまいし、前近代的なことこの上ないよ。次はもっと近代的にやるんだ。ビルの一テナントになって、みんなちゃんと背広を着て……」

「君はいつも和服じゃないか」

「近代的にやる」

こうして昭和二年（一九二七）九月、文藝春秋社は下六番町の旧有島邸を引き払い、完成したばかりの大阪ビルヂングに入居した。時期的には芥川龍之介の自死の直後である。

ビルは鉄筋コンクリート造、地上八階、地下一階。建築面積は一四七一平方メートル（四四五坪）。

大通りに面した正面入口の手前に立つと、左右には大国貞蔵《おおくにていぞう》作の青銅の女神像と勇士像があり、入口上部では装飾のついたアーチが頭でっかちに存在を主張している。

さらに視線を上げれば、七階の窓の上にはコーニス（軒蛇腹《のきじゃばら》）の横線がしつらえられていて、その線に沿って、ずらりとテラコッタ製の牛の頭、豚の頭、犬の頭……。

何種類もの獣のなかに、ときどき架空の鬼もまじっている。だいたいみんな大きく口をあけて泣き叫んでいる。これらが建物の四周をぐるりとかこんで、ぜんぶで百個以上、文字どおり四方の下界をにらみ下ろしているのである。

いわゆるグロテスクというやつだった。美術様式としては遠く古代ヨーロッパに起源を持つらしいけれども、この東京の都心では何といってもおどろおどろしく、目立ちに目立つ。新しいもの好きの東京っ子はさっそく、

——お面のビル。

と呼んでいるという。なるほどお面のビルだった。

もっとも、内部のテナントはおどろおどろしくも何ともない。いわゆる「お堅い」企業ばかりだった。一階のいちばん目立つところには総合商社・鈴木商店の日比谷出張所、住友銀行丸の内支店内幸町出張所、および大阪商船東京支店。

みんなお堅い上に大資本である。文藝春秋社はこの三階と四階に一部屋ずつ借りたのだった。これらのフロアも、ほかにはやはり台湾産業拓殖、ネッスル及アングロスヰス煉乳会社、日本電力東京出張所などが入っていたわけだから、いうなれば、お堅いなかに唯一お堅くない会社がまじりこんだ恰好である。

ところで、この四階には、このビルの設計を担当した渡辺《わたなべ》建築事務所も入居していた。その所長である建築家・渡辺節《せつ》とは、寛はたまに廊下ですれちがうことがあった。挨拶程度の仲だったけれども、渡辺は端正な顔にパリッとした背広、いつも香水のにおいをさせているのが何となく癪《しゃく》にさわった。

或るとき、ふと思いついて、

「渡辺さん」

「何です」

「このビルのコーニス、あれはあなたの思いつきですか」

「ええ、そうですよ。図面を引いたのは村野藤吾《むらのとうご》っていう若い所員だが」

「なんであんな西洋おばけにしたんです」

と聞くと、渡辺節は俳優のように白い歯を見せて、

「おまじないですよ」

祝祭の日々が始まった。この新しい冷暖房完備の職場で編集する「文藝春秋」はますます部数をのばした。

内容面での総合雑誌化も順調に進んだ。たとえば時事問題においては経済評論家・高橋亀吉《たかはしかめきち》の「金解禁論の真相とその影響」という論文を掲載した。これは日本が国際的な主潮に合わせて金の輸出を自由にし、金本位制に復帰すべきかどうか、その問題を考えるための良質の材料を提供するもので、一般読者はもちろんのこと、政治家や財閥系の実業家からも反響があった。

また座談会では何とまあ「無産政党座談会」と銘打って社会民衆党の安部磯雄《あべいそお》、労働農民党の山本懸蔵《やまもとけんぞう》、日本労農党の浅沼稲次郎《あさぬまいねじろう》ら左翼の大物たちを招いてぞんぶんに語らせることに成功し、この雑誌のあつかう関心の幅の広さを見せつけたのである。

もちろんこういう「まじめな」記事ばかりではない。小説のほうでも毎月五作前後の短編を載せたし、千葉亀雄に「文藝時評」を書いてもらったりもした。千葉はきっちり締切を守る人だった。

だが何といってもこの雑誌の面目躍如たるものは、昭和四年（一九二九）十月号に掲載した、時代風俗研究家・今和次郎《こんわじろう》による「スカートの長さを主題としての服装論」だったろう。何しろ題が題である。いかにも現代の流行風俗を軽くあつかうように見せかけて、それでいて中身を読んでみると、女性の足の接地点から唇の中央までの高さを一〇〇とした場合、それに対するスカートの長さの割合がこの八十年間アメリカでどう昇り降りしたかという事実調査の報告をもとにして話を堅実に進めている。

つまり学問の裏打ちがある。軟派にして硬派、粋にして野暮、真剣でありかつ遊び半分……誤植も減った。このあたりから寛も、社員も、おそらく総合雑誌としての「文藝春秋」流とは何かがようやくわかりはじめたのだろう。文藝春秋社という、この大人が全力で童心に帰っているような会社の社風も、同時に完成しつつあった。

勢いに乗じて、ほかの事業もいろいろとやった。まっ先にやったのはもちろん「文藝春秋」以外の月刊誌の発行である。引っ越し前からのものも含めて挙げれば、たとえばあの映画通の若手社員・古川緑波ほかが編集した「映画時代」。無名または新進作家のための文芸雑誌「創作月刊」。戦後の週刊誌のはしりというべき「話」……。

たいていは期待したほど売れなかったけれども、そのなかで成長いちじるしいのは小説雑誌「オール讀物」だった。はじめは「文藝春秋」本誌の夏向きの臨時増刊号として刊行したものが、あんまり好評だったので、昭和六年（一九三一）から独立の月刊誌としたのである。

独立と同時に野村胡堂《のむらこどう》「銭形平次捕物控」の連載が始まった。これは全部で三百八十三編にもおよび、戦前はおろか戦後にいたるまで何度も映画化またはテレビドラマ化された。「銭形」は健全温雅な消閑《しょうかん》の具たることにおいて、その掲載誌自体の性格をも定めたといえる。

雑誌以外でも、寛の頭には次々とアイデアがわいた。全国へ作家を派遣して講演会をひらいたりとか、愛読者大会をひらいたりとかもその一例だが、世間の注目を引いたのは社内に開設した「文筆婦人会」である。

文筆婦人会の仕事とは何か。「文藝春秋」昭和四年四月号の広告文に就いて見ると、

今度私達は、文藝春秋社内に「文筆婦人会」と云うのを組織致しました。私達は働きたいのですが、然し私達文筆婦人を使って下さる処は容易に見当りません。

私達は、女性と云うハンデキャップなしに充分働くつもりです。私達の過半は女子の最高教育を受けて居りますので、思操能力の点で充分皆さまの期待に副《そ》うことが出来ると思います。どうか、どんな仕事でも結構ですから、御用命をねがいます。

具体的な業務は、派出のかたちでおこなうものとしては、

一、口述筆記

一、編集校正

一、タイプライティング

などがあり、いったん文藝春秋社へ持ち帰ってするものとしては、

一、翻訳
一、原書代読
一、パンフレット等の編集

などがあった。こんにちで言うプロダクションの先駆でもあろうか。寛には、その期待もあったけれども、結局当たらなかった。企業からの問い合わせは多かったものの継続的な受注にはむすびつかず、二年で解散してしまったのである。

(当たれば、儲かる)

事業としては失敗に類するが、別に大きな損にもならず、かえって社内の空気を闊達《かったつ》にする効果があった。

「文藝春秋」巻末、「社中日記」欄は社員の動静をユーモラスに読者に伝えて現代までつづく名物連載だが、その昭和五年九月号のものは、古川丁未子《とみこ》という女性が新たに入社したことを報告したあとで、こんなふうに男の社員とのやりとりを活写する。

月　日

女気のなかった社へ婦人記者一人女給仕三人合計四人の匂いが漂い出した。

「俄然賑かだなあ」と、ダンスの相手が見附ったような顔をしたのが大草實。

これを聞いて納らないのが従来からある文筆婦人会の連中、

「わたしたちはなに？　女気じゃなかったの？」

「さ、それは！」

ここでは女が女らしくないというのは公序良俗に反することではなく、単なる冗談の種にすぎないのである。

ともあれ、大阪ビルである。

その三階および四階の一画を占めた文藝春秋社はそんなわけでやっぱり業務多忙、人の出入りの激しいことでは下六番町時代と変わらなかった。

社長室もまた例外ではなかった。四階の編集室の一角に簡易な壁を立てて設けられたそれに関しては、寛はつねづね、

「まったく落ち着かないったらないよ。僕が部屋（社長室）にいて、じっくり仕事と向き合おうって思ったときに限って誰かが入って来るんだよ。大した用事でもないのに」

などと愚痴《ぐち》をこぼしたものであるが、そのくせその部屋の家具の置きかたは「じっくり仕事」向きではなかった。寛のデスクはすみっこに置かれ、まんなかには別のテーブルがあって、将棋

盤が鎮座していたのである。

　盤も、駒も、高級品である。社員が勝手に来てパチパチやる。作家も来て「王手」と叫ぶ。そのたびに寛は椅子の向きを変えて、

「何だ、そんなとこへ金を打つやつがあるか」

　などと言い出すのだった。

　寛自身も、もちろん指した。作家の直木三十五が生きていたころはいいライバルだったので、壁に紙を貼り、表をつくって、一局ごとに勝敗を記録するありさまだった。こういう盛況をまのあたりにして、寛と親しく、のちに「東京日日新聞」学芸部長となる阿部《あべ》真之助《しんのすけ》はいみじくもこう喝破《かっぱ》したのである。

「文藝春秋社の真の社長は菊池寛ではない。将棋盤である」

　寛の日常は、大きく変わった。

　ひとことで言うと、引き締まらなくなった。午前中は着がえもせず、雑司ヶ谷の自宅にひっこんで原稿書きの仕事をして、来客をあしらって、一日に五、六通ほど手紙の返事を書いて、それから家を出る。

　社に着くのは昼すぎ。ときに夕方になることさえあった。「時事新報」にいたころは毎朝時間どおりに出社して、その「パンクチュアリティ」すなわち時間厳守の精神を上司の千葉亀雄にみとめられた寛がである。髪も気にしない。寝癖なんか放っておいても死にはしないというのが持論である。そのくせ何かの拍子に襟足などが気になりだすと、

「切って来る」

誰かに言い置いて、社長室を出てしまう。そうしてエレベーターに乗って、昇降機係の男の子を、

「早く、早く」

と急かして地階の荘司理髪所へ飛びこむのである。

その日も、そうして髪を切っていた。

寛は椅子に腰かけ、首から下をすっぽりとケープで覆われて、珍しくうつらうつらしていた。前の晩、たった二枚の随筆に思いのほか手こずって、明け方まで机に向かってしまったのである。はたから見ると、ケープの裾から黒い兵児帯《へこおび》がだらりと落ちている。結びかたが雑なのである。頭上でシャッ、シャッと店主がはさみを使う単調な音がいっそう寛の眠気を深くする。

おなじ階にはビル共用のレストランであるレインボー・グリルがある。カップの鳴る音、ナイフやフォークの打ち合う音、人の笑いさざめく音がふんわりと綿布でくるまれたようになって響いて来る。

と、

「菊池さん」

耳もとで、ささやく声がした。

「菊池さん。菊池さん」

目をあけて、

「何だね」

散髪中は、首は動かせない。目だけでそっちを見た。販売部の鈴木氏亨が身をかがめ、頭の高さをこっちに合わせている。

一瞬、目を伏せて、

「こんな場所ですみません。社長室《あっち》は人が多いから……」

「ここにもいるよ」

と寛は背後の理髪師を目で示した。鈴木はそっちへ、強い口調で、

「たのむよ」

他言するなよ、の意である。

理髪師はうなずいたようである。初老の男で、口が堅く、じつはこれまでも寛は何度かここで社員と密談をしたが、話の漏《も》れることは一度もなかった。

が、この日の鈴木は用心深い。ほかに客がないのは明らかなのに、なおも二、三度、左右を見てから、

「菊池さん」

「早く言えよ」

「末弘《すえひろ》氏から電話で、苦情が」

「末弘？　末弘厳太郎《いずたろう》氏か？」

「ええ。原稿料が来てないって」

「ばかな」

あり得ない、という顔を寛はしてみせた。

末弘厳太郎は東京帝国大学法学部教授。専門である法律学界において革新的な研究をいくつもおこなっている文字どおりの第一人者である上に、この時期の「文藝春秋」にとって、もっとも重要な書き手のひとりだった。

末弘には二年前（昭和四年）、一月号から十一月号まで、巻頭に「法窓《ほうそう》漫談」と題した随筆の連載をしてもらっていた。この出来ばえがすばらしかった。現在の日本の法律の問題点やら利法やらを、俗耳《ぞくじ》に入りやすいよう生活卑近の話題とからめて論じる、というより談じる。

わかりやすくて、役に立って、なおかつ内容的に信頼できる。まさしく総合雑誌としての「文藝春秋」がいちばん欲しかった型のもの。読者の人気も高かったし、寛自身、毎回たのしみにしていた。むろん原稿料も十一回ぶん支払った。

連載終了後も、なお単発の随筆を依頼した。ことしの八月号には「水泳人の夢」を、そうして最新の九月号には「昔の水泳と今の水泳」をと、それぞれ夏向きの好エッセイを書いてもらったので、掲載後、原稿料は当然すみやかに担当者が自宅か研究室へ行って手渡しているはずだった。

かねて社員たちに、

「原稿料は遅れるな。ましてうっかり渡し忘れるなど言語道断。どんなに無欲面《づら》をしていても、どんなにお金に困ってなくても、書き手っていうのは舌をのばして心待ちにしてるんだ」

と口をすっぱくして言っているのは、ほかならぬ寛なのである。

が、鈴木は首をふって、

「本当なのです。今回の二回ぶんが未払いだと。おなじ苦情は作家の小島政二郎さんからも……」

「ならすぐ払うんだ。雑誌の恥だよ。斎藤君は何をしてる」

「末弘氏に平謝りして、何とか払おうとはしてます」

「払おう、とはしてる？ 意味がわからん」

「お金がないんです」

鈴木はそう言ってから、革靴の先でコンと床を叩いて、

「会社の金庫に、現金がない。紙屋や印刷屋や取次にドカッとまとめて支払ったら――払わなかったら手形が不渡りになっちまうんで――あとに残るものがない。文字どおり払底《ふってい》してるんです。このビルのテナント料も……」

「未納なのか？」

「そうなるかもしれません。来月には」

寛は、

「ばかな。ばかな」

その口調は、しかし力をなくしはじめている。いくら不調の雑誌があるにしても、「文藝春秋」本誌は毎月毎月、二十五万部前後も出ているのだが。

「どうして」

寛がつぶやくと、鈴木はそれを待っていたかのように、

「原因はひとつです」

「僕の経営が放漫だと？」

「それもあります」

「ほかにあるのか」

「ええ、さしあたって……横領です」

「横領？」

「社員がネコババしてるんです、会社の金を。犯人の目星もついてる」

と、そこで鈴木はまた左右を見て、こんどは一度振り返りもして、それから息がかかるほど顔を近づけて来て、

「広告部の椎田邦明、吉成力、景山登志郎」

話をつづけた。

彼らの手口もわかっている。各企業に出向いて広告料を現金でもらう、その一部を自分の財布に入れてしまう。

そうして残りを経理部に出して、金庫へ入れるのだ。横領などと呼んだら横領が嫌な顔をしそうなほど単純な方法、子供じみたちょろまかし。そうして彼らが社に入れる金の額は、このところ、さらにはっきり少なくなった。

或るとき鈴木は、廊下で椎田にそれを糺《ただ》した。部長の椎田が首謀と見たのである。椎田は、

「けっ」

と、蛇のように威嚇《いかく》的な顔になって、

「そういうことは、われわれに一任してもらいたい。長期にわたって安定的に出稿してもらうかわりに一回あたりの広告料は割引する、そういう交渉だってあり得るんだ。あんたたちが冷暖房完備、換気万全のビルのなか、電話一本でレインボー・グリルから冷えたコーヒーを持って来させて女の子と馬鹿話をしているあいだ、こっちは汗水たらして東京中を駆けまわってるんだ」

鈴木は、反論できなかった。いったい雑誌の収入というものは、広告料が主要な部分を占める。椎田はたしかに社の売り上げに貢献するところが大きいのである。

寛は、

「………」

むっつり目を閉じてしまったが、

（そういえば）

思いあたるふしがないでもなかった。椎田が盆と正月にはかならず羽織袴で寛の家へ来て、今治産の高級タオルを置いて行くことは前述したけれど、この夏のそれは、何とまあ寛の体にサイズを合わせた特別誂《あつら》えのバスローブだった。

いくら何でも高価すぎる。どうしてそんな金が出せるのかと少し違和感をおぼえたものだが、わざわざ聞くのも変なので、そのときはそれっきりにしてしまった。

「……鈴木君」

「はい」

「そんなこと、僕ははじめて聞いたよ」

寛は、声をしぼりだした。鈴木はとげのある声で、

「いや、菅君も言ったはずです。菊池さんが聞く耳持たずに……」

「うるさい！」

寛は、目をかっと見ひらいた。ケープの裾から手を出して、鈴木の耳を引っぱって、

「わが社に不正なんてあるはずがない。君たちは椎田君の有能さを僻《ひが》んでるだけ。それだけなんだ。男のくせにみっともない。証拠はあるのか。あるならここへ持って来てみろ！」

がんがん耳の穴へ声を送った。鈴木は寛から離れようとして離れられず、顔をゆがめて、

「痛い。痛いです菊池さん」

「椎田君はな。椎田君はな」

寛は耳から手を離して、椅子から立ちあがり、自分の首の紐《ひも》をほどいてケープを脱ぎすてて、

「椎田君は、僕のファンなんだ！」

床に降り立つと、大股で出口のほうへ歩いて行った。背後には切った髪がはらはらと舞う。白いものは多くない。

理髪師は、その瞬間何をしたか。万歳をした。はさみを反射的に頭から遠ざけたのだろう。鈴木がそっちへ、目を丸くして、

「ごめん」

寛は店の出口を出て、左へ曲がった。寛の姿は見えなくなったけれども、そのあとを黒い兵児帯がずるずると飼い蛇のようについて行くのが最後までふたりの目に入った。蛇まで怒っているようだった。

†

ところが寛は、その日のうちに「証拠」の光景をまのあたりにしてしまったのである。

荘司理髪所を出てから、寛は、レインボー・グリルに入ろうとした。冷たいミルクでも飲もうと思ったのである。だが何となく社員の顔を見るのが嫌で、階段で一階へ上がり、屋外へ出た。帽子もかぶらず、ステッキも突かず、自動車の来ぬ隙に大きい道を渡った。秋というのに夏が戻って来たような日で、太陽が上から照りつけている。オフィスビルの林が路上へ影をさしかける。

その影と日向《ひなた》をかわるがわる踏んで、わざと遠まわりして日比谷公園に入った。

日比谷公園は、日本初の西洋式公園である。園内の道は馬車が通れるほど幅があり、寛はそれをたどって、

「鈴木君は、あれだから駄目なんだ」

などとぶつぶつ言いながら心字池《しんじいけ》の横を通り、西洋花壇の横を通った。花壇ではコスモスがぽつぽつ白やピンクの花を咲かせていたけれども、目もくれなかった。

総面積は、たしか五万坪くらいだったか。とにかく広い。寛はきゅうに体が疲れてしまった。興奮しすぎたのか。きょろきょろ日影をさがしたけれど、立木《たちき》の下はみなすでに誰かに占められていて、寛の逃げどころはない。

「なんでみんな太陽を避けるんだ。軟弱だよ。こんなときこそあえて光のなかへ打って出るのが人間の意欲ってもんじゃないか。真の個性ってもんじゃないか。こんなことで日本はどうなる」

自分でも、一理あるとは思わない。やつあたりである。着流しの衿《えり》の内側がちくちく痛いからこうなるんだと思ったりもした。あのときのはずみで切った髪が入りこんだのだ。

寛はこの公園へ、北東の入口から入っている。歩くうち、南のはしへ来てしまった。

南のはしには、大きな建物がある。

東京市公会堂である（現在の日比谷公会堂）。二年前にできたばかりの公共建築で、昨今流行の胡桃《くるみ》色をしたスクラッチタイルの外壁が、何だかスポンジのようにじゅうじゅう音を立てて陽光を吸い取っているようである。

暑苦しいデザインである。寛はまだここで講演などをやったことはないけれど、まあ、

（いずれ、何かあるだろう）

南側の正面へまわると、入口のドアが少しあいている。内部のロビーは人がちらほらいるけれど、催事はおこなわれておらず、入っても文句は言われない感じだった。

ひょっとしたら、冷房装置が働いているかもしれない。そう思って寛はドアをあけ、足をふみいれた。寛も太陽を避けたのである。向かって左に階段があり、階段の下あたりに、背広を着た

三人の男の姿があった。

遠目にも、すぐわかる。

文藝春秋社広告部、例の三人である。立ったまま頭を寄せ合って、腰のあたりで何やら手を出したり引っ込めたりしている。寛は足早に近づいて、

「椎田君」

声をかけようとして、呑みこんだ。

彼らは手に何かをつかんでいる。紙片を何枚か重ねたもの……。

(お札)

額を調整しているのか、受け渡しを繰り返している。一円札の束。十円札。封筒にも入れぬ裸銭。

三人はたばこを吸いながら笑いもせず、憂い顔もせず、淡々と作業をつづけている。そのいかにも事務的な様子がかえって手なれている感じだった。社の金とは断言できない。椎田が自分の財布から部下に小遣いを渡しているだけかもしれない。だがそれならば、彼らがお金をじかに鞄へ入れるのは自然ではない気がするし、それに何より、額が大きいのではないか。よくわからなかったが紙幣のなかには聖徳太子の顔もあったのではないか。

高額紙幣の百円札。あれなら、あれなら……そう、贈答用のバスローブも、

(買える)

寛は、頭に血がのぼった。

信頼の最大値を指し示していた計器の針が、いっきに逆へふれきった。椎田め。社とは目と鼻の先のこんな場所で、こんな大胆な悪行を。

いつから手を染めていたのか。最初からその気で入社したのか。自分のファンだと言ったのも自分に近づく方便だったのか。

何かの会議のとき、寄稿家に支払う原稿料は「極力おさえましょう」と発言したのも自分の取り分を増やしたいからだったのか。寛は息が荒くなった。頭がいよいよ熱くなった。風船のように胸がふくらんで目まいがしたとき、

「あ、菊池さん」

向こうが気づいた。

ゆっくりと鞄の口金を閉じて、顔色を変えずに靴音を立ててこちらへ歩いて来て、

「これはこれは。いや、まずいところを見られちゃったな。あんまり暑いんで、涼《りょう》を入れにね。ここの冷房、うちのビルよりよく冷えるんで。菊池さんはどうしました。帽子もかぶらず……あっ！」

血相を変えて駆けて来た。

寛が胸をおさえて体を折ったからだろう。寛の横へ来て、肩に手をまわして、

「菊池さん。だいじょうぶですか。菊池さん。おい吉成！　景山！　何をぼーっと突っ立ってる。背中さすらんか。景山、ハンカチ出せ。菊池さん。菊池さん。しっかりして」

公会堂のロビーというのは、むやみやたらと声が響く。寛は答えられなかった。左右のひざを

つき、床へよだれを垂らしながら、

「う、うう」

呻《うめ》くしかできない。冷たい水で手を洗ったときのように心臓がきゅうきゅう縮んでいる。

横から茶色のハンカチが来て、寛の口を乱暴にぬぐう。背中のやさしい感覚がわずかに寛の心にゆとりをあたえた。おちつけ。おちつけ。そう内心で自分に言い聞かせる。

感情の起伏は死につながる。おちつくことが最良の療法。このくらいの痛みは、はじめてじゃない。これまで二、三度あったじゃないか。今回もほら、だんだんこうして……。

「……ありがとう」

寛は、ようやく上半身を起こした。ゆっくりと時間をかけて立ちあがって、

「ありがとう。君たち。命びろいしたよ」

「発作は、もう……」

「去った」

「社へ帰りましょう。肩を貸しましょうか」

と椎田が言う。心の底から不安そうな顔。社員で寛の持病のことを知らぬ者はない。まわりの人々の視線を感じつつ、

「たのむよ」

足が、まだもつれている。寛は椎田の肩を借りて公会堂を出た。

出たところの道ばたで円タクをつかまえて、ほとんど道の反対側にある社のビルにかろうじて

辿り着いた。

†

翌日から三日間、寛は出社しなかった。療養のためということもあるし、原稿の締切のせいでもあったが、やはり出る気になれなかった。

四日目に、とうとう決心した。ちょっと会社へ顔を出して、斎藤龍太郎、菅忠雄、および鈴木氏亨に雑司ヶ谷の家へ来るよう言った。

翌日の午前中に、三人は来た。寛は彼らを応接室に通して、立ったまま、

「僕は、まちがっていた」

頭を下げた。あの日、公会堂で見たものについてひととおり述べてから、

「君たちの助言に耳を貸さず、椎田君たちを信用した。まったく不明を恥じるばかりだ。だがもう目がさめた。看過できん。僕が彼らを説諭する」

三人も、立ったままである。いっせいに目を見ひらいて、

「説諭？」

「ああ。つらいことではあるけれども、こういうことこそ社長の役目……」

「だめですよ」

「え？」

「何が『目がさめた』です」

　と、斎藤がここぞとばかり声を励まして、

「説諭だなんて、そんな段階じゃありません。不正をあばいて辞めさせるしかない」

「辞めさせる？　会社を？」

「もちろん」

「そこまでするのか」

「するんです」

　と言ったのは菅である。

「僕らだってわざわざ事を大きくしたくないが、いまや広告部は独立国みたいなもんですよ。経理部に金をよこさない上、このごろは編集にまで口を出して」

「何だって？」

「広告主の担当の誰それがスキーを始めるからスキーの記事を作家に書かせろとか。夏のまっさかりにですよ。さすがにこっちも聞きませんがね」

「それは」

　寛は、絶句した。編集者が編集の自由を損なわれれば、雑誌は即死する。独立国どころか侵略国である。だがなお曖昧《あいまい》な口調で、

「辞めろとまでは、その、僕には……」

「言う必要はありません。あの人に言ってもらいます」

「あの人？」

「ええ。僕たちで決めて、もうお願いしまして」

「誰だね、鈴木君」

「呼んでます」

鈴木は自分の足もとを指さして、

「この家へ、その人も。あらかじめ菊池さんに伝えなかったのは申し訳ありませんが、何しろ急だったから勘弁してください。そろそろ来るころ……」

と、そのときドアをノックして、新入りの女中が入って来て、

「あの、先生、お客様が」

「名前は？」

「佐佐木さんとおっしゃる方で。お通ししても……」

「佐佐木君か」

寛は、瞠目《どうもく》した。鈴木の目が、

――その人です。

と訴えているので、

「旧知の者だ。通しなさい」

ほどなく応接室に入って来たのは、和服の着流しの男だった。寛とおなじではあるが、こちらは寛とはちがって帯をきっちり結んでいる。衿も乱れていない。

佐佐木茂索。

やはり文藝春秋社の古参社員だった。寛の六つ下であり、しかしこの場の三人よりは年上で、いわば副社長級の年まわり。

着物の着かたばかりではない。佐佐木と寛は性格も正反対だった。佐佐木は悲観的である。水が半分入っているコップを見たら、眉をひそめて、

「半分しか入っていない」

とつぶやくほうの典型。おなじものを特級の楽観主義者である寛が見たら、寛はさだめし、

「まだ半分も入ってる」

と言うか、あるいはさらに、

「もっと入るよ。注《つ》ごう注ごう」

などと言いだすか。

これは実際、雑誌の売り上げの話をしていてもそうだった。部数が伸びたと言われたら「いいぞいいぞ。来月はもっと伸ばそう」と自他を鼓舞するのが寛であり、「来月はわからん。気をひきしめろ」と仏頂面をするのが佐佐木である。佐佐木のこういう人柄については、社員のなかには、

——あの人は、子供のとき苦労してるから。

などと推測する者もあった。

佐佐木茂索は、京都の生まれ。

父親は千本下立売西入《しもだちうり》ルで種油製造業をしていたが、破産したため、茂索は京都府立第一中学校（現在の洛北高校）という名門校に入学しながら一年で中退せざるを得ず、叔父に引き取られて朝鮮の仁川《インチヨン》に渡った。

仁川では、香港上海銀行で働いたという。学歴がないからおそらく小僧づとめ、または単なる使いっ走りだったのだろうが、それでも勉強の意志がたいへんに強く、仕事のあいまに文芸書を読み、大人たちの読書会へ顔を出し、さらにはＹＭＣＡで英語やドイツ語を学んだという。

それも結局、徴兵で終わった。除隊後は内地に帰り、読書会の人脈をたどって新潮社で編集の手伝いをしたりした。

弟子として田端の芥川龍之介の家へ出入りするようになったのもこのころである。佐佐木は作家志望だった。デビュー作「おじいさんとおばあさんの話」がいきなり権威ある「新小説」誌に載ったのは、芥川の推挽《すいばん》もあったにしろ、やはり幸運な出発というべきだった。

その後も佐佐木はこの石橋を叩いて渡る性格にふさわしく、こつこつと丁寧に短編を発表した。評判は悪くなかったが、もっぱら玄人すじが注目しただけで、一般的な注目度は低く、たとえば「中央公論」あたりからはなかなか声がかからなかった。原稿料収入もさほどではなかったらしい。

寛がもっともお節介を焼きたがる型の人間である。或る日、佐佐木に声をかけて、

「作家をつづけるにしても、定収入があるほうがいいだろう」

と言って、佐佐木を「時事新報」の文芸部主任につけてしまった。

いくら部署がちがうとはいえ、前年に自分が辞めたばかりの「時事新報」に後輩を押しこんだのである。寛もそうとう図々しかったが、佐佐木はこれによく応え、二足のわらじをはきつづけた。

作家、文芸記者、どちらの仕事も実直にこなした。その仕事ぶりに好感を抱いて、寛はその後「文藝春秋」を創刊したときにも、

「同人にならないか」

と持ちかけたのだが、佐佐木は平然と、

「お断りしますよ。世間に菊池寛の子分だと思われるのも癪ですしね」

記者づとめを辞めたとき、寛はまたしても、

「うちへ来いよ。社員になれよ」

打ち割ったところ、寛としてはもう作家・佐佐木茂索には見込みがないと判断していたのである。何しろ佐佐木の小説は、デビュー作「おじいさんとおばあさんの話」からほぼ一貫して変わらないのだが、会話も心理も風景もみなおなじ濃度、おなじ温度、おなじ速度で進行する。メリハリがきいていない。このため大きな話も小さな話も、みんな中くらいに見えてしまうのだ。この調子ではいずれ読者に飽きられ、文壇の注目も失って、

(食えなくなる)

寛は、そう危惧したのである。

佐佐木自身も、多少は不安だったのか。こんどは、

「わかった。世話になりますよ」

と、社員になることを承諾した。

入社後いくらか変転があって、現在の佐佐木の肩書きは「総編集長」。まったくの名誉職である。月に二、三度、編集会議のある日だけ出て来ればいいという特別待遇。

寛としてはパトロンというか、まあ養い親になったつもりでいたのだが、その養い子がこんなところで姿をあらわすとは思わなかった。女中がお辞儀をして出て行ってしまうと、憮然として、

「やあ佐佐木君。しばらくだったね。病気はもういいのかい」

佐佐木は、手ぶらである。

風呂敷づつみも鞄も持っていない。つま先でいちいち床を踏みしめるような独特の足どりで部屋のなかへ入って来て、

「熱はすっかり引いたんですが、まだ体が懶《ものう》いですな。なかなか本復とは行きません」

「同情するよ」

「もともと熱は四十度もあったし、それに……」

「それに？」

「きのうまで、三日連続で出社したし」

「三日連続？」

寛は、眉をひそめた。きのうまでということは、自分が休んだ期間とぴったり重なっている。

もちろんこの重なり自体は純粋に偶然のものなのだが、

（俺のいぬうちに、何をした）

佐佐木は近くの椅子の背に手をかけて、

「失礼しても？」

「ああ、どうぞ」

佐佐木が座り、寛が座り、ほかの三人も腰をおろした。佐佐木はテーブルごしに寛の目を見て、渋好みのする低い声で、

「順を追って話しますと、まずこの三人が、わが家まで押しかけて来ましてね。社内改革をやってくれって言うんで、具体的には何するんだって聞いたら、広告部の不正をあばくって。そんなの嫌われ者になるだけじゃないか、僕は嫌だよって言ったんですが、どうしても承知しなかった」

「聞いてないぞ」

と寛が言ったら、菅が肩をちぢめて、

「言ったら反対すると思って」

「とにかく」

と、佐佐木が語を継いで、

「とにかく私は、社へ出ました。経理部へ行って書類を見せてもらって、びっくりしましたよ。社の状態はそうとう悪い。つぶれる一歩手前です」

「ええっ。そんなに？」

「自覚はなかったんですか」

と強く問われると、寛はうつむいて、口ごもるように、

「うん、まあ……多少の乱れは」

「多少の、乱れ」

佐佐木は鸚鵡《おうむ》返しに言って、深いため息をついた。

部屋中を、車輪に油を差し忘れたようにぎこちない沈黙が支配した。寛はことさら威圧的な口調で、

「それで佐佐木君。結局その三日間で何がわかったのかね」

「経営悪化の原因がわかりました」

「それは何かね」

「椎田君たちの横領行為です。会社を骨まで食いものにしてる」

「そんなことなら僕だって……」

と言おうとしたら、佐佐木は苦虫をかみつぶしたような顔で手をふところに入れて、ふたたび出したときには指が洋紙の封筒をはさんでいる。

封筒から一枚の洋紙を出してテーブルに置き、寛のほうへ押し出して来た。

寛は、手に取って見た。そこには万年筆らしい青いインクの走り書きの筆跡で、

一、株式会社アイアン（滋養剤アイアン）

　270円→230円
一、株式会社伊能化粧品（スワン印歯みがき粉）
　465円→390円
一、出版映画株式会社（映画配給）
　400円→260円

「いずれも社の雑誌に広告を出している会社です。たとえば株式会社アイアンの場合、先方の支払額は二百七十円、こっちの経理の受納額が二百三十円ということです。差し引き四十円が椎田君たちの財布に入った」

　と、佐佐木の声の平坦さときたら、あたかも合評会でつまらない小説の話をしているかのようである。寛は、

「先方の支払額なんか、どうやって調べた」

「編集部員が各社へ電話をかけたんです。たいへんお恥ずかしい話ですが、社内調査の実施中で、いっぺん確認させてくださいってね」

　寛は、呆然としている。

　目が紙から離れなかった。出版映画株式会社など、着服率――という語があるなら――何と三十五パーセント。常軌を逸した性質の金が、

（財布じゃない。鞄に入ったんだ）

あの公会堂のロビーの光景が脳裏に浮かんだけれども、口には出さなかった。もとより事の本質ではない。佐佐木はつづけて、

「何しろ三日間しかなかったから確実なのはこの三件ですが、この三件、合計二百五十五円だけでも損害はそうとう深刻です。たとえば『文藝春秋』一誌で寄稿家に月々支払う原稿料は合わせて二千円前後ですが、その一割以上にあたるわけですから。もちろん叩けば埃はもっと出る。二割を超えるかもしれん」

「そうだね」

と、寛は自動的に発声した。自分は、

（無能）

そのことを、意識しないわけにはいかなかった。

自分はなるほど成功した文筆家である。売れる雑誌の発行人である。けれどもそれは、とりもなおさず一企業の有能な経営者であることを意味するわけではないらしいのである。それにしてもこの佐佐木茂索という男、たった三日間で、それも病みあがりの体で、

（ここまで、事を果たすとは）

そのことが、まだちょっと信じられない。

飼い猫だと思ったら虎だった、という感じである。十代で朝鮮の銀行界に放りこまれ、イギリス流の厳密な会計の空気――香港上海銀行はイギリス資本の銀行なので――をぞんぶんに吸ったことが大きいのだろう。お金というのは重箱の隅をつつくように扱うものだという観念がみっち

り骨身《ほねみ》をなしている。

いっぽう寛は、おなじころには郷里高松の中学生だった。放課後はもっぱら図書館で本を読んだけれども、天気のいい日など、のんびり川釣りをしたりもした。

釣った魚は、めんどうだから制服のポケットに入れて帰った。彼我の差はかくも大きいのである。

そうしてこの場合、もっとも衝撃的なのは、菅たち社員がそれを知っていたことだった。彼らは佐佐木の人間の本質を見ぬき、その本質によって尊敬していた。だからこそ寛には内緒で赤坂新坂町の佐佐木の家にまで行って事情を明かし、改革の助けを乞うたのである。

要するに彼らは、この難局を乗り切るのは、

——菊池さんより、佐佐木さんだ。

そう確信したのである。

「で、佐佐木君。君はこれをどうする気かね」

寛は聞いた。せいぜい居丈高に言ったつもりだが、佐佐木は顔色を変えず、ちらっと菅たちのほうを見ただけで、

「広告部は、全員馘首《かくしゅ》」

「ぜ、ぜんいん？」

「ほかの部課に属していても、椎田の手下はクビにします。実際販売部にふたり見つけましたしね。そうでない者も給料は三か月間、半分にします。これは社員全員、ひとりの例外もなし。菅

君も斎藤君も鈴木君も半分。僕も半分。浮いた金で各方面への未払いを解決する」

「いや待て。待ってくれ」

「何です」

「広告主への対応はどうするんだ。椎田君がいなくなったら……」

「さしあたっては、編集部員で分担してやります。畑ちがいだが仕方がない」

と、これを言ったのは斎藤である。どうやら合意はできていたらしい。寛が、

「ということは、広告部にはいずれ新たな人材を入れるんだな？」

これに対してはまた佐佐木が、

「いや、どうでしょうな。他部署からの異動で補いたい」

「どうして」

「そもそも社員が多すぎるんですよ、この会社は。どっちみち経費倒れになっちまう。なあ、諸君」

菅忠雄が、

「ええ」

斎藤と鈴木も、

「ええ」

寛は激して、

「それは何か？　僕があんまり気《き》随《ずい》気《き》儘《まま》に人を呼びすぎてるって言いたいのか？　君たちはそん

な相談までしていたのか、この僕のいないところで」

洋紙をテーブルに置き、上から手のひらを叩きつけた。菅がコールマンひげの口をゆがめて、

「それは、ほんとに申し訳ありません。でも言ったら……」

「反対すると？　当たり前じゃないか。みんな大事な社員なんだ。家族も同然だ。誰が馘首なんてできるもんか」

場が、しんとなった。

全員、こっちを見ている。

そう、それです、まさにそれこそが菊池さんを蚊帳《かや》の外へ置いた理由なんですと明瞭にうったえている視線である。寛はうなだれて、

「……わかった。好きにするさ」

「ご分別、ありがとうございます」

「うん」

寛は洋紙を手に取って、佐佐木へ力なく差し出して、

「動かぬ証拠があるんだから。きっと椎田君たちも大人しく解雇に応じてくれるよ」

つとめて明るい声を出した。佐佐木はそれを受け取って、ふところへ入れながら、

「どうでしょうな」

仏頂面をした。

†

翌日。

寛、佐佐木茂索、菅忠雄、斎藤龍太郎、鈴木氏亨は社長室に集まり、椎田邦明ら三名を呼び出した。

三名が入って来ると、寛みずからが椅子から立ち、

「本日付で、君たちを免職とする。明日《みょうにち》より出社には及ばぬ。理由はわかるな?」

椎田はあっさり、

「お世話になりました」

頭を下げて、吉成力、景山登志郎の部下ふたりへ、

「行くぞ」

「はい、部長」

「もう部長じゃない」

三人は社長室を出て、自分の机に戻り、手早く私物を鞄に入れはじめた。寛たちも出てそのさまを眺めた。彼らが意外なほど無抵抗なのは、おそらく広告主にこっちの動きを聞かされていて、覚悟していたのだろう。

寛たちは、廊下まで出て彼らを見送った。その日は平穏に終わった。

だがさらに翌日の午後、寛が社長室へ入り、月刊化された「オール讀物」に配属されている大草實を呼んで、

「講談筆記はどうしよう。今回も神田《かんだ》伯山《はくざん》に頼もうか」

「いいと思います」

「落語はどうかね」

「馬楽《ばらく》もいいですが、やはり小春団治《こはるだんじ》かなあ」

などと話し合っていると、隣接する編集室でとつぜん、

ジャン

ジャン

大きな音がした。

金属音にも似た硬質のもの。つづいて女の悲鳴。男の、

「おい!」

「よせ!」

怒号の重なり。寛は斎藤と顔を見合わせ、部屋を出た。

最初に目に入ったのは、菅忠雄だった。鼠《ねずみ》のようにちょこちょこと机のあいだを走りまわって

いる。

ときどきうしろへ首を向けている。うしろには椎田がいる。椎田はきのうとおなじ、だがきのうとは違って皺《しわ》だらけになっている背広を身につけて、大またで萱を追いかけている。目はピンポン玉ほどにも見ひらかれ、血走っていて、口のはしには白い泡が吹き出していた。

椎田は、とつぜん立ちどまった。

手には小豆《あずき》色の杖をさげている。それを持ち上げ、先っぽを萱に向けて、腰を落とした。首を倒して片目をつぶった。まるで銃をかまえるような……「まるで」ではない。正真正銘の猟銃だった。杖はじつは金属製で、横に二本くっついていて、木製の銃床が装着されている。

人さし指が、光る輪のなかに突っ込まれている。寛は、

(引き金)

屋外の音が、やたらと鮮明に飛びこんで来る。市電の走るモーター音や自動車のクラクションにまじって、

「危ない！　また降って来るぞ！」

などという声がある。寛はそっちへ目を走らせた。ここはビルの四階である。左右にならんだ二枚のガラスが割れているのは、銃で撃ったのか、それとも猟銃の台尻で殴ったのか。

萱は、気づいていないようだった。恥も外聞もない形相でこっちへ逃げて来て、寛の前、会議用の大きなテーブルまでたどりつくと、その下へもぐりこんだ。

寛はちょっと身をかがめた。臨時の塹壕《ざんごう》がそこにあった。洋服を着た女の社員がいくつも尻を

ならべているが、男の社員もいて、さっきまで横に立っていた大草もまた四つん這いで頭を抱えている。

「……よせ」

という声がした。

これは屋内からだった。寛は身を起こして編集室を見た。さっきは気づかなかったけれども、ガラス窓とは反対側の壁ぎわ、本箱の手前にひとりの男が立っている。佐佐木茂索だった。きょうも着流し。きっちりと締められた帯。さすがに衿はやや乱れているか。

寛から見ると、椎田の右方である。椎田は菅を見失ったか、体の向きを変え、そっちへ銃をかまえなおした。佐佐木は椎田を上目でにらみつつ、ふところから白木の短刀を出し、ただし鞘から抜かぬまま逆手《さかて》に握ってみせた。

(弱いなあ)

寛は、みょうに冷静に感じてしまった。佐佐木がである。顔が恐怖で引き攣《つ》れているし、短刀を持った右腕以外はまったく体が動くことなく、絵のように本箱に貼りついている。

顔や体がどうこうではない。いくら今回の改革が社員の反抗をまねくと知っていても、そもそも普段そんなものを懐中に入れておくこと自体がもう覚悟が足りないのではないか。

椎田は、なおも銃口を佐佐木に向けている。

息を荒くしたまま、ことばを発しないまま。いまや身をさらして立っているのは佐佐木のほかには寛だけで、寛はついに、

「椎田君」

口をひらいた。

椎田がこちらへ顔を向けて、おどろいたような目をした。

いままで気づかなかったのだろう。椎田と寛のあいだには例の大きなテーブルがあるので、もし発砲した場合、弾はたぶん散弾だから、その下の社員はまとめて血の海に浮くことになる。それだけは、避けねばならない。寛はゆっくりとテーブルをまわり、テーブルを背にして、

「椎田君。君を解雇したのは僕だ。僕ひとりの判断だ」

両手をひろげ、胸をそらした。

まったくの丸腰だった。護身具などは持っておらず、そもそも持つ気もなかった。かりにもおなじ釜のめしを食った社員に対して、なぜ短刀が必要なものか。

椎田が、こっちへ足を踏み出した。

銃口を寛のひたいに向けて、一歩、また一歩。フーッ、フーッと、森から出たばかりの四足獣のような呼吸音を響かせながら。

テーブルの下から大草はじめ、二、三の社員が半身《はんしん》を出して、

「菊池さん！」

着物の袖やら裾やらを引っぱっている。これだけでも勇気ある行動である。寛は、

「だいじょうぶだよ」

と穏やかに声をかけてから、

「いい銃だな、椎田君。それも会社のカネで買ったのかね？」

椎田は、答えない。

寛はさらに、

「いつからだ」

「……………」

「いつから、僕を裏切った」

「……………」

椎田は少しずつ、確実に、こちらとの距離をちぢめている。水平二連の銃口が歩いて来る。寛はそれを見なかった。ただただその向こうの椎田自身の顔を見た。鼻のあたまが青黒く、唇が死人のように無色で、息が酒くさい。

寛はふうと肩を落として、

「金は、まだあるんだろう。返せとは言わない。いいかげんな僕も悪かったんだ」

「……………」

「また生命保険会社にでも就職すれば、元来君は仕事熱心だ。いい月給取りになる。こんなとこで人を殺して監獄にぶちこまれるなんて意味ないよ」

その刹那、椎田の顔に変化があった。

目が一瞬とろんとして、それからまた少し吊りあがった。

心のやわらかいところを衝かれたのか。意味ないよ、は寛の口癖である。いつしか椎田のそれにもなっていた。単なる病気の伝染のようなものか、それとも寛への本物の敬意があったものか。

椎田は銃を下ろし、

「……もう来ません」

つぶやくと、背を丸め、猟銃をひきずるようにして出て行ってしまった。ほんとうに弾が入っていたのかどうか結局わからなかった。

しばらく、白紙のような無音がつづいた。寛が全員へ、

「追うなよ」

と命じると、それが合図でもあるようにテーブルの下から、あるいは雑然と置かれた一人用の机の下から、おずおずと人々が出て来て立った。

彼らおよび彼女らのうち、何人かが寛のまわりに集まった。寛はきゅうに苦しくなって胸をおさえた。誰かが椅子を持って来たので座ったけれども、さほどの大波ではなかった。まわりの者へ、

「心配いらない。じき治まる」

などと言っているうち、佐佐木が行動を開始した。短刀をしまって衿をなおし、部屋のまんなかへ進み出て、

「さあみんな、後始末だ」

手を叩いて、社員ひとりひとりに顔を近づけつつ、

「男どもは箒《ほうき》とバケツを持って下へ行け。散ったガラスを掃除するんだ。ビルの管理会社へも連

絡しろ。女たちは虎屋へ行ってくれ。羊羹を六本、いや五本買って来るんだ。他の会社に『お騒がせしました』と詫《わ》びに行くときの手みやげにする。そうだ、この階の会社だ。ほかの階はいい。ボサッとするな。動いた、動いた」

虚脱のあとでは、小さな具体的行為ほど人をいきいきさせるものはない。社員の顔に血の色が戻り、オフィスがふたたびオフィスになった。

寛の横には女性社員、瀬尾梢《せおこずえ》がいる。ハンカチで寛の顔の汗をぬぐいながら、

「まあ佐佐木さん。急にいばって」

眉をひそめたが、寛は、

「いいんだよ」

「でも菊池さん、椎田さんを追い払ったのは菊池さんじゃありませんか」

なお形のいい唇をとがらせる梢へ、

「いいんだ。わが社はこれでうまく行くんだ」

寛は目を閉じ、息を吐いた。屋外ではもう割れたガラスを片づける音がしはじめている。

ペン部隊

石井桃子《いしいももこ》が、いかにもこの利発な若者らしく端的に、

「辞めます」

と言ったので、菊池寛《きくちかん》はおどろいた。コーヒーカップを持ったまま腰を浮かして、

「辞める？　うちの社を？」

「はい」

「文藝春秋社を？」

「はい」

「そりゃまた、どうして。結婚かね？」

「いいえ。それは、えー……医者に言われて。肋膜《ろくまく》に影があるって」

桃子は、ななめ下を向いた。丸めがねの銀色の縁がきらっとした。肋膜に影があるというのは、
つまり結核の疑いを意味する。

はたして罹患《りかん》していれば、死ぬ確率が格段に上がる。寛はすとんと腰を落として、

「いや、何だ、まあ決まったわけじゃない。レントゲン写真は見まちがいも多いからね。だいいち君は若いじゃないか。まだ二十三か四……」

「二十七です」

「そうか。そんなになるか。月日の経つのは早いね。やっぱり若いよ。僕からしたら娘みたいなもんだ。あー、実家は浦和だったね。しばらく静養するのかね」

桃子は、ななめ下を向いたまま、

「かもしれません」

寛と桃子はレインボー・グリルにいる。文藝春秋社の入居するオフィスビル、大阪ビルヂングの地下のレストラン。寛は桃子が「たっての話がある」というので連れて来て、すみっこの席を取り、まわりを衝立でかこませたのだ。

内向的な環境が、寛をいよいよ感傷的にする。まるでもう罹患が確定したかのように、

「さあ石井君、うんと栄養つけなきゃあ。食べなさい、食べなさい」

テーブルの上のサンドイッチを手で示した。白い食パンが整然と切られてチーズやハムやきゅうりなどを挟んでいるが、その食パンは、寛がさっき腰を浮かしたとき派手に飛び散らせたコーヒーで八割方茶色になっている。

桃子は手を出さなかった。寛はなお手にカップを持ったまま、

「辞めるっていっても、そんなのは方便だ。治ったらいつでも戻って来ていいよ。仕事はいくら

でもあるんだから。遠慮するなよ。僕も食うよ」

もう片方の手で一きれを取り、ぐじゅぐじゅ音を立てて噛んだのである。

ところが二か月後の晩、寛は、意外なことを聞いた。場所はやはりレインボー・グリルだった。雑誌「話」創刊一周年を記念して店を借り切り、「文藝春秋祭」なるパーティをひらいたのである。

このときは衝立という衝立を取っ払って広大な空間をつくり、はしっこに長いテーブルを置いてビールのびんや料理の皿をずらりとならべた。客はおのおのそこへ行って欲しいものを取るという、いわゆる立食《りつしよく》式である。客には各界の寄稿家や挿絵画家、そのほか関係者を招待した。

寛は、はじめは彼らと立ち話もできた。けれどもだんだん混み合って満員電車みたいになったので、ホールを出て、おなじ店内の小さな個室へ入った。

壁にもたれ、たばこに火をつけて息を吐くと、

「菊池君」

と、横に来た背広姿の男ひとり。寛はたばこを口から離して、

「やあ、山本《やまもと》君」

「遅くなってすまん。原稿の締切が重なったものでね。君また少し太ったんじゃないか。しばらく米のめしは控えるって言ってたが、さっき見てたら、まぐろの鮨を四つも五つも」

「人が悪いね。見てたのか」

「たまたま目にしたんだ」

「鮨は米のうちに入らないよ。酢がふってあるから贅肉にならないんだ」

われながら怪しい説であるが、しかしこの場合、相手は山本有三《ゆうぞう》。第一高等学校の同級生だから気兼ねなく話せた。もっとも山本のほうは入学が一年早く、ドイツ語でしくじって落第したため、寛や芥川龍之介《あくたがわりゅうのすけ》、久米正雄《くめまさお》、成瀬正一《なるせせいいち》らと同学年になったのだけれども。

現在は、おなじ作家である。とりわけ新聞小説の世界では『真珠夫人』で大あたりを取ったため「毎日」系に属する寛と、『波』や『女の一生』などで好評を博して「朝日」を根城にしている山本、といったような対立的な印象を世間が勝手に抱いているので、むしろますます本人どうしは仲がいい。

一種の同志意識だろうか。実際、山本はこのときも、

「酢で贅肉がつかないんなら、ビフテキにもたんと酢をかけたまえ。僕くらいになれる」

と、やはり軽口で返している。山本の体はあまり肥大していないのである。寛はへへっと笑って、

「贅肉がないのは結構だが、君のように頭の毛までなくなっちまうのは御免こうむるね」

「ひどいこと言うなあ。ときに」

と、山本はきゅうに顔をまじめにして、

「君のとこに、石井桃子っていう子がいたろう」

「ああ、最近辞めちゃったんだがね。かわいそうに……」

「もらうよ」

「え？」

「僕がこんど、新潮社で少し大きな仕事をすることになってね。『日本少国民文庫』っていう小学生から中学生くらいの読者に向けた、全十六巻の本のシリーズなんだが、その編集を手伝ってもらうんだ」

寛は、口を閉じるのを忘れた。目をぎゅぎゅっと何度もつぶって、

「彼女は、えー、もう働いてるのか」

「うん」

「新潮社で？」

「うん」

「ちゃんと仕事してるのかね。いや、これは健康面でという意味だが」

「もちろん」

山本は破顔して、

「あの若さだ。夜遅くまで会議しても翌朝けろっと出勤して来るよ。まったく我々にはうらやましい……おい、靴。靴」

と山本が言ったのは、寛がたばこを吸うのを忘れていて、灰が靴に落ちたのである。寛はあわてて、

「あ、いや」

身をかがめ、手で払った。ふだんなら靴の灰など気にもしないが、このときは平常心を欠いた

のだろう。

パーティが終わると、寛はまっすぐ家に帰った。寝室に入り、いったんは寝入ったものの暮夜《ぼや》めざめて眠れなくなった。

ベッドのなかで右へ左へ寝返りを打ちながら、考えるのはやっぱり桃子のことである。肋膜うんぬんは、

（嘘だった）

医者にそう言われたこと自体は事実かもしれないが、彼女がそれを理由にして、彼女の意志で、社を去ったことは動かない。彼女は寛と、ないし文藝春秋社と、縁を切りたかったのだ。

いったいに、雑誌界というのは人材の流動性が高い。

新聞界や出版界とのあいだの垣根も低い。何々社の誰々がさほどの理由もないのに別の社へ移ったなどというのはよく聞く話で、あの佐佐木茂索《ささきもさく》のごときはその編集者としての人生を新潮社から出発させ、長らく時事新報社の禄《ろく》を食《は》んだあげく現在は文藝春秋社の専務取締役である。桃子のしたのは悪いことでも何でもないのだ。

が、寛にとって、桃子はほかの社員とは違っていた。もともと桃子は個人的な助手だった。七年前だったか、日本女子大学校英文学部の学生だったころから自宅に出入りさせ、海外小説を原文で読んで要約を書くアルバイトをさせていたのである。

寛は――作家としての菊池寛は――その要約をもとにして自分の小説のストーリーをこしらえたわけだ。同様の学生はほかにも数人いたけれど、桃子はもっとも優秀だった。人間的にも学生

にありがちな甘ったれたところはほとんどなかった。

卒業してから文藝春秋社の仲間になったのも、そんなわけで、寛には自然なことだった。桃子は雑誌「婦人サロン」「話」などの編集に従事したが、ここでの働きぶりも合格だった。原稿の浄書や校正といったような基本的な業務はもちろんのこと、ときに名士のもとへ談話を取りに行かせても揉め事にならず、記事そのものの出来ばえも悪くなかった。

海外の雑誌の記事の翻訳などはそれこそお手のもの、他の社員の追随をゆるさない。これらはもちろん桃子自身の意志と能力によるところが大きいにしても、それでも少しは、

（俺が、育てた）

寛にとって、桃子がわが子のように感じられるのは、決して年まわりのせいだけではないのである。その桃子が新潮社へ行ったのは、

（『少国民』だから、か）

寛はとうとう身を起こし、ベッドから足を下ろして腕を組んだ。

少国民とは、最近にわかに新聞や雑誌にあらわれた語である。年少の国民、つまり小学生くらいの男女を意味する。その語を冠する『日本少国民文庫』の企画ということは、桃子は案外、

（そのへんの読者に、興味があるのか）

いやいや、それもちがう。寛はそっと首をふった。それなら寛だって七年前、芥川龍之介とともに『小学生全集』全八十巻を編集して興文社から刊行している。あれは文藝春秋社の仕事ではなかったとはいえ、そうして多少は名義貸しの気配もあったとはいえ、寛が決して子供相手の企

画に対して冷淡でないことの証明にはなる。彼女はみずから寛に企画を持ちこんでもよかったのだが……。

結局、

「わからん」

寛はつぶやいて、また身を横たえて、こんどは深く眠ってしまった。

翌日の午後、出勤した。編集室へ足を踏み入れたとたん、

「わかった」

寛は、声を放った。「文藝春秋」編集長になった菅忠雄《すがただお》が来て、

「どうしました、菊池さん」

「満州だ」

「え？」

「満州だよ、菅君。三年前から。石井君はそれで……」

わが社を去った、と言おうとして口をつぐんだ。何か暗い気持ちになった。

†

三年前の九月十八日、満州事変が勃発した。

中国大陸東北部、奉天（現在の瀋陽《しんよう》）北郊を走る南満州鉄道の線路が中国軍に爆破されたので

ある。

南満州鉄道は、略称「満鉄」。南満州鉄道株式会社という国策会社の経営する純然たる日本の鉄道であるからして、これははっきり国家的挑発と受け止められ、日本軍がただちに行動に出た。現場近くにある中国軍の兵営・北大営を銃撃し、さらには奉天市内へも砲撃を開始した。いずれも戦果は上々だった。日本軍は爆破事件の翌日にはもう奉天市を占領し、ほかの満鉄沿線の主要都市をも支配下に置いたのである。日本国内の新聞は、これを大きく報道し、国民は熱狂した。

事変の風《かぜ》は、文藝春秋社へも吹きこんで来た。

社員がにわかに大陸問題を論じだした。

「中国人はけしからん。そもそも前から陰に陽に日本人の活動を邪魔しているのが今回の事態をまねいたんだ」

と新聞報道を鵜呑みにする者もあったし、

「いや、どうかな。ほんとは関東軍（満州駐屯の日本軍）が爆破したんじゃないのかな。その後の展開があんまりうまく行きすぎている」

と深読みを試みる者もあった。意見の対立もしばしばあったが、しかし喧嘩になるほどではなかった。

寛もときに参加した。目を輝かせ、身ぶり手ぶりもたっぷりと、

「その関東軍真犯人説だがね、いいところを衝いてるよ。僕もそうじゃないかと思ってる。証拠もなしに記事にはできんが、どうだね、そのへんのことは、元満鉄の関係者か、あるいは外務省

情報部の白鳥敏夫《しらとりとしお》氏あたりを座談会に呼んで聞いてみちゃあ」

何といっても満州事変は「文藝春秋」誌が、あるいは文藝春秋社が、はじめて経験する大規模な対外戦なのである。創刊以来わずか八年、それこそ少国民なみの歳月しか経ていないこの雑誌は、日清、日露はもちろん、第一次世界大戦のときでさえこの世に存在していなかった。

寛たちは、子供のようだった。はじめて与えられた巨大なおもちゃを夢中でいじりまわす腕白小僧たち。

その後の事変の展開がおおむね順調というか、内地の市民生活にほとんど影響をあたえなかったことも、寛たちの面白がりを助長した。爆破事件の半年後にはもう日本軍の支配が定着しはじめて、いささか強引ではあるけれど、とにかく中国東北部を領土とする「満州国」が建国されるに至ったのである。

首長にあたる執政には土着権力の象徴というべき清朝の廃帝・溥儀《ふぎ》をつけ、もって中国人による中国人のための政権の体裁をととのえた。内実はむろん日本の傀儡《かいらい》であるからして、東京政府は「満州国」を承認した。

もっとも、これには意外なところから横槍が入った。国際連盟である。国際連盟はイギリス人政治家リットンを団長とする調査団を派遣して、大陸各地を視察させ、報告書を提出させた結果「満州国」を不承認とした。

それどころか最初の爆破事件後の日本の軍事行動をも自衛のためとは認めなかったので、日本は国際連盟を脱退。とまあ、このように事態がつぎつぎと新展開を見せるたび内地の国民は興奮したのである。

総合雑誌にとっては金鉱である。「文藝春秋」はよく売れたし、またそのことで社内の議論はいっそう盛り上がった。

古参社員も熱弁をふるったが、若手はそれ以上だった。やはり血の騒ぎかたがちがうのだろう。たとえば古参のひとり、「話」編集部の桔梗利一《ききょうりいち》が、

「日本は、リットン調査団のあつかいを間違ったね。もうちょっと好意的に迎えてやれば……」

などと言い終わる前にもう入社二年目の晴里登《はるざとのぼり》が、

「いや、桔梗さん」

耳まで隠れるほど長い髪をかきあげて、

「あれでよかったんですよ。どうせ八百長だ。はじめっからわが国の主張には耳を貸さんつもりで来たに決まってる。全体イギリス人なんて馬鹿ばっかりだ。大英帝国の全盛期ならともかく、この衰退期にいたってもなお敬意を払うなんてどうかしてる」

と、ここで横の席の者を見る。

横の席には、入社したばかりの池島信平《いけじましんぺい》がいる。池島は細い目をいっそう細くして、

「僕へのあてこすりですか」

「どうかな」

「リットンの書いた報告書は、僕は原文で読みましたがね。それなりに日本に対する礼を尽くしていますよ。今後の権益もかなり認めてるんだから、名を捨てて実を取るって手もありました。

しょせん『満州国』なんて、それこそ関東軍のこしらえた八百長政権にすぎないんだし」

「『満州国』の承認を取り消せと？　そんなことしたら首相は軍人に暗殺されるぞ」

と、晴里は、むしろ暗殺されてほしそうに舌なめずりをする。池島は眉にしわを寄せて、

「でしょうね」

ふたりの経歴は、或るところまでは似ている。どちらも東京うまれであり、晴里登は東京高等学校を、池島信平は新潟高等学校を、それぞれ卒業した。

だが卒業後には、晴里は東京帝国大学理学部を受験したものの不合格。「東京朝日新聞」の社会部記者になったけれども、取材を通じて知り合った運動家に感化されて左翼運動に入り、いっときは会社にないしょで共産党（非合法）の中央機関紙「赤旗《せっき》」の編集もやっていたという。

だがこんな二重生活は、長つづきしなかった。仲間に密告され、治安維持法違反で警察に逮捕され、しかし嫌疑不十分で釈放された。

くわしいことは誰も知らないが、要するに、拘置所で思想を放棄したらしい。釈放後は業界紙の記者などをして糊口《ここう》をしのいだが男四人、女ふたりの子だくさんで生活にこまり、「東京朝日」のころの同僚記者に文藝春秋社を紹介してもらった。

学歴の点では未完成者であり、思想的には転向者である。屈折の理由がじゅうぶんある。いっぽうの池島信平は新潟高等学校を卒業後、すんなり東京帝国大学文学部西洋史学科に入学して、大学院へ進んだ。

専攻はイギリス中世史。このまま学問をつづければ母校の教授になれる、学界の権威になれる

とすら噂されたほどだったけれども、どういうわけか大学の事務室の掲示板に社員募集の貼り紙がしてあったのを見て、入社試験を受けに来た。

この試験は、文藝春秋社としては創業以来はじめておこなうものだった。すなわち池島は公募入社第一期生であり、晴里は縁故入社最末期生ということになる。べつだんそれで入社後の待遇が変わるわけではないのだが、ひょっとしたら晴里が池島を敵視するのは、学歴面での鬱屈《うっくつ》よりも、思想面での鬱屈よりも、むしろこんなところに最大の理由があるのかもしれなかった。

ともあれ、議論の白熱である。そのとき寛は少し離れて聞いていて、

「まあまあ、ふたりとも、そのへんにしとけよ」

わざと軽く言ったものだが、こういうことを思い出すたび、

(なるほど)

内心、うなずかざるを得なかった。

(なるほど、石井君が去るわけだ)

石井桃子はもともと文芸の話が好きであり、政治種《だね》や社会種はあまり好きではない感じだったが、それにしても最近は社内の空気が変わってしまった。

おなじ政治や社会を論じるにしても、事変前はもっと和気藹々《わきあいあい》というか、意見のちがいを超えて議論そのものを楽しむ風《ふう》があったものだが、事変後は晴里と池島に限らず、どいつもこいつも相手を論破することに集中するようになった。

何か殺伐《さつばつ》とした感じだった。なお桃子は、あれから正式に新潮社へ入社した。新潮社は老舗の文芸出版社だが、総合雑誌を持っていないから時事問題の波をあびる度合いが高くなく、またその社風も、創業者・佐藤義亮《さとうぎりよう》の質朴な性格の反映なのか、議論より実務を重んじる傾向がある。彼女には、あっちのほうが合っている。寛はそう思うことにした。

†

満州問題は、しかし対岸の火事ではなかった。

じわじわと社業に影響をおよぼした。寛がそれを最初に肌で知ったのは、佐佐木茂索の嘆きがきっかけだった。

佐佐木は社長室へ来て、

「菊池さん」

寛は、たまたま遊びに来た作家の宇野浩二《うのこうじ》とピンポンをしているところだった。社長室に卓球台を置いたのである。佐佐木には目もくれず、来た球をコンと打ち返して、

「何だい」

「時計がない」

「何の時計？」

「芥川賞、直木賞の」

「へえ」

寛は、ラケットを振る手を止めなかった。

正式名称は芥川龍之介賞、直木三十五賞。それぞれ同名の亡友を記念するために、またはそれを口実にして雑誌を宣伝するために、寛が設けた文学賞である。

前者は一般文芸における、後者は大衆文芸における、「無名もしくは新進作家」の書いた優秀な作品に対して授与する。第一回の受賞作は、つい先週に出た「文藝春秋」誌上で発表した。芥川賞は石川達三《いしかわたつぞう》の短編「蒼氓《そうぼう》」、直木賞は川口松太郎《かわぐちまつたろう》「風流深川唄」ほか。何しろはじめてのことばかりで気苦労も雑務も多かったし、寛自身、どちらの賞の選考委員もつとめていたから、ようやく一段落、いまは正直あんまり聞きたい話ではなかった。

佐佐木はかまわず、

「知ってのとおり、両賞では、正賞として受賞者に懐中時計を贈呈します。モバード、ロンジン、オメガ、外国製であれば何でもいいが、外国製でなければならない。国産ものでは権威がないし、すぐ狂っちまう」

「ないなら買えばいい」

コン。

「手に入らないんです。どの店へ聞いても在庫切れ、次回の入荷は未定だと。どうやら国際連盟脱退がきっかけで欧米のメーカーが日本への輸出をひかえたようで」

「なら賞金だけでいいよ。新人には五百円でも大金だよ」

「金だけ渡すってのは品がありません。やっぱり正賞が時計、副賞が賞金っていうのが恰好がつくんです」

「なら、どうするね」

「大阪の時計屋にはまだ在庫があるらしいから、行ったついでに買っておきます。ただ売り値はよほど上がっているでしょうし、四つ五つじゃすぐ払底《ふってい》するんで、このさいたくさん確保するつもりです。そうとうな出費になりますが、やむを得ないものと考えてください」

「うん、わかった」

「じゃあ」

と、佐佐木は、仏頂面が見えるような声で言って出て行ってしまった。ドアの音と同時にラケットを振ったら、その球が白いネットにひっかかり、コンコンと台の上で二度跳ねて床の上に落ちた。

相手の宇野が、

「俺の勝ちだ」

と言ったが、寛は、

「ああ」

生返事をして、卓球台に座り、うつむいて考えだした。最後のひとことが気になったのである。

佐佐木は、出納《すいとう》の鬼である。

とりわけ出る金に対する厳しさときたら、吝嗇《りんしょく》と紙一重だった。たとえば全国各地で文芸講演会をひらくときなど、講師の作家たち、世話役の平《ひら》社員たちに気むずかしい顔でついて行って、宿泊先の旅館にどんと居坐る。

翌朝になって、または翌日の昼すぎになって、作家たちが眠い目をこすりこすり起きて来ると、

「領収書を」

「領収書？」

「ゆうべ遊んだ金のです。わが社は夕食までの面倒は見るが、その先は見ない」

作家たちが仰天して、

「以前はそんなこと言わなかったじゃないか。素行調査じゃあるまいし、口頭で『いくらかかった』って言うだけで現金がすんなり出て来たもんだ」

「むかしはむかし、いまはいまです。さあ」

手のひらを上にして突き出すと、作家たちは、

「領収書なんて、そんなものもらうはずがないじゃないか。だいいち無粋だよ」

「それはそれは、よほど粋《いき》な夜を過ごされたのですな。芸者をこっそり連れ出して差しつ差されつしたのかな？　それとも、そのすじの宿屋へ潜行したのかな？　どっちにしても店の名前を教えてくれれば、私のほうで人をやって受け取らせますが」

「教えられんね」

「なら自腹を切っていただきましょう」

作家に対してさえこうなのだから、ましてや社員に対しては峻烈《しゅんれつ》だった。誰かが電話で昼めし

を注文しているのを聞いて、

「君は八銭のそばを十一銭で食っている。八銭のそばは八銭で食いたまえ」

たった三銭の電話代にすら目を光らせたわけである。例の広告部による横領事件で深刻な経理上の危機におちいった文藝春秋社がわりあい短期間で立ち直ることができたのも、ひとえに佐佐木がこうして嫌われ仕事に徹しているからなのだが、その佐佐木が、この時計に関しては「そうとうな出費」を「やむを得ない」と言ったのである。

事態は、よほど深刻と見るべきだろう。

「うーん」

と、寛は、まだ卓球台の上で考えている。

賞品の未来が気になるのではない。日本の未来が気になるのである。時計ひとつ欧米なみに作れないようなこの国に、はたしてほんとうに満州支配などという世界史的な大事業が完成できるものだろうか。

「どう思うね。宇野君」

返事はない。寛は顔を上げて、

「宇野君。あれ？　どこだ？」

社長室には、誰もいなかった。寛がとつぜん石像のようになってしまったので、退屈して出て行ってしまったのにちがいなかった。

†

国際連盟脱退の四年後、昭和十二年（一九三七）七月七日夜十時半ころ、またしても大陸で事件が起きた。

今回は、何やら雲をつかむような話だった。場所は北京の南西郊、盧溝河《ろこうが》（現在の永定河《えいていが》）にかかる盧溝橋《ろこうきょう》あたり。

「満州国」国境に近い、一触即発の地域ではある。日本の支那駐屯軍が夜間演習をおこなっていたところ数発の銃撃があり、兵一名が行方不明になったので、日本側は、盧溝橋を警備する中国第二十九軍への攻撃を開始したのである。

もっとも、戦闘は断続的だった。行方不明の兵も無事に帰隊した。二日後には現地で停戦協定が成立。こぜりあいに毛が生えたものということで決着がついたかと思いきや、その協定成立の二日後に東京では五個師団の派兵が閣議決定されている。

何ともちぐはぐというか、息が合わないというか。とにかく決定をくつがえすことはできないので数万の日本兵が海をこえて大陸を侵すことになり、日中間の全面戦争が始まったのである。わずかのザラメがふくらんで巨大な綿菓子になるようなものだった。

寛は連日、不機嫌だった。「文藝春秋」編集部へ来て、手近な椅子にどさっと座って、

「政府は何をしてるんだ。どうかしてるよ。これまで満州国一国さえゲリラに民間人を殺された

り、満鉄の横に競合路線を敷かれて客を取られたり、まったく統治できてなかったのに、わざわざ戦線を中国全土にひろげようなんて。いくら日本軍が強いっていっても、あの広大な土地をすみずみまで押さえられるはずがない」

「菊池さん」

顔を上げたのは、晴里登だった。彼も昨年からこの編集部に配属されている。

「菊池さん、あなた中国人の味方をするんですか」

寛はかっとなって、

「なんで君はそういつも話を飛躍させるんだ。そんなことは言ってない。ただ常識的にものを考えてるだけじゃないか」

「実際日本は勝ってます」

「文句なしだね。今後もそうなら」

「精神が足りない」

「はあ?」

寛は、片耳を突き出した。意味がわからない。晴里はやれやれと言わんばかりに首をふって、

「あなただけじゃない。日本人はいつしか豊かさに慣れて、不屈の精神を忘れてしまった。だから前線の兵士が苦労するんです。いまこそ国民一丸となって物質文明の奴隷たることをやめ、大陸制覇の偉業を成し遂げるべきなんだ」

「それじゃあ僕らは、大陸制覇のために雑誌を出すのかね」

冗談のつもりだったけれども、晴里は表情を変えず、

「はい」

寛は椅子から立って、机をたたいて、

「ばかを言うな、青二才が。世の中のことは精神で考えるんじゃない、理屈で考えるんだ。そうすればそもそもの盧溝橋の銃撃だって、ほんとにあったのかどうか……」

「まあまあ、菊池さん」

と、あいだに割って入る男ひとり。例の公募入社第一期生・池島信平だった。にこにこと白い飲みものの入ったコップをさしだして、

「年寄りが興奮しちゃいけませんや。どうです。よかったら」

寛は我に返って、

「ああ、池島君。ありがとう」

寛は酒飲みである。ふだんは牛乳なんぞに興味はないのだが、このときはコップを受け取って、うまいものを飲むかのように飲みながら、

（助かった）

興奮のあまり危うく我を忘れるところだった。いまや世間の空気も社の空気も、六年前とはぜんぜんちがうのである。

六年前の満州事変のときはまだ口に出せた。柳条湖《りゅうじょうこ》の鉄道爆破はほんとは自作自演だったんじゃないか。真犯人は日本軍じゃないのか。いまは出せない。現に、ほかのみんなは机に向かって

座ったまま、下を向いてしまっていた。

なかには本を読むふりをしているやつもいる。それでいて全員の体がもやもやと月の暈《かさ》のように帯びているのは違和感色《いろ》をした空気なのである。

寛に対する違和感だろう。みんな晴里へ心を寄せているというより、

——時勢には、勝てん。

すっかり萎縮《いしゅく》してしまっているのだ。

逆に言うなら、この戦争に対する世間の支持はそれくらい熱烈だった。新聞各紙の態度も同様だったし、政治の世界でも、立憲政友会や立憲民政党などの右派はもちろん、左派の雄である社会大衆党までもが戦争協力の姿勢を鮮明にした。

それだけではない。近衛《このえ》文麿《ふみまろ》首相の政府は現在、この風潮に乗るかたちで「国民精神総動員運動」なるものを実施しようとしている。この運動は、中央省庁はもちろんのこと、ひろく各産業の業界団体、道府県知事、市町村長、在郷軍人会、青少年団、婦人団体などを動員して国民の戦時意識を高めようとするもので、具体的には時局講演会、戦争映画上映会、勤労奉仕、出征兵士や家族の慰問、倹約奨励のポスター貼り等をおこなうことを想定している。

社会を道徳で塗りつぶそうというのだ。こういう世相にかんがみれば、晴里登のごときは、いまや特殊な人間でも何でもない。全国の会社、役所、学校、町内会や自治会、いたるところにいる憂い顔した欣舞《きんぶ》の徒、自称「めざめた者」のひとりにすぎなかった。

寛は牛乳を飲み干すと、

「池島君」

「はい」

「仕事の話だ。僕の部屋へ来たまえ」

社長室へ連れこんで、ドアを閉め、声をひそめて、

「いい機転だった。ありがとう」

コップを突き出した。

池島は、都会っ子である。ほめると照れる。コップを受け取り、その手の親指で鼻の下をごしごしして、

「あ、いや」

「窮屈な時代になったものだね。いつ終わるのかね」

「そりゃあまあ、戦争が終わったときでしょう」

「勝つだろうかね」

と寛が言い、口のはしの牛乳を背広の袖でぬぐうと、池島は、

「南京《ナンキン》を落とせば」

南京は中国の首都である。国家機能が集中している。ただ満州国の国境からは南へ一千キロも離れていて、いかにも進軍が容易ではない。実際この時点では戦火はまだまだ南京どころか北京周辺、および満州国の南隣である華北地方にとどまっていて、文字どおり目標は地平線の彼方にあった。

寛はうなずいて、

「そうだね」

ため息をついた。ドアの向こうでは、晴里がことさら大声で、

「もはや自由主義は日本の敵です。国民全員がおなじ方向を向き、おなじ塗炭《とたん》の苦労をなめなければ。誌面のありようも再考しましょう。小説なんか載せてる場合じゃない」

反論の声は聞こえなかった。

†

開戦から五か月後、日本軍は南京を陥落させた。

誰の目にも異様な速さだが、その理由は飛び火だった。華北での開戦を受けて南方の上海《シャンハイ》でも中国軍の活動が激化し、上海の空の玄関口というべき虹橋《こうきょう》飛行場を視察中の日本海軍・大山勇夫《おおやまいさお》中尉および水兵一名を射殺した。

これにより東京の閣議は陸軍二個師団の派遣を決定し、上陸とともに激しい市街戦となったのである。

日中ともに人的、物的被害がいちじるしく、しだいに日本が優勢となったため、中国軍は上海を捨てて内陸に後退。これを日本軍は急追して揚子江《ようすこう》をさかのぼり、南京に達し、激しい攻防戦の末にこれを陥落させたのである。

日本国内は、お祭りさわぎだった。

東京はもちろん地方都市でも街中《まちなか》のいたるところで日の丸が掲げられ、「奉祝　南京陥落」などと記された幟《のぼり》が立てられた。提灯行列や旗行列が催され、都市によっては何十万の人々を動員した。

しかし戦争は終わらなかった。中国の国家元首というべき中華民国国民政府前主席・蔣介石《しょうかいせき》が陥落前に南京をのがれ、遷都と称して重慶に行き、ふたたび政権の樹立を宣言したからである。

中国は死んでいないのである。いくら日本国民が、

「蔣介石、この卑怯者め」

と極東の島々で気炎をあげても詮《せん》ないことだった。

こうなると当然、日本軍にとっての次の目標は重慶になるが、しかしこの四川省にある首都は、何とまあ南京から揚子江をさらに三千キロもさかのぼったところにあって、もはや上海のときのような迅速な派兵は不可能である。

長期戦は確定的。北方の「満州国」もゲリラ戦が続発。日本は今後もたえまなく、海に砂を投げるようにして大量の兵士を送りこむほかないのだ。

兵士の補充は、急務になった。

国内では男子が取られるようになり、文藝春秋社でも取られた。盧溝橋直後の澤村三木男《さわむらみきお》を皮切りに、渋谷清《しぶやきよし》、鷲尾洋三《わしおようぞう》などの若手が次々と召集令状を受け取り、検査を受け、軍服を着て大陸へ行った。

寛はそのつど料理屋で「送る会」のようなものを催した。このころはまだ料理屋を使うだけの余裕があった。

開宴の挨拶《あいさつ》を乞われるたび、寛はありきたりなことを述べた。このたびの公務は時局の上できわめて重大なものである。貴君は皇国臣民の名に恥じぬよう立派に職務を果たすべきであること。

が、最後にかならず、

「生きて帰って来い」

という意味のことばを付け加えた。

正真正銘の本音であり、時勢への抵抗のつもりだった。こういうときは、ふつうなら、

「お国のために死ね」

とまでは言わないにしても「銃後のことは気にするな」とか何とか、いくぶんかは死の可能性をふくんだ言いかたをするもので、むろんのこと、

「そうだそうだ。生きて帰って来い」

などと口に出して和す社員はいなかったけれども、それでいいと寛は思った。意のありどころはわかってくれるだろう。君たちの社長はこの戦争に、このヒステリックな社会の情況には決して同調していないのだと。国家の強いる名目よりももっと豊かな人間的世界のほうを大事にしているのだと。

もっとも、社会のほうも一知恵《ひと》あった。或る晩、社とは関係のない日本競馬会の関係者――寛は馬主でもあったので――の出征に際して同種の会がひらかれた。

新橋の料亭で、十五人ほどが参加した。寛は立ちあがり、挨拶を述べ、そのしめくくりに例の非定型的な一句を添えようとしたとき、参加者の誰かが両手をあげて、

「ばんざーい！　ばんざーい！」

全員、唱和せざるを得ない。話はうやむやになった。寛はどすんと尻を落とし、憮然《ぶぜん》とした。寛の悪行はあらかじめ話がまわっていたのである。

新聞には連日、戦死傷者の名前が掲載された。目に見えて増えていた。寛は毎朝、兵隊に息子を取られた母がそうするように、夫を取られた妻がそうするように、息をのんでその欄を見た。

†

しかしこの菊池寛という男の奇妙さは、それほどの戦争嫌いでありながら、その戦争を、雑誌のためには積極的に利用したことだった。

どこまでも現実家なのである。南京陥落の二か月後、第六回芥川賞が決定したときの企画の冴えなど、その本領をぞんぶんに発揮した恰好だった。

このときの芥川賞の選考委員は久米正雄、宇野浩二、横光利一《よこみついち》、川端康成《かわばたやすなり》、佐佐木茂索などに加えて、寛自身も名をつらねている。元来この選考というやつは、寛の好きな仕事のひとつだった。主題も文体もまったく異なる何編もの作品を事前に読むのはなかなか骨が折れることだけれども、いざ会議が始まると、浮世のことはいっさい忘れる。頭のなかが小説だけになってしまう。

功成り名遂げたはずの他の委員も、このときばかりは書生の顔になって口角泡を飛ばすのも見ていて気分がよかった。何だか若返るような気がして、

(俺は、作家だ。ほかの何であるより先に、ひとりの小説書きなのだ)

そうしみじみと思うのが常だった。このときは寛は火野葦平《ひのあしへい》の短編「糞尿譚《ふんにょうたん》」を推した。北九州の同人雑誌「文学会議」に掲載されたものだった。

「糞尿譚」は四百字詰め原稿用紙で百三十枚ほどだから、むしろ中編に近いかもしれない。主人公こそ糞尿汲取《くみとり》会社の経営者とかなり奇抜であるものの、作品の主題が明快で、生活の実感があり、文章に無駄な修飾がなく、適度な速力をもって話が進む。つまりは寛好みの、小説らしい小説だった。

選考会では賞賛も非難も飛び交ったが、或る時点からはすんなり議論が進んで、宇野浩二の「掘り出しもの」という発言とともに受賞作と決まった。翌日、寛はさっそく社長室に斎藤龍太郎《さいとうりゅうたろう》を呼んだ。斎藤はこのとき「文藝春秋」編集長である。

「斎藤君、斎藤君。この火野君というのは応召出征中と聞いたが、たしかかね」

作家の顔ではない。雑誌社の社長の顔である。斎藤は、

「ええ」

「『糞尿譚』の舞台は北九州だったか、とにかく内地だ」

「書きあげて出征したそうです」

「いまは、どこにいるのかね」

「何でも杭州《こうしゅう》らしいです。上海の南の」

「前線じゃないね」

「残兵討伐ですかね」

「階級は？」

「陸軍歩兵伍長」

エリートではない。土にまみれ血にまみれた現場のたたきあげ。

「そうか、そうか」

寛は舌なめずりせんばかりに、

「それは読者の興味を引くね。ただでさえ戦地ものは売れるんだ。贈呈式は派手にやろう」

「帰国後に？」

「そうじゃない。こっちから賞を持って行くんだ。陸軍報道部に話してみよう」

「菊池さんが行くんですね」

と斎藤が言ったのは当然だった。これまでは芥川賞も直木賞も受賞者はみんな内地にいたので、社へまねいて、寛みずから賞品と賞金を手渡すのが恒例だったのである。

が、寛は、

「行かない」

「えっ？」

「別の誰か……そうだな。ちょうど評論家の小林秀雄《こばやしひでお》君が別件で上海へ行くって言ってたな。ついでに寄ってもらおう」

「長旅になります。引き受けてくれるかな」

「僕の頼みだと言いたまえ」

小林秀雄は、三十七歳。年齢的には中堅だが、このときはもう文芸評論家として大家の風を帯びている。

「文藝春秋」とは、初期から縁があった。もっとも当時、小林は第一高等学校の学生だったので、たまたま本屋の店先で見て買ったらしい。

巻末に製作費の内訳がつつみかくさず報告してあったのでびっくりして、次号以降も買ったという。そのせいかどうか、大学を出たあとは就職もせず、下六番町の旧有島邸にあった文藝春秋社に入りびたっては寝泊まりしたり、麻雀をやったり、小さな記事を書いたりした。

文壇デビュー作は、公式には昭和四年（一九二九）、二十八歳のとき「改造」誌の懸賞評論で次席を取った「様々なる意匠」ということになっているが、ありていに言うと、それ以前から小林は寛に食わせてもらっていた。生意気なことも言うやつだが、寛の頼みは断るはずがない。

斎藤が、

「わかりました。でもどうして菊池さんは行かないんです。そのほうが盛り上がるのに」

と聞いた。寛は、

（たしかに）

と思いつつも、口をひらいて、

「いや、それは」

僕が社長だからだ、と言おうとした。僕が行ったら、世間の目には、文藝春秋という会社そのものが大陸へ行き、陸軍の下風《かふう》に立ったものと見える。

この戦争に手ばなしで賛成していると見える。その点、小林君はひとりの文士にすぎないので、どこまでも一雑誌が一企画をおこなっただけという体裁になる。ただ陸軍の協力を仰いだだけ。会社全体の話にはならない。

だが寛は口を閉じ、ふたたびひらいて、

「それはまあ、僕は持病があるからね」

つとめて明るく言った。斎藤は決して狂信的な戦争賛美者ではないけれども、別の誰かに伝わったら、その誰かが誤解する恐れがある。うかつに本音は言えないのである。

小林秀雄は、この依頼を引き受けた。

杭州へ行き、帰国した。寛はさっそく雑司ケ谷《ぞうしがや》の自宅へ呼んで、佐佐木茂索と池島信平も呼んで四人で飲んだ。

部屋は、いつもの応接室である。かんたんな酒肴《しゅこう》とビールを出して、少し世間話をしてから、

「で、贈呈式はどうだったたね」

「そりゃ」

と、小林はコップを置いて、江戸っ子らしく舌が三枚もあるような明敏なしゃべりっぷりで、

「陸軍は、意外に歓迎してくれましたな。式自体は連隊本部の中庭でやったんですがね、部隊長

も列席したし、報道部の少尉も列席した。そうとうな数の一般の兵も、こう、ずらーっと整列してました。火野君の属する部隊なんでしょうな。僕がスピーチのため前に出たとたん『気をつけッ、注目ッ！』なんて声が飛ぶもんだから面食らっちまった」

「いい経験したね」

寛が笑う。小林はうなずいて、

「それで僕がスピーチして、火野君と部隊長が挨拶して、式はおしまい。あっけないもんでした。もっとも火野君は、その日の軍務は免除されたとかで、ずっと僕といっしょでした。西湖《せいこ》だったかな、きれいな湖へ船を出して、白鹿と昆布《こぶ》巻《ま》きの罐詰《かんづめ》で延々とね」

酒杯をくいっと口へ運ぶ手まねをした。寛は、

「火野君っていうのは、どんな人かね」

「典型的な九州男児ですな。なまりがきつくて閉口したが、戦争の話はしたがらなかった。文学論ばっかり」

「小林さん」

「何だい」

「次作が書けたらうちへ送るよう伝えてくれましたか」

と口をはさんだのは池島である。実務担当の若手としては当然の念押し。小林は、

「もちろん」

さすがにちょっと眉をひそめて、

「『生きて帰ったら』って言われたがね」

と、それまで黙っていた佐佐木茂索が、

「正賞の時計は？」

「渡しました」

「賞金も？」

「ええ」

「まず、よかった」

うつむいて、相変わらずきっちりと着こんだ着物の衿《えり》をしきりと指で気にしながら、

「五百円は大金だからね。本を買うなり、旅行するなり、とにかく勉強に使ってほしいものだ」

と言ったのは、ひょっとしたら、今回、直木賞のほうを受賞した井伏鱒二《いぶせますじ》が賞金を飲み屋のツケの支払いにまわしたことが頭をよぎったのかもしれない。酒の上の不始末も作家修業のうち、というような破壊的な意見のもちぬしでは佐佐木はなかった。

それからは、もっぱら小林の旅行話を聞いた。小林はほとんど戦況に関する話をせず、たとえばその西湖は夜になると満天の星が映りこんで息をのむようだったとか、杭州にはまた古い寺もたくさんあるので自動車で二日がかりで廻ったけれども廻りきれなかったとか、そんなことばかり述べ立てた。

「南京には、行きましたか」

と池島が聞いたのは、やはり関心が強いのだろう。何といっても南京は杭州から近く、中国の

首都だったところであり、いまは日本軍による占領行政の中心である。

読者の注目も特に大きい。小林は、

「まあね」

きゅうに冷淡な口調になって、

「軍の連中が行け行けって言うから行ってやったが、大したこたァない。ホテルのベッドで盛大に南京虫にやられたよ」

顔をしかめ、首に手をやった。寛は、

「南京だけにね」

くすくす笑って、

（それでいい）

小林もやっぱり時局に対する反感がある、そのことがうれしかった。だからこそわざわざ杭州について物見遊山の客みたいなことを言い、南京に至ってはほぼ無視している。ことばの上のレジスタンス。

むろん、この程度でも、もはや人前では言うことはできない。そういう世間の空気なのだ。ここにいるのは佐佐木も池島もまずおなじ真に自由を愛する徒なので、その点、小林も気が楽というか、地下活動家が同志のアジトに来たような安心感があるのではないか。それにしてもこういう人間の傾向は、どうしたものか、年齢は関係ないようだった。寛は五十一、佐佐木は四十五、小林は三十七、池島は三十。生まれ育った環境などもあるのだろうが、畢竟《ひっきょう》、

（ものを考えるやつと、考えんやつの差さ）

寛は、そんなふうに思ったりする。われながら捨て鉢である。最後に小林は、

「そういえば、贈呈式でね」

話を戻した。ビールで少し赤くなった顔で、

「僕はスピーチでこう言ったんですよ。『火野君はこれからも日本文学のため、体に気をつけて大いに立派な作品を書いてほしい』。そしたら式のあとで下士官が血相を変えて来て、サーベルを抜いて『兵士の体は陛下のものだ。文学のためとは何事だ』って。困ったもんだ」

と、あまり困らなかったような口ぶりで言った。寛は、

「ははは。それ、次号の旅行記に書いたらどうかね」

池島が苦笑いして、

「検閲にひっかかりますよ」

「そうだね」

「うん」

「あれで陸軍は外面《そとづら》を気にするしね」

「ま、書くほどの話でもない」

小林が鼻を鳴らすのへ、寛は、

「そうだね」

ビールを飲みつつ、このたびは、

（軍を、利用した）

一本取ったつもりでいる。

†

四か月ほど経って、寛は、永田町の首相官邸に呼び出された。

背広姿の役人たちの行き交う廊下を歩き、或る一室に通されると、そこは赤いじゅうたんが敷かれ、舶来ものの家具の置かれた応接室だった。

ふたりの男が、椅子に座って待っていた。

ひとりは背広、もうひとりは軍服である。背広のほうが立ちあがって、テーブルの上へ両手を突き出して、

「内閣情報部書記官、川面隆三《かわづらりゅうぞう》と申します」

彼の両手は、白い名刺を持っていた。寛はそれを受け取って、和服の袖《そで》のたもとへ入れ、こちらから名刺を出すことはせず、

「菊池です」

「こんな有名な方にお目にかかれるとは、光栄ですな。うちの家内なども先生のファンで……」

「何のご用事で」

寛は、唇をへの字にした。どんな話が出るかわからぬうちは愛想笑いも見せるべきではない。

川面はみょうに明るい口調で、

「なーに、ただの懇談です。どうぞお座りを。われわれ内閣情報部は首相直属の機関ですが、正式に発足したのは昨年九月なので、まだ一年も経っておりませんな。おもに海軍、陸軍、外務、内務、文部、逓信、計六省から関係者を集めて時局に関する宣伝のことを担っております」

「知ってます」

「お座りを」

右手を前へ振った。椅子を勧めるしぐさである。寛はわざと時間をかけて腰をおろし、おろしつつ川面のとなりに座っている軍服の男を一瞥《いちべつ》した。軍服の男はサーベルを立てて、その上に両手を置き、その両手ごしにこっちを見つめている、またはにらんでいる。

「何のご用事で」

と、寛はまた聞いた。川面は、

「われわれ内閣情報部は」

説明をはじめた。その話しぶりは、筋道が通っているわりには細部を省略しないので結局要点が取りづらいという典型的な役人のそれだったけれども、どうやらこんなことを言っているようだった。われわれが発足したのは前年九月と申し上げたが、これは近衛文麿首相の政府が精動、すなわち例の国民精神総動員運動を開始したのに合わせたものである。

精動はご存じのとおり中央省庁はもちろんのこと日本中の道府県や市町村や各種団体を動員して国民の戦時意識を高めようとするものだが、運動開始後一年弱、率直に言って、当初よりも下火になってしまった。

これはまったく大衆というものの飽きやすさに原因があるので、はなはだ失望した次第だが、ともかくそんなわけでわれわれは何とか運動をふたたび盛り上げるべく国民に向けた宣伝活動を盛大に展開したいと考えている、うんぬん。

寛はうなずきもせず、相槌《あいづち》も打たず聞いた。ちらっと晴里登の顔が浮かんで、

(ばかめ)

寛に言わせれば、運動が下火になったのは大衆が飽きやすいからではない。軍人の戦争が下手くそだからである。南京が落ちれば終わると思ったら終わらなかった。みすみす重慶などという奥地へ敵の首脳を逃がしてしまって、そのくせ南京および周辺の都市ではなお戦闘がつづいている。上海などは「テロの都」と呼ばれている。

内地からはどんどん若者が兵隊に取られ、どんどん死体になって帰って来る。こんなことで戦時意識を高めろと言われても大衆が「そうだ高めよう」などという気になるはずがなく、この厭《えん》戦《せん》気分の結果として、あるいはいっそ消極的な反戦運動として、街から精動が消えたのである。道徳ごっこには付き合えん、というわけである。もっとも寛自身、これがほんとうに日本国民の大部分の意識の底にある感情かどうかはわからない。わかりようがない。

川面の話は、ようやく終わったようだった。寛はあたかも将棋の指し手が一手先を読むような塩梅で、

「そうなると僕への用事は、つまりこういうことですな。その精動の再着火のため、雑誌に焚《た》き

つけの記事を載せろと……」

「それもありますが」

と川面が言ったのと、

「足りません」

と、はじめて軍服のほうが口をひらいたのが同時だった。

寛は、そっちへ目を向けた。軍服はやや熊本なまりのある口調で、

「それだけでは足りません。もっと大がかりな手を打たなければ」

「あの、あなた……」

「海軍省軍事普及部、松島慶三《まつしまけいぞう》中佐」

「大がかりな手とは、具体的には？」

「玉井《たまい》伍長。陸軍の」

「はあ」

「いや、いまは元伍長というべきか。陸軍はさっそく抜擢して報道部員にしたそうですからな。彼にとっては大出世だ。彼の仕事はもうじき内地の国民にいちじるしい影響を……」

寛はテーブルに両手を置いて、

「ちょ、ちょっと待ってください。何の話です」

「ええ？　わからんのか？」

「え？」

「事の起こりは君の雑誌だろう。わからんとはどういうことかね」

声に、にわかに底力が入った。寛はつい口ごもって、

「いや、あの……」

横から川面が、おだやかに、

「火野葦平氏ですよ、『糞尿譚』で芥川賞を受賞した」

「あっ」

やっとわかった。火野葦平は筆名で、そう言われれば、たしか本名は玉井勝則《かつのり》とか何とか。別に寛が粗忽《そこつ》なのではなく、元来、文壇には本名を使う習慣がないのである。雅号があれば雅号を呼び、筆名があれば筆名を呼ぶ。生前の直木三十五《なおきさんじゅうご》はみんなに「直木」とか「直木さん」などと呼ばれていたが、植村《うえむら》さんと呼ぶ者はひとりもなかった。本人のいないところで噂するときも同様である。

(火野君が、玉井伍長か)

わかったときには、気が引けている。またその瞬間を見計らったかのように松島中佐が立ちあがり、ガチャッとサーベルが鳴ったので、

「あ、や、申し訳ない」

と松島中佐は何ごともなかったように着席して、

「具体的には」

「陸軍海軍全体で、文士があと四、五人はほしい。ちょうど大陸で新しい作戦が始まるのでね。

われわれとしては文章の才ある人々にとにかく現地をつぶさに見てもらうのが大事だと考えている。その上で、いかに日本兵が命がけの日々を送っているか、いかに民間の中国人を友好的にあつかっているか、いかに中国人に感謝されているかまで内地の人々へ知らせてくれたら」

川面が話を引き取るかたちで、

「しかしながらわれわれには、その文士を集める手段がありません。どうすれば話に乗ってもらえるのか。そこでまず日本を代表する作家であり、かつ大人気雑誌『文藝春秋』の主宰者である菊池先生にご相談申し上げようと思いまして、ご足労いただいた次第であります」

「餅は餅屋、というわけですな」

「まあ、そのように」

「うーん」

と、寛は、大げさに腕を組んでみせた。川面がちょっと咳《せ》きこんでから、

「もちろん前線には出しませんよ。占領ずみの治安のいい地区に滞在してもらう。旅費、食費、宿泊費すべて軍で用意します。案内役もつける」

「…………」

「いや、実際のところ、むりに書けとは申さないのです。とにかく現地を見てもらうのが第一義で、その上で何か書いていただけるなら結構だが、まあ、どうせ目先のことは新聞記者が書きますしね。じっくりと十年も二十年も材料を寝かせて戦争文学の金字塔を打ち立ててもらう手もあります。ただ作戦の関係で、派遣そのものは少々急がなければならないのですが。どうでしょう、

やはりここは菊池先生によるご人選の上、内閣もしくは近衛首相の名で依頼状を出すのがいいでしょうか」

「その必要はありません」

「え？」

「僕が直接、声をかけましょう」

と、寛は言い放った。川面は表情を明るくして、

「おお！」

「めぼしい者十数名に、すぐに手紙を書きますよ。まあ全員は無理でしょうが、少なくとも何人かは色よい返事をよこすかもしれません」

「それは助かる。感謝します」

と川面が頭を下げ、寛も、

「いやいや」

鷹揚《おうよう》なそぶりを見せたけれど、内心では、

(よこさんよ)

舌を出している。

全員拒否する。その確信があったのだ。連載やら何やらで数年先まで予定がつまっているので横から割りこむ余地はない、というのもあるけれど、そもそも文士は優等生ではない。ふつうの国民が右と言ったら左を見、左と言ったら右へ行く、つむじまがりが勢ぞろいしている。

孤高を持するのが身上《しんじょう》なのだ。そんな連中がたとえ寛から誘いの手紙をもらっても「ハイ行きましょう」となるはずはなく、むしろ美も粋も風流も知らない軍人ごときのお先棒をなんで担いだと寛を叱る者もあるだろう。

彼らのうちの何人かは、大なり小なり、寛の時局への悪感情を知ってさえいる。受ける理由がないのである。川面はどうやら国家公式の依頼状よりも寛の私信のほうが効果があると思っているようだが、寛の直感では、これは逆のはずだった。むしろ内閣なり近衛首相なりの名前を出すほうが文士は釣りやすいだろう。文士はふだん、そんな堅苦しい筋から何かを言われることはないので、かえって狼狽《ろうばい》しかねないのだ。

(僕が、ひとりで食いとめる。文士を戦場にはやらん)

話はそれから事務的なことに移った。寛はろくにメモも取らなかったため、かわりに川面が取って、紙をていねいに折ってよこした。

部屋を出るとき、松島中佐がまた立って、

「お願いしますよ」

頭を下げたのが寛をいっそう満足させた。寛は口が軽くなり、

「万が一、人が集まらずとも、僕自身は行きませんからね。持病があるんだ」

松島は、

「承知した」

寛は官邸をあとにすると、社には行かず、雑司ヶ谷の家へ帰り、書斎にこもった。

――内閣情報部が文芸家に何か相談したいことがある由。ついては明日すなわち八月二十三日午後三時に首相官邸内同部へ来られたし。

という意味の手紙をつぎつぎと書いた。文面はわざとぶっきらぼうにして、手紙ではなく葉書にして速達で出した。この当時の東京市は、地域にもよるが、一日に三度も四度も郵便物の取集、配達がある。相手のもとへは遅くとも明日の午前中には着くはずである。

着いたところで、さだめし明日のその部屋はがらがらだろう。事によったら文士は自分だけかもしれない。寛は川面と松島の当惑顔が思い浮かんで、思わず、

「ふふふ」

ところが八月二十三日午後三時、部屋は満員になったのである。

久米正雄、吉川英治《よしかわえいじ》、吉屋信子《よしやのぶこ》、横光利一、尾崎士郎《おざきしろう》、佐藤春夫《さとうはるお》、北村小松《きたむらこまつ》、白井喬二《しらいきょうじ》、小島《こじま》政二郎《まさじろう》、丹羽文雄《にわふみお》、片岡鉄兵《かたおかてっぺい》の十一名。あの葉書を出した相手はみんな来たのだ。たったひとりの例外もなく。

寛を入れれば十二名ということになる。彼らは――寛も――テーブルの片側にならんだ椅子に腰かけていて、テーブルの向こうには当局の面々が座っていた。

そのうちのひとり、川面隆三がまず立って、

「それでは」

例によって退屈な説明を始めたので、寛は首を横に向け、うしろに向けた。

文士たちの様子を見たのだ。文士たちは背すじをのばして聞き入っていた。まるで学校の授業

を受けているような、それはそれは優等生の顔ばかりだった。

なかには、ひざの上で手帳をひろげ、鉛筆を持ち、ちょこちょこメモを取っているやつもいる。

寛は顔を前へ戻して、

(なぜ)

それればかり考えた。

なぜ彼らは――彼女も――ここへ来たのか。寛への気づかいからか。それもあるだろう。内閣の名にひるんだか。それもあるだろう。だがそんなのは些細《ささい》なことで、結局のところは、

(来たいから、来た)

そう思うほかなかった。これは従軍の話だと察した上で、心から、心の底から、参加を希望しに来たのだ。

おそらく彼らは受け取ったのが寛の私信であっても、国家公式の依頼状であっても、どっちにしても応じていたにちがいない。ひょっとしたら自分は、

(まちがっている)

寛の胸に、はじめてその念がきざした。

正しいのは彼らなのだ。政府であり、軍部であり、世間一般のほうなのだ。

自分はこれまでレジスタンス気取りで、じつは一人相撲を取っていただけだった。自分のほうが非常識なのだ。

(ばかな)

川面の話は、ようやく終わった。最後に他の者の紹介をした。ひとりは昨日も会った松島中佐だが、あとのふたりは陸軍省新聞班の松村秀逸《まつむらしゅういつ》中佐、海軍省軍事普及部の犬塚惟重《いぬづかこれしげ》大佐。

軍人三人はみな、軍服を着ていた。犬塚は松島の上司なのだろう、松島へちらっと視線をやると、松島がうなずいて立ちあがり、例の熊本なまりの言いかたで、

「そういうわけで、従軍がご希望なら、陸軍海軍相《あい》協力してじゅうぶん便宜《べんぎ》を講じます。皆さんはご希望と見てよろしいか？」

全員、こくりこくり。松島は破顔して、

「感謝申し上げます。それにしても正直なところ、本日は四、五人も来てもらえれば御の字と思っておりました。さすがは菊池先生ですな」

寛は、

「………」

「こうまで応えていただいたら、軍も考えを改めねばならぬ。本計画の予算はこれを大幅に増額することとし、二次募集もやりましょう」

「二次募集？」

と、誰かが聞いた。寛と同年代の大衆作家・白井喬二の声だろうか。松島はうなずいて、

「せっかく集まっていただいたんだ。いまこの場で、みなさんの意見をうかがって、追加の人選をする。二十人くらいまでなら何とかしようと、じつは陸軍とも事前に申し合わせをしておったのです。人選したら、さて、川面君から依頼状を出してもらう手もありますが……」

「菊池さんでしょう」

と、別の誰かが声をあげた。とたんに次々と、

「うん、そうだ」

「菊池さんの私信で」

「それがやはりいちばん効くよ」

「文壇代表だよ」

全員の視線が、寛に集まった。

真剣そのものの目ばかりだった。正視できない。寛は軍人たちを見た。軍人たちもまた過度に敬意のこもったまなざしを寛の顔へ向けている。川面隆三も同様で、まるで体温そのものが送りこまれて来るようだった。

寛は、ほとんど発熱した。ひたいに汗が噴き出した。和服の袖のたもとからハンカチを出して汗をふき、ハンカチをしまい、ふたたび文士を見た。軍人を見た。

きょろきょろとそれを繰り返した。とうとう耐えられなくなった。勢いよく立って、頭で考えるよりも先に、

「僕も行く」

「え？」

手を胸にあて、にわかに煽動《せんどう》的な口調になって、

「これまで小説というのは、あるいは小説家というのは、不要不急とみなされて来た。北村小松

さんは劇作家だけれども、演劇はなおのことそうでしょう。でも、ちがうんだ。ほんとうは不要不急どころか必要火急のものなんだって証明する絶好の機会だ。僕も安閑《あんかん》としていられない。この困難な時勢、みんなで一丸となってがんばろうじゃないか」

「おお！」

全員、直焼《じかや》きにされたような顔になった。白井喬二にいたっては手を合わせて拝まんばかりである。寛は、

（しまった）

奥歯をかんだ。取り返しのつかぬことをした。これは正しい措置ではない。正しい措置とは火野葦平の芥川賞のときのように自分は日本を出ないこと、別の誰かを行かせることにほかならないのだ。

自分が行ったら文藝春秋社という会社自体がこの戦争を肯定していると受け取られる、あのときはそう判断したわけだけれど、今回は……いや、今回のほうが傷はいっそう大きかった。もはや文藝春秋社一社をこえて、文壇、雑誌界、出版界全体の問題なのだ。だいたい「一丸となって」とは何ごとだ。それは個性の抹殺である。いちばん嫌いな慣用句じゃないか。

寛自身、これまでの人生で、誰かと一丸となったことなど一度もない。

（ばか。ばか）

もう撤回は無理だった。そんな空気ではない。寛はせめてもの巻き返しとして、唇をむすび、頰の筋肉を締めあげた。せめて笑顔にはなるまいと思ったのである。笑顔でこの仕事はしない。

松島中佐は、にっこりした。松村中佐のほうを見て、

「陸軍に、ご異存は？」

「ありません」

松村も破顔した。サーベルをかすかに鳴らして立ちあがり、

「それでは、ここからは作戦の具体的な中身を申し上げます。公式に発表していない事項も多々含むので、くれぐれも他言は無用に願いたい」

うしろの壁には、日本と中国を描いた大きな地図が貼られている。松村はポケットから扇子を出し、地図のあちこちを小突きながら手際よく説いた。後世「武漢攻略戦」と呼ばれることになる作戦だった。

†

その後の展開は迅速だった。第一次、第二次あわせて二十二名の人選が決まり、陸軍班と海軍班にわけられて、そのうち陸軍班の十四名のうち十三名は九月十二日に福岡雁《がん》ノ巣《す》飛行場から軍用機で出発した。残りのひとり、白井喬二も遅れて出発した。

あの官邸での会合から三週間も経っていなかった。海軍班も二日後、東京・羽田飛行場より出発。どちらも事前に二重橋前で宮城（皇居）を遥拝し、明治神宮へ参拝している。日本精神の表明だった。

文士たちの玄関は、上海だった。

陸軍班も海軍班もまずこの杭州湾ぞいの巨大都市に降り立って、軍の案内のもと、上海のあちこちを視察する。

夜には歓迎の宴がひらかれる。陸軍班のほうでは文士たちの世話をしたのは火野葦平だった。双方、物書きとして出会ったのかどうか。火野はここでは陸軍報道部・玉井勝則の立場だったし、文士たちのほうは佐官待遇、おもてむき軍隊構成員だった。ひととおり視察がすんでしまうと文士たちはめいめい徐州、蘇州、南京などの内陸の都市へ散って行ったわけだけれども、これらの都市のうち、もっとも存在感が大きいのはやはり南京だったろう。二次募集で参加した作家・林芙美子《はやしふみこ》など、まだ日本にいるうちからもう、

「日本の女性で一番乗りをめざす」

と公言してはばからなかったくらいである。彼女は意欲において随一であり、事実、この目標をなしとげた。

南京入りしてからも陸軍病院で傷病兵の見舞いをしたり、中国人の捕虜収容所を見学したりと活動的だった。場所もちがうし目的もちがうが、それにしても退屈な寺まいりに終始した小林秀雄とはまったく心のありかたが異なっていた。

寛は、海軍班だった。

こちらには寛のほか佐藤春夫、吉川英治、小島政二郎、北村小松、吉屋信子、浜本浩《はまもとひろし》、杉山平助《すぎやまへいすけ》が配置された。全八名。上海で軍艦に乗りこんだ。

これで揚子江をさかのぼって南京に入り、さらに蕪湖《ぶこ》、安慶《あんけい》、九江《きゅうこう》などの街を歴巡した。どこでもやはり基本的には軍の見せたいものを見るばかり、聞かせたいものを聞くばかりだが、寛は文句を言わなかった。

海軍の報道担当者も、いちおうは、

「菊池先生、何かご覧になりたいものがあったら申し出てください。検討します」

と言ってくれるのだが、

「いや、結構」

仏頂面で通した。じつは寛はこの仏頂面ということには覚悟があった。出発前、まだ内地にいるときに、

(笑うまい)

そう決意したのである。

四六時中ずっと笑わないことは不可能だけれど、少なくとも軍人のいるところでは、あるいは報道機関のカメラのあるところでは、絶対に唇をひきむすぶ。頰をゆるませない。目をきらきら輝かさない。

報道機関のカメラは特に重要だった。彼らがこの仏頂面を撮ることで、そうして新聞なり雑誌なりに載せることで、内地の読者へ真意が伝わる。自分は望んで来たわけではないのだ。この戦争は愚かなのだ。一刻も早く終結させるべきなのだという服の裏地のような真意が。

あんまり遠まわしにすぎるけれども、わかる人にはわかるだろう。たとえそれが一万人にひと

りでも、百万人にひとりでも、同志は励まさねばならぬ。そうして抵抗の灯《ひ》をともしつづけるのだ。

寛はこの決意を、身近な人にも秘密にした。長いつきあいのある作家・吉川英治が、

「菊池さん、どうしたんですか。いつも無愛想じゃありませんか」

と心配したのへも、

「いや、歯が痛んでね。ときに吉川君、内地ではそろそろ奥さんが子供を生むころじゃないかね」

話をそらした。

顔面ひとつの政治運動、表情筋のサボタージュ。寛はそれをやり通した。約一か月の従軍が終わり、上海へ戻って、ようやく帰国の途に就くという前の晩には、海軍の連中はことのほか大きな宴を張ってくれたけれども、寛はとうとう素っ気ない態度に終始したのである。

もっとも、色紙は書いた。宴の席では何人もの軍人や新聞記者が寛のもとに来て、記念のそれを求めたのである。

寛はそのすべてに応じた。直筆のサインとともに自作の一句、

戦闘旗ひらめく船に胡蝶かな

ぎりぎりの反戦文学だった。このとき派遣された陸海軍あわせて二十二名の文士たちは世間で

「ペン部隊」と呼ばれ、全員、無事に帰国した。寛はようやく荷物が肩から下りた気がした。

†

帰国後は、つとめて元の菊池寛になった。

不要不急の新聞小説を書き、月刊「文藝春秋」向けの他愛ない企画を編集者に提案し、座談会に出席し、芥川賞の選考をやり、直木賞の選考もやり、「オール讀物」十周年記念パーティの演《だ》しものを考えた。

あの従軍に関しては、なるべく発言しないようにした。ただしこれは難かしかった。軍が大衆むけの講演会を主催すれば応じないわけにはいかないし、要人との会合の席を設ければ出ないことは不可能だった。文筆のほうでも「主婦之友」や「キング」等には義理があって、随筆の依頼を引き受けてしまった。寛は世間がじゃらじゃらと鉄の鎖で自分の胴や手足をしばる、その締めつけが一日ごとに強くなるのを感じた。息をするのも苦しかった。

もはや武器は顔だけだった。政治家や役人や軍人や、それに新聞記者やカメラマンの前では依然としてにこりともしなかった。理由を聞かれたら虫歯で通した。ところで人間というのは不思議なもので、痛い、痛いと嘘でも口に出しているとなんだかほんとうに痛んで来る。

いよいよ笑顔が出なくなる。笑わぬまま約一年半がすぎた。人間が戦争をしようとすまいと冬が来て、春夏秋冬がひとめぐりして、ふたたび暖かな春が来たのである。

もっとも、その日は寒かった。寛は自動車で出社した。自動車から見る東京の街は、もう四月に入ったというのに道のそこここに埃をかぶった雪山が残っていて、しかも路面は乾いていた。あんまり寒いので雪がとけないのである。道ゆく人々の足どりがかえって颯爽《さっそう》としていたのは、これはあるいは靴や草履が濡れる心配がないからだろうか。

社のある大阪ビルヂングの正面で降りて、自動車を去らせ、ビルに入る。まっすぐエレベーターホールに向かう。エレベーターの扉の横の壁の貼り紙に、

電力総動員の折柄
エレベーターは自粛
成可《なるべく》階段を使いましょう

と墨書されているのを寛はこの日も無視してエレベーターに乗った。

チンと音が鳴り、扉がひらく。廊下へ出て社長室へ向かった。社長室も最近はつまらなくなった。卓球台はもうない。将棋盤はあるが指しに来る人がない。

が、寛は足をとめ、

「何だ」

つぶやいた。背後に異様な声を聞いたのである。

「うう」「むう」というような、しぼり出すような唸り声。どうやら編集室のなかでしたようだ

った。体の向きを変え、少し歩いて、編集室のドアの把手《とって》に手をかける。ぐいと引いたら声がにわかに大きくなった。

　ここに天照大御神《あまてらすおおみかみ》、高御産巣日神《たかみむすひのかみ》の命《みこと》もちて太子《ひつぎのみこ》正勝吾《まさかつあ》勝勝速日《かつかちはやひ》天忍穂耳命《あめのおしほみみのみこと》に詔《の》りたまいしく、今、葦原中国《あしはらのなかつくに》を平《ことむ》け訖《お》えぬと白《もう》せり……

神主のあげる祝詞《のりと》のような節まわし。ただし神主よりも調子が高く、金属的に不快である。声のぬしは若い社員だった。部屋の奥で窓を背にして、こっちを向いて立っている。両手をのばし、本を朗読しているのだった。ほかの社員はみな机に向かって座っていた。うつむいて校正刷に手を入れたり、他社の雑誌を読んだりと、まるで何も聞こえないかのようなのが逆に異様さを際立たせている。

寛は思いきって大声で、

「何事かね。晴里君」

晴里は朗読をやめ、こっちへ目を向けて、

「あ、菊池さん」

頭が、丸刈りになっていた。きのうまでは髪が耳をも隠すほどだったのに。晴里はうららかな顔で本を閉じ、表紙をこっちへ突き出して、

「菊池さん、私、きょうからこれの高唱をやることにしました。『古事記』です。いやあ、じつ

に心が洗われますなあ。ここには大和民族の精神のすべてがある。特にここ、いま読んだ天孫誕生のくだりなど、われらは畏《かしこ》くもみな天皇陛下の赤子《せきし》なのだと有難さに涙が出ます」

「家でやったらどうかね」

「残念ながら、わが社にはまだ自由主義の残滓《ざんし》があります。聖戦の本義に対して鈍感な者もあるやに見えるので、啓蒙《けいもう》しなければなりません」

言いながら、ちらっと視線を横に向けた。視線の先には池島信平がいた。

池島もほかの者と同様、下を向いてしまっている。うなだれているようにも見える。

「……そうか」

寛は、目をそらした。

ばかげている、とはもう言えなかった。言ったらどんな騒ぎになるか知れない。いまや晴里のうしろには世間という絶対の味方、文字どおり百万の味方がついているのだ。おそらく歴史上のどんな暴君よりも感情的で、短絡的で、支配力が強く、あんまり強すぎるので大衆自身の言論さえも圧殺してしまう自家中毒の独裁者が。

晴里は、本を手近な机に置いた。そうして、

「そういえばねえ、菊池さん」

とつぜん、なれなれしい口調になった。寛は眉ひとつ動かさず、

「何かね」

「電話がありましたよ。情報部から」

「情報部？」

「ええ」

「内閣情報部かね？」

「ええ」

と、晴里は、こっちへ向かって歩いて来ながら、

「ほら、私、事変増刊の担当ですし。どんな用事か聞いたんです。内閣情報部が文壇代表・菊池寛氏に電話となりゃあ、これは見すごしにはできませんや。取材取材」

事変増刊とは、このごろこの雑誌社が「文藝春秋」増刊と称して不定期に出していたものである。内容は時局べったりで、政府要人の論文だの、特派員の現地報告だの、軍人や役人の座談会だのばかりを掲載して読者に長期戦の覚悟をせまっていた。あるいは生活上の忍耐を強要していた。

寛が読者なら決して手に取らないような雑誌である。実際、寛は編集にはほとんど関与しなかったが、それにしてもこういうものを出さねばならぬこと自体、そうして出せば現実に一定の底《そこ》堅《がた》い売り上げを上げていること自体、この雑誌社もまた寛と同様じゃらじゃらと鉄の鎖で全身を緊縛されつつあることの何よりの証拠だった。晴里には夢のような仕事である。

「僕への電話で、君が用事を聞いたのか」

と聞くと、

「はい」

悪びれるそぶりもない。寛はため息をついて、

「で、何の用事だったのかね」

晴里は寛の前で立ちどまり、にんまりして、

「くわしくは官邸で話すそうですが、何でもやっこさん、すぐ南京に行ってほしいみたいですよ」

「また文士を集めるのかね」

「いえ、こんどは菊池さんひとりで」

「僕ひとりで？」

「よほど光栄な話ですよ、きっと」

晴里の目は、ぬれぬれと動物のように輝いている。純粋に寛を尊敬しているのだろう。

†

それから二十日も経たぬうちに、寛は、南京の人である。

羽田を出たのは早朝だった。福岡、上海と飛行機を乗り継いで、南京で降り、自動車に乗って、いまは午後五時すぎ。

太陽が西の空に残っている。つまりはまだ一日の半分程度しか費していないわけで、まったくすさまじい交通の時代になったものだが、しかしこの後は、特に用事もない。宿泊先である南京

ホテルにまっすぐ行くだけである。

あしたも公式の予定はなかった。その意味では少々、

(早く、来すぎたか)

自動車から見る南京の街は、まだ四月の後半というのに早くも夏を想像させた。空気はねっとりと湿っていて、沼のような甘いにおいがする。道ゆく中国人たちがしきりと顔を手で払っているのは、たぶん蚊《か》が多いのだ。

ちらちらと見える路地の奥には、まだ店じまいしていないのか、いかにもうまそうな飴色をした鴨子《ヤーズ》の丸焼きをたくさんぶらさげている屋台があった。花売りの屋台もあった。ペン部隊で来たときにはつとめて何も見るまいとした南京の人々のふつうの暮らしが、今回は、どういうわけか生き生きと目のなかへ飛びこんで来る。

自動車は、一台だけではない。

前後につらなって車列を成している。寛のとなりの初老の男が、いかにも旧軍人らしい端的な口調で、

「あすは、用事はありません。ゆっくりお過ごしください。あさっての朝出発して、国民政府を訪問して、まずは主席に会っていただく。国家元首にあたる人だが、なに、緊張することはありません」

「しませんよ」

「たのもしい。さすがは菊池先生だ、これはたのもしい」

「いまだって、こうして総理大臣と同乗してます」

寛がそう無表情で言うと、男は快活すぎる笑い声を放って、

「元総理ですがね」

南京の街路は、中途半端である。上から見ると碁盤の目状になりたくてなりきれなかったような感じなのだろう、車はまっすぐ進んだり、ゆるいカーブをまがったりした。寛は前方へ首を向け、口をつぐんだ。

同乗者の名は、阿部《あべ》信行《のぶゆき》。

たしかに三か月前まで内閣の首座にあった。失政つづきで在任期間は五か月たらず、弱体無能と評されたが、それでも元総理という肩書きは外交面ではものを言う。このたびのような上っ面だけの見世物には、

(打ってつけさ)

寛は、頬に来た蚊を邪険に払った。現にこうして少し話しただけでもわかるじゃないか。仕事の能力よりもむしろ上司や部下とうまくやることで出世したにちがいないのだと。

要するに、調子がいい。自分はこういう男がいちばん嫌いなのだ。いや、

(二番だな)

そう思ったとき、阿部信行は、その阿部以上の嫌悪の対象の名を口にした。

「菊池先生」

「何です」

「汪兆銘《おうちょうめい》はご存じですか」

寛はしぶしぶ口をひらいて、

「会ったことがあるかという意味なら、ノーですよ。むろん新聞なんかで名前は見ますが、率直に言って気に入らんですな。僕はああいう自分の身の安全しか考えとらんような……」

「ま、ま」

阿部はあわてて寛の口をふさぐまねをして、

「勘弁してくださいよ。あさってはその汪さんに会うわけですから。会えば悪い人じゃありませんから」

「……」

「こりゃあ、ちょっと弁護の必要があるなあ。そもそも彼は……」

なぜかうれしそうに話しだした。汪兆銘は五十八歳、広東《カントン》出身の中国人である。もともと国民政府内部では、

――蔣介石か、汪兆銘か。

と言われるほどの指導者だった。それが三年前、南京が陥落したため重慶へ逃げこんだところで蔣介石の一派と対立。

このままさらに日本への抗戦をつづけるかどうか、それが争点だったらしい。汪は抗戦中止派だった。結局、政争にやぶれ、家族と少数の腹心とともに重慶をひそかに脱出した。

脱出後は、ハノイに滞在した。汪はそこで、

「中国にとっては、長期抗戦は得策ではない。人民を疲弊させるだけだ」

と日本に対する和平の声明を出し、東京へ来た。

東京で日本の政治家と会談し、南京へ飛んで、そうして先月（三月）三十日、南京国民政府と呼ばれる新政府をつくりあげて主席に就任したのである。

正式な肩書きは「主席代理兼行政委員長」だけれども、まず国家元首にほかならなかった。その権力の背後にはもちろん日本の支援があるわけだ。汪はいまや、この自分の政権こそが真に正統な国民政府、中国人による中国人のための政府であると対外的にさかんに主張すると同時に、重慶のほうへは抗戦の中止を呼びかけている。

「とどのつまりは汪大人《たいじん》、まあ日本のあやつり人形ですな。満州国における皇帝・溥儀（旧執政）とおなじ傀儡《かいらい》政権の家主《やぬし》ですよ」

阿部信行は、そう言った。寛は、

「それじゃあ弁護になってないな」

「そうかな。うーん、そうかも」

「だいいち」

と、寛はひとつ舌打ちして、

「僕に言わせれば、その重慶を脱出したっていうのも政治的信念からじゃない。暗殺されるのが恐かったんですよ。中国人のくせに命惜しさに日本にすり寄って、それでも権力の座に就きたくって。まったく見苦しい。政治家っていうより人間として最低ですよ。知性のかけらも感じられない」

「うーん」

阿部は腕を組み、いかにも困ったという顔をして、

「私の説明も悪かったが、菊池先生、たのむから、あさってはそんなこと言わないでくださいよ。何しろわれわれは国民使節なんですからね。日本が南京国民政府にはじめて派遣する友好のしるし、祝賀のしるし、いわば民間の外交官だ」

「………」

「ペン部隊とはちがうんです。あのときは菊池さんは文壇代表、雑誌界代表、出版界代表にすぎなかったけれども、今回は国民代表だ。責任が無限に大きいんです。会見の模様だって内地はもちろん全世界に報じられる。ね、先生、たのみますよ」

寛はしぶしぶ、

「わかってます」

翌々日、すなわち昭和十五年（一九四〇）四月二十四日、寛たちは予定どおり南京国民政府を訪問した。その庁舎は白い石造りの建物で、まるで日本の国会議事堂を要塞化したかのように無骨だった。

なかへ入ると、意外にも中国人の役人が多かった。みな背広姿である。寛は阿部とならんで階段を上がり、貴賓室へ通された。

貴賓室は、陽《ひ》がたっぷりとさしこんでいた。板敷きの床に絨毯《じゅうたん》が敷かれ、ひざの高さほどのテ

ーブルが置かれ、その向こうに、一人がけのソファが三つ四つ置いてある。寛はそのひとつ、先方の役人の勧めたものへ腰かけた。

背もたれに背をあずけ、幅広の肘かけに腕を置く。

汪兆銘を待つ。すぐに来るかと思いきや、来なかった。いらいらしつつも黙って待った。ようやく部屋の一方のドアがひらいて数人の役人といっしょに汪兆銘が入って来ると、阿部と寛は立ちあがった。

汪兆銘は、背広姿。

体つきがほっそりしている。ぴんと背すじをのばして、まず阿部と握手して久闊《きゅうかつ》を叙《じょ》した。それから寛の前へ来て、

「はじめまして。汪兆銘と申します」

「菊池寛です」

と応じたときには、寛の心はざわめいている。

汪はかなりの美男だったのだ。顔が小さく、上のまぶたが西洋人さながらに二重《ふたえ》になっていた。髪の毛もきれいに整えられて、白髪《しらが》の一本もない。寛より五つも上なのだから黒く染めているに決まっているのだが、それにしても自分の風采《ふうさい》とくらべると何だかこっちのほうが十《とお》も年寄りのように思われて、身を縮めたいような気になった。

舌が、うまくまわらない。汪はにっこりして、

「菊池寛先生、お名前はかねて存じております。まさかお目にかかれる日が来るとは思いません

でした」

流暢《りゅうちょう》な日本語なのである。なるほど若いころ日本に留学していたとは聞いていたが、これほどのものとは思わなかった。しかもその日本語のしゃべりかたが、

（書生だ）

寛はふっと安心した。最近は政治家との交際にも慣れたけれど、書生はもっと慣れている。こういう話しかたをするやつは高校のころ寮によくいたし、いまも神田神保町あたりにはたくさんいる。そうだ、そうだ、たしか汪の留学先は法政大学だった。まさしくあの学生街の学校。

（いかん）

寛は、急いでまわりを見た。部屋のなかには通信社や新聞社の記者がいる。カメラマンがいる。カメラマンはひとりだけだが、身をかがめ、三脚に据えた写真機のファインダーをのぞきこんで、いまにもシャッターボタンを押しそうである。ここで撮った写真はみな内地の新聞や雑誌に出るのだ。

出ればその説明文は「歓談する汪主席と国民使節」といったところだろうか。寛は唇を硬くした。要するにここでは汪兆銘も、阿部信行も、記者もカメラマンも、みんな寛を笑わせたいのだ。笑顔がそれぞれの利益になる。それぞれの時局協力になる。

汪がおっとりと首をかしげて、

「どうしました?」

「あ、いや」

「みなさんご着席を。わが政府は」

と、幸いにも、話はそれから公的になった。汪いわく、わが政府は中日和平のために生まれた。日本の傀儡などと言う者もあるがとんでもない誤りで、われわれはどちらの側にも味方しない。どちらに対しても恩讐を捨てて手を握り合うよう要求するものである。

おなじアジア人ではないか。中世においてあれほど何度も戦争をしたイギリスとフランスは、いまは密接にむすびついている。島国と大陸国という地理的条件から言っても日本と中国が同様になれぬはずはないと思う、うんぬん。

(ふん。建前だな)

以上の演説を、汪兆銘は、これはさすがに中国語でおこなった。寛は通訳の日本語を聞いて、と見て取りつつも、自然に、

(正しい)

そんなふうにも感じてしまった。とまれかくまれ、誰かの血が流れるよりは、流れぬほうがいいのは人類当然のことなのである。

書生の印象のせいもあるか。それともうひとつ、

(この話、どこかで聞いた)

そのことも、心のなかで作用している。

どこでだったろう。思い出せない。寛が記憶の引き出しをあけはじめたとき、唐突に、ボッという低い音がした。

部屋が一瞬、まっ白になった。

カメラのフラッシュが焚かれたのだ。寛は自分の表情を確認した。表情は硬いまま。危ないところだった。汪の演説がすっかり終わると、阿部はぱちぱちと拍手して、

「ご高見、たしかに拝聴しました」

点頭した。あたりさわりのない挨拶である。寛もまた、

「ご高見です」

「ああ、これ」

と、汪はちょっと照れたふうに耳を掻《か》いて、また日本語で、

「菊池先生。これは、あなたが書いたことですよ」

「え？」

「話の屑籠《くずかご》」
二、三秒ののち、
「あっ」

思い出した。寛はいま「文藝春秋」本誌に「話の屑籠」という連載を持っている。そのときどきの時事問題やら、読書やら、友人知人の消息やらについての短い感想をいくつもならべてページを埋める。

その連載で、たしかに書いた。中世のイギリスとフランスがどうこう。書生論そのもの。いつだったろう。あの掲載誌は分厚かった。新年特別号だ。とすると刊行は四か月前。

「ね？」

汪が笑う。寛は、

（読んでくれた）

心の脇が甘くなった。

（いや）

ふたたび頰を引き絞ったとき、汪兆銘が両腕をひろげる仕草をして、

「ここの役人はみんな『文藝春秋』読んでます。『文藝春秋』は日本の雑誌ではありません。世界的雑誌です」

「ぐっ」

抵抗したが、横から阿部がくつろいだ口調で、

「菊池先生も、もはや世界の菊池寛ですなあ」

言い添えた瞬間、

「いやあ」

寛は左右の肘かけを握りしめ、ちらっとカメラを見て、花の萎《しお》れるように相好《そうごう》をくずした。

文藝春秋

昭和二十年（一九四五）八月十五日の敗戦から一か月半後、寛は、いつものように正面玄関から大阪ビルヂングに入った。

文藝春秋社は、この上階にある。先月はとにかく「文藝春秋」十月号、すなわち戦後復活第一号を刊行して、いまは十一月号の準備中であるが、正直なところ、顔を出すのも気が重い。

（出しても、なあ）

それでもとにかく、

（俺は社長だ。まだ、いちおう）

自分を励ます。長年の習慣でひとりでに足がエレベーターホールに向かう。立ちどまって当惑する。

エレベーターは、なかった。

寛の目の前には、ただ縦長の長方形の口があるだけだった。その奥には暗い色をしたコンクリートの壁が立っている。

壁ははるか最上階までつづき、また地階へもつづいているはずだった。この近代的な竪穴《たてあな》の内部では、ひゅう、ひゅう、と泣き声のような低い唸《うな》りが響いていて、風か何かの共鳴だとわかっていても、どこか原始的な不安を感じた。

手前の床には、立入禁止ということだろう、おもちゃのように小さな木の柵が置かれている。

寛は、

「ああ、そうか」

つぶやき、ため息をついた。

ここに来るたび、おなじことをしている。戦時中、政府が軍需に供すべく金属類回収令を出したことを受け、ビル会社がエレベーターの箱はもちろんドアまでも当局に差し出したのである。

寛は、体の向きを変えた。

ほかの二基も同様だった。靴音を立てて階段をのぼり、息を切らし、これくらいなら何ともないと自分自身に言い聞かせる。

と、上からビル会社の顔見知りの社員が下りて来たので、

「やあ、君」

「ああ、菊池先生。こんにちは」

「近ごろ肌寒くなったねえ。ことしの冬は特にがんばって乗り切らなきゃね。暖房はいつから入るんだい」

「入りませんよ」

「どうして」

「どうしてって」

社員は首をかしげ、本気で聞くのかと言わんばかりに寛の目をまじまじと見て、

「供出しちまったじゃありませんか、ボイラーもラジエーターも。種々のパイプも、みんなみんな」

「あ」

この瞬間、寛のなかのやじろべえが落ちた。

それまで激しく揺れながらも、ぎりぎりのところで台の上に踏みとどまっていた心の鉄のやじろべえが、バタリと倒れて頭から落ちた。力なく、

「そうだったね」

階段を上がり、これまた金属供出のため木製に変えられたドアノブをまわして、編集室に入った。

社員は、まばらだった。

「文藝春秋」編集長・永井《ながい》龍男《たつお》はいないようで、かわりにと言っては何だけれど、もうひとりの意中の男の顔がすぐ見つかる。窓を背にしてデスクに向かい、黒電話の受話器を耳にあてて、何やら激しく話をしている。

「池島君。池島君」

と呼ぶと、池島信平は話を打ち切り、チンと受話器を置いて、

「はい」

立ちあがった。

頭の回転が早いのである。戦前、はじめて入社試験をおこなって採用したあの帝大卒の若者も、いまはもう三十七である。六十まぢかの寛から見れば若いことは若いけれども、それにしては池島は、黒い前髪の転進がいささか迅速にすぎるようで、残りの髪を長くして横にていねいに梳《す》いていても、ひたいの広さは隠せなかった。寛は、

「ちょっと来てくれ」

そう言って廊下へ出て、池島も出て来たところへ、

「決めたよ。決めた。文藝春秋社は解散する」

†

もう五年も前になるか、あの南京の汪兆銘訪問がきっかけだったのかもしれない。あれで何というか、寛のなかの不逞《ふてい》の魂が死んでしまった。

そのかわり、ものわかりのいい心があらわれた。寛はそれまで嫌々ながらにしていた政府や軍部のお先棒かつぎを、進んでやるようになった。講演もした。会議にも出た。

おそらくは、世間への抵抗に疲れたのだろう。あるいはそれを諦めたのだろう。と同時に、胸

のなかで、いきいきと輝く泉のようなものが湧き出すのを感じたことも事実だった。

世の流行に乗ることが、つまりそれほど安心だった。寛は大衆の指導者になったのである。汪兆銘訪問の翌年、日本がハワイの真珠湾を攻撃してアメリカ相手の戦争を始めてからは、いよいよその傾斜が激しくなった。

寛がそうなれば、文藝春秋社もそうなった。

大正十二年（一九二三）というデモクラシーまっさかり、自由主義まっさかりの世に生まれたこの雑誌社は、それ以前、例の盧溝橋事件のあたりから軍の要請のまま「現地報告」「大洋」「航空文化」などの国策雑誌を刊行するようになっていたが、真珠湾後にはさらに「オール讀物」のごとき時局色のうすい小説雑誌ですら、敵性語の忌避という理由で誌名そのものを「文藝讀物」とあらためた。

大黒柱というべき月刊「文藝春秋」もまた聖戦完遂、神州不滅を旨とする記事を数多く掲載した。そうしなければ内務省の検閲にひっかかって刊行が不可能になるからというのは半分事実、半分口実だったろう。敗色濃厚になった昭和十九年（一九四四）におよんでなお、同誌上で、

「国民の精神的団結が破れなければ、必勝は疑いなし」

「国民全部が大死一番して戦わば絶対負けることはない」

などと鼓舞の筆を駆ったのは、ほかならぬ菊池寛だったのである。ひょっとしたらこの文章を読んで発憤し、みずから志願して兵となって戦場で死んだ青年もいるのかもしれなかった。

むろん人的犠牲という点では、社内も例外ではなかった。若い社員がどんどん応召して、どん

どん英霊になったけれども、さて、そこまでして得られたものは何だったのか。

その結果は悲惨だった。全誌が休刊に追いこまれた。東京に焼夷弾の雨が降り、広島、長崎に原子爆弾が投下され、日本は敗戦国になった。

つまり寛は大うそつきになった。「文藝春秋」が先月、戦後復活第一号を出したことは前述したけれども、これは三十二ページ、六十銭、ざらざらの紙にかすれたインクで十《とお》ばかり短い随筆をならべただけの、それこそ大正時代なら学生の同人誌にもならないような貧相なもので、発行部数も二万程度、とうてい利益が出るものではなかった。

社員がいない、資金がない、紙がないの三重苦。このぶんでは次号以降も同様の衰勢《すいせい》をさらすことは避けられず、事態好転のきざしはない。それならば、

（いっそ）

寛の心は、やじろべえのように激しく揺れていた。そこへ最後の、ほんのちょっとの一押しをして、やじろべえを台から落としてしまったのが、あのビル会社の社員のひとことだった。これから暖房のない冬が来る。絶望の季節が来る。

寛はその後、池島以外の社員たちにも、

「解散するよ」

と言い言いした。

隠しごとの苦手な性格のせいでもあったけれど、この場合は、寛なりの配慮のつもりだった。前もってわかっていれば再就職先も見つけやすい。

翌年三月七日の役員会議で解散決定。出席者は寛のほか佐佐木茂索、鈴木氏亨《すずきしこう》、斎藤龍太郎、永井龍男など、これまで会社をささえて来た人物ばかりだったが、多数決で結論が出た。賛成者は——反対者も——寛の意志の強いことを知っていたのである。

同十一日、文藝春秋社、日本出版協会に廃社届を提出。

残る手続きは、ひとつだった。同月三十日、年度の終わりを期して定時株主総会がおこなわれる。ここで議案が可決されれば、解散は正式なものとなる。

文藝春秋社は、この世から消える。

†

戦時中、寛は、もうひとつ会社の社長になっている。

大日本映画製作株式会社、略称「大映」。それまで映画界には松竹、東宝、日活はじめ無数の映画会社や製作会社などがあったが、政府の企業統合政策によって強引に三社にまとめられ、そのうちの一社が大映だった。

実質的な経営者は撮影所出身の永田雅一《ながたまさいち》だったけれども、何しろ急ごしらえの寄合所帯《よりあい》、いろいろゴタゴタがあったものらしく、いわば虎の威を借りるべく寛に社長就任を要請して、これを寛が快諾した。

その関係は、戦後もつづいている。だから三月十六日――文藝春秋社が廃社届を出した五日後――寛が大映の社長室にいるのは不自然ではなかった。ただし喫緊《きっきん》の用事はなかった。行儀よく机に向かって座り、新作の脚本を何本か読んで過ごすうち、おだやかなノックがあって、

「どうぞ」

「失礼」

入って来たのは、佐佐木茂索だった。

戦時中と変わらぬ黒縁の四角いめがねをかけ、しわのない着物に身をつつんでいる。寛はおどろいて、

「君か。どうした」

佐佐木は純然たる文藝春秋社副社長、大映には何の関係もないのである。硬い表情で、

「読書中でしたか」

「何？　ああ、これか」

脚本の冊子を丸めて、顔の横で振ってみせて、

「国定忠治《くにさだちゅうじ》ものでね。ストーリーはよくある世直しだが、なかなかよくできてるよ。製作させていい」

「映画業が気に入ったようですな」

「僕はもともと劇作家だよ。何の用だい」

「解散の話」

と、佐佐木はドア近くのソファに勝手に座り、寛を見あげて、

「撤回していただきたい」

「ああ、そっちの話かね。役員会議で決まったことだ。君もあの席にいたじゃないか」

「私は反対しましたが、賛成多数でしたな。だがその後、若い連中が」

「若い連中？」

「首謀者は、池島君だ」

佐佐木は、静かに説明した。池島信平が動きだしたのは四日前、文藝春秋社が日本出版協会へ廃社届を出した翌日だった。

鷲尾洋三、澤村三木男、車谷弘《くるまたにひろし》、古澤線一《ふるさわせんいち》の四人の仲間らと語らって、つめたい雨のなか静岡県の伊東まで来て、佐佐木に、

「『文藝春秋』をつづけたいんです。上京して菊池さんを説得してほしい。あなたが言えば菊池さんは聞く耳を持つ」

佐佐木は戦時中、時局べったりの会社の空気に嫌気がさして、さっさと伊東に引っ込んでしまっていた。いまさら自分が、という気持ちもあって、

「あきらめろ。時代は変わったんだ」

と、そのときは追い返したけれども、二日後また池島たちが来て、

「やっぱり、あきらめられません。この日本に『文藝春秋』がないなんて信じられん。もう時間がないんです。即時上京を願います。うんと言うまで帰りません」

と繰り返したのだという。佐佐木はソファの上で尻を動かして、

「それで私も覚悟を決めました。困難なことはわかってますが……」

「だめだ、だめだ」

寛はばさっと脚本を投げ出し、椅子ごと横を向いてしまって、

「僕は君子豹変しないよ。そもそも今後の『文藝春秋』の刊行は、困難なんてもんじゃない。不可能なんだ。出版協会に廃社届を出したんだから。君もよく知ってるとおり、あの協会は、戦前の統制団体の尾を引いていて、いまだに各社への用紙の割り当てを支配している。もう紙は一枚も手に入らないんだよ」

「ヤミで買えばいい」

「バカ値《ね》で買わされるに決まってる。印刷代はどうする」

「何とかします」

「なりっこないよ。いまなら会社にはまだ少し金がある。解散すれば君も退職金がもらえるじゃないか」

「ふっ」

と、佐佐木が鼻を鳴らす音がして、

「ならば、次善の策を」

「次善の策？」

「われわれに、新しい会社を興《おこ》させてほしい」

佐佐木の声が、説明をつづけた。文藝春秋社の解散に合わせて、たとえば新文藝春秋社というような会社をこしらえて、まあ木星社でも土星社でも、名前は何でもいいけれど、それに社員を移籍させる。そうして「文藝春秋」を続刊させる。

「かりに大損を出したとしても、菊池さんの不名誉にはなりません。むろん一銭の迷惑もかけない。これならどうです」

「落ち着け、佐佐木君」

椅子ごと佐佐木のほうを向いて、

「冷静になれよ。仮に続刊できたところで、いまや『文藝春秋』は戦犯雑誌なんて言われてる。長く売れるはずがないんだ。年甲斐もなく若い連中の口車に乗って、わざわざ路頭に迷うことはないじゃないか」

「案外うまく行くかもしれない」

「楽観的にすぎる」

「そっちが悲観的にすぎるんです」

「ふっ」

と、こんどは寛が笑う番だった。佐佐木が片方の眉を上げて、

「どうしました」

「……逆だね」

「逆？」

「戦前の、いちばん楽しかったころはさ」

寛は目尻を下げ、とげの取れた口調で、

「僕がいつも『行け行け、何でもやってみろ』って社員たちを焚きつけて、君に苦い顔されたんだ。菊池さんは軽率だって」

佐佐木はまじめな顔のまま、一瞬、下を向いて、

「たしかに」

「まあいいさ」

また椅子ごと、こんどは背中を向けてしまって、

「……君がやるなら、引き継ぎも円滑だ」

それが寛の返事だった。

†

同月三十日、定時株主総会の決議によって文藝春秋社は解散した。ただしその七日前に新組織である文藝春秋新社が発足していて、発起人に佐佐木茂索、池島信平、花房満三郎《はなぶさみつさぶろう》、鷲尾洋三、澤村三木男、古澤線一、車谷弘らが名をつらねた。資本金を集めるのは一苦労で、社員のなかに

は、疎開中の女房のヘソクリを内緒で持って来た者もあった。株式は社員で分け持った。

新社復刊第一号は、五月に出た六月号である。刊行翌月に登記完了。その表紙は、「文藝春秋」の題字のデザインはそのままながら、新たに洋画の大家・梅原龍三郎《うめはらりゅうざぶろう》による富士山の絵を入れて清新の気を打ち出した。

内容的には法哲学者・恒藤恭《つねとうきょう》による「民主政治の実現」一編を巻頭論文とし、連合国の占領が永遠ではないこと、および国民が主体的にデモクラシーを実現すれば日本はきっと独立国の面目を取り戻せることを高らかに謳《うた》い、そのあと論文と論文のあいだに一ページの無署名「将棋」欄を置いて、戦後最初の名人戦のために毎日新聞がポンと二十万円を出したので棋士たちが胸をなでおろしたと軽妙な筆致で報告した。

硬軟自在、総じて何をあつかっても読者を暗い気持ちにさせないあの戦前の最盛期の活発な空気が、また少し流れはじめた恰好だった。

五円という定価の安さも相俟《あいま》って、刊行直後からよく売れた。文藝春秋新社はいっきに社員の数がふえた。

成功の裏には、社員たちの奮闘があった。

当初から予想されていたとおり、紙の調達はむつかしかった。何とかヤミで手に入れたものの、こんどは運ぶ手段がなかった。手に入ったのは人の背の高さほどもある巻取紙で、一個の重さが二百キロないし三百キロもあったのである。

トラックを借りて来て、社員みんなで積み上げた。それから荷台に飛び乗って印刷工場へ急行した。新たな難問はサイズだった。なぜなら巻取紙は新聞用だったので、「文藝春秋」のようなA判の雑誌に使うには幅があんまり長すぎる。輪転機にセットできない。

万事休すか。社員一同、途方に暮れた。だが或る者が、

「紙ってさ。木からつくるよな」

とつぶやくや否や、工場を出て、浅草鳥越《とりごえ》まで走り、ほんものの木こりを連れて来た。木こりは巻取紙にノコギリをあて、余りの部分をばっさり正確に切り落としたので、巻取紙はきっちり輪転機にセットされ、ローラーで引き出され、活字のインクを吸いこんだのである。

印刷代は、払えなかった。しかしこれは印刷会社のほうが深い厚意を示してくれた。戦前からの付き合いのある凸版《とっぱん》印刷専務・山田《やまだ》三郎太《さぶろうた》が、

「『文藝春秋』は、かならず立ち直ります。代金は雑誌が売れてからで結構です」

破格の申し出と言うほかなかった。雑誌はついに刷り上がった。製本も終わり、見本ができたという連絡を受けて、編集局長・池島信平はみずから工場へ受け取りに行った。

繰り返すが表紙は梅原龍三郎の富士の絵である。池島は編集部への帰りみち、その見本を、まるで赤ん坊のように胸に抱いて歩いたという。

この成功を受けて社内は沸き立ち、同年十月には「オール讀物」も戦後第一号を出した。このときには池島自身が、やはり戦前から付き合いのあった別の印刷会社に頼んだところ、担当者に、

「われわれも手いっぱいでね。文藝春秋だけが雑誌社じゃないんでね」

一蹴された。池島はこのことを生涯忘れなかったけれども、世間一般の雰囲気からすれば、む

しろこちらのほうが普通の反応かもしれなかった。

†

右の騒ぎは、もう寛には関係ない。

寛は新社のあれこれの噂を、たいていは自宅で人から聞いた。そのつど、

「それでいい。それでいいよ」

自宅で、というのは、旧社を解散したとたん外出の機会が激減したのである。戦前の惰性というべきか、それとも小説ならば時勢は関係ないということか、作家としての菊池寛には意外なほど原稿の依頼が多かったので、書斎での仕事はいくらでもあった。ときには一週間まるまる家を出ないこともあって、或る意味、「文藝春秋」創刊以前の、ただの人気作家に戻ったような感じだった。

もちろん、寛にはまだ大映がある。ときどき社長面《づら》して出勤するし、スタジオへ撮影を見に行くこともある。特に後者はなかなか楽しく、国民の誰もが知るような俳優や女優が、

「菊池先生」

「菊池先生」

と茶まで淹《い》れてくれたりもしたが、しかし寛には、映画界というのは、何といっても実家ではない。

要するに客として座敷へ上がるみたいなもので、書斎へ帰っても、何か肺から風がもれる気がした。そういえば文藝春秋社では、寛は先生ではなかった。社長とすら呼ばれなかった。

（みんな「菊池さん」って呼んでたな）

いまごろ編集部はどんな空気なのだろう。どんな話が交わされているのだろう。そう想像すると原稿を書く万年筆の手がとまった。もっとも、この想像は不可能だった。これはまったくの偶然ながら、「文藝春秋」新社第一号が出たとたん、日本の占領行政をおこなうＧＨＱ、すなわち連合国最高司令官総司令部が、

「大阪ビルは接収する。テナントは速やかに退去せよ」

という命令を出したため、社員はそっくり近くの古いビルへと引っ越したからである。

寛は後日、これを聞いたときも、

「それでいい。それでいいよ」

何がいいのかは自分でもわからなかった。

†

そんなふうにして半年ほどがすぎて、寛が、自宅洋館二階の書斎で本を読んでいると、妻の包《かね》子《こ》が来て、

「お客様です。女の人」

いやな顔をした。寛は本を伏せて置いて、

「誰だい」

「むかしよく来てた子です。何でしょうねえ、このご時勢に。石鹼《せっけん》のにおいをぷんぷんさせて」

包子はいまも、婦人道徳の乱れにうるさい。世が世ならば高松藩の殿様の側近も務めようという格式の家の生まれなので特別な自尊心があるのだ。寛は、

「女優かね」

「ちがいます」

「芸者かね」

「ちがいます」

「まあ、通してくれ」

女の来客は、ひさしぶりである。いそいそと階段を下り、玄関横の応接間に入って待った。ほどなくドアをあけて姿をあらわしたのは、銀色の縁の丸めがねに、左右の耳が見えるほどの短い髪。

背すじを伸ばしたまま体を折る、独特のおじぎ。寛はがたっと椅子から立って、

「石井君」

「ご無沙汰しております。菊池さん」

「おいおい。こりゃあおどろいた。何でも岩手へ疎開したっきり……」

「宮城です。宮城県栗原郡鶯沢村《うぐいすざわむら》」

「ささ、座りなさい。座りなさい。君みたいな若い子は、栄養あるものを食べなきゃあ」

手をたたき、女中を呼んで果物《くだもの》を持って来るよう命じた。この時節、果物は高級品である。ヤミでも手に入りづらい。

「いや、よく生きてた。よかったね。浦和のお父さんは元気かね。いまどこにいるんだい。前は荻窪《おぎくぼ》に住んでたんだっけ」

と、寛はもう洟《はな》をすすっている。このごろは涙もろくなった。

「いいえ、用が済んだら鶯沢に戻ります。東京には住みません。今回は本を出すことになったので、その打ち合わせのため。ついでにお世話になった方々へご挨拶をと」

「僕はついでか。けしからんねえ、はっはっは。君の本かね」

「はい。大地書房って版元から」

「題は？」

と聞くと、彼女はちょっと鼻を上に向け、

「『ノンちゃん雲に乗る』」

内容を語りだしたが、それを聞かずとも、題だけで寛はどんな本かわかる。

「何だ。子供むけのお話か」

口に出したら、キッとして、

「児童文学です」

彼女は、石井桃子は、もともと文藝春秋社の社員だった。編集も校正も翻訳もやったし、名士のところへ談話を取りに行ったりもした。みな仕事は一人前だった。

寛としてはたいへん重宝したわけだが、しかし桃子は急に「辞めます」と言って、新潮社へ行ってしまった。

そうして作家の山本有三とともに『日本少国民文庫』全十六巻の編集に従事した。その名のとおり小学生から中学生くらいの読者を対象としたシリーズで、日本や海外の小説はもちろん、世界の偉人の逸話集、科学読物、それに吉野《よしの》源三郎《げんざぶろう》『君たちはどう生きるか』のごとき人生論のようなものまで幅広く、時局とは関係なく収録したもの。

売れゆきも、かなりよかったらしい。結局、寛は、

（あの子は、これがやりたかった）

そう思って納得した。実際には文藝春秋社のほうにも原因があったのだろう。満州事変以後、社内の空気が一変して、社員みんなが時局を激しく論じるようになったのが桃子の気質に合わなかったのだ。

その後も、桃子は戻らなかった。やっぱり少年少女むけの企画に熱中して、とうとう桃子自身、A・A・ミルン『熊のプーさん』を翻訳して岩波書店から出版したほどで、そういうあれこれを考えれば、なるほど今回の『ノンちゃん』とやらも不思議ではなかった。

しかも今回は翻訳ではなく、桃子自身の創作である。ということは、

「つまり僕らは、同業者ってわけだ」

「ええ」

「そういえば」

と、寛はひとつ思い出したことがあった。戦争中、郷里の高松へ行き、出身校である四番丁小学校で生徒を相手に講演をした。

講演は、二十分程度のものだったと思う。終わって講堂を出たところで、校長がひとりの女の子をつれて来た。おかっぱ頭がつやつやしている。こちらを見あげる細い目は、緊張のせいか、怒っているように見えた。

付き添いの教師が、

「この子は六年生で、もともと東京の子でして。父親の転勤で来たんですが、よくできる子で」

と紹介したので、寛はその子へ顔を近づけ、

「お父さんは何してるの？」

「保険会社に勤めてます」

「そうか。君は本を読んでるかね」

女の子はちょっと目を伏せて、

「読めないんです。なかなか」

「どうして？」

「お父さん、いつもうちにお客さんを呼ぶから」

と言った。

「……いやまあ、それだけの話だがね。いま思い出したよ。石井君も子供のころはあんな感じだ

ったのかな。苗字がめずらしかったから、よくおぼえてる」

「何ていう苗字です」

「ムコウダ」

寛は即答した。

「向田邦子《くにこ》。生きてるといいね。とにかくああいう子供に読ませるんだから、うん、これからは児童文学だ。新生日本の未来そのものだよ。君のような若い書き手にこそふさわしい仕事だ、石井君」

桃子は顔を赤らめ、首をすくめて、

「もう四十です」

「若いよ、若い。花のさかりじゃないか。でもそれなら、やっぱり東京にいなきゃ」

「……」

「もうB29の爆撃はないんだ。田舎なんか引き払って……」

「帰りません」

口調が、突然きつくなった。眼鏡の奥の目が寛をにらむようにして、

「東京には、もう帰りません。農業をやってるんです」

「のうぎょう？」

「私、決めたんです」

桃子は、早口で説明した。

戦時中の日本は、悪しき言霊《ことだま》の国だった。アメリカ人は鬼である。イギリス人は畜生にも劣る。日本兵は最強だ。神州日本はまた勝った。国民ひとりひとりの自覚が次の勝ちにつながるのだから目の前の不自由はがまんしよう。がまんしないやつは非国民だ。うんぬん。官民あげての空理空論、ことばだけの帝国。そうして自分（桃子）も出版の世界にいるからには、それに加担したことは事実なのである。

ところが空襲を避け、東北地方へ疎開してみたら、そこには別世界があった。ことばではなく、実質の支配する世界。人々は声高らかに時局を論じるかわりに無言で目の前の土をたがやし、草をむしり、水をくみに行った。米英殲滅《せんめつ》などではなく、五穀豊穣のために神に祈った。これだと思った。電気が来ていなくても、水道が来ていなくても、これが真の生活なのだ。

ただちに定住を決意した。疎開仲間と相談して、あわせて女三人で土地を借りた。地元の青年団にたのんで小屋を建ててもらい、種々の農具も用意して、最初の一鍬《ひとくわ》を入れたのが終戦の八月十五日だったのは偶然である。戦時中であろうと戦後であろうと、

「私は、いえ、私たちは、地に足をつけた人間でありたい」

「おいおい」

寛は顔をゆがめ、せわしない手つきで紙巻きたばこに火をつけて、

「つまり君は、石井君、かつて文藝春秋社を去ったのとおなじ理由で東京を去ったってことじゃないか。無茶するなよ。君ももう若くないんだ」

「さっきは若いって」

「あ、いや」

「荒地の開墾も。もう三アールも畑にしました」

「意味ないよ、意味ないよ。あ、そうか。だから」

だから石鹼か、と言おうとして口を閉じた。たしかに桃子は石鹼のにおいが強かったのだ。どうしてだろうと思っていたのだが、それはおそらく、自分がふだん田んぼの肥《こえ》とか、牛馬の糞とか、焚火のけむりとか、都会では考えられぬほど臭いの強い環境にいることを気にしたのだろう。

本質的には、やっぱり都会の女なのだ。寛はたばこのけむりを勢いよく吐き、エヘンと咳払いして、

「とにかく時局に対して罪の意識があるのなら、その償いがしたいなら、それは慣れない肉体労働によってじゃない。君自身のもっとも優れた部分によってであるべきだよ」

「……………」

「だいたい金はどうするんだね。農業は金がかかるだろう。その『ノンちゃん』の印税をまわしても大した足しにはならないんじゃないか」

「それは、ええ……おっしゃるとおり」

と桃子が唇をかんだとき、ドアのノックの音がして、さっきの女中が入って来た。

お盆からいろいろなものをテーブルに移した。まずは果物。櫛形に切った黄色いそれが、白い皿に山のように盛られている。

次に、からっぽのガラスのコップふたつ。最後にごとっと音を立てて、鉄の道具をひとつ。これは奇妙な形状だった。工具が使うペンチに似ていて、全体がXの形をしているのだが、交点から先がそれぞれ膨らんでスプーンのようになっている。

反対側は、グリップである。寛はそれを手に取って、何度かグリップを握ってみた。握るたび先っぽのスプーンが重なってカチカチ乾いた音を立てる。

「何だね、これは」

女中に聞くと、

「アメリカ製の、レモンしぼり器だそうです。大映の永田さんにいただきまして」

「レモンしぼり器……どう使うんだい」

「さあ」

女中は首をひねったが、桃子が身をのりだして、

「本で見ました。貸してください」

寛は、それを手渡した。桃子はテーブルの皿から櫛切りのレモンをひとつ取った。

二枚のスプーンは、じつのところ形状がまったくちがう。下のそれは穴があいていて、その穴につながるよう網《あみ》状の筒《つつ》がくっついている。桃子はその筒のなかへレモンを入れた。

そうして右手でグリップを思いっきり握った。上のスプーンには金属の棒が取り付けられていて、その棒が、筒のなかへ入っていく。

レモンは、しだいに押しつぶされる。首を垂れ、身をよじり、しばらく抵抗してから破裂した。

ぐしゅっと残酷な音がして、網から果汁がしたたった。そのとき桃子の左手はもうコップを下へ移しているので、果汁は底にたまり、ゆっくりと雨の日の水たまりのように水位が上がった。したたりが終わると、桃子はグリップの握りをゆるめた。スプーンが離れた。筒のなかへ指を入れて、レモンをつまんで取り出した。レモンは原形をとどめておらず、水気を失い、大きさが三分の一になってしまっている。果物の死骸にほかならなかった。

「僕もやりたい」

寛は桃子から鉄製の道具を奪い取ると、次々とレモンをしぼっては、

「おおっ。こりゃ便利だ。こんな軽い力でね。アメリカ人は頭がいいね。おおっ。たくさん出た。ジュースだ、ジュースだ」

部屋中にレモンの香りが充ちあふれて、石鹸のにおいを、たばこのにおいを掻《か》き消した。寛はコップの果汁をひといきに飲んで、顔をしかめて、

「すっぱいよ。蜂蜜か何か持って来てくれ。レモンをもう一皿。あと、しぼりかすを捨てるお椀《わん》か何かも」

女中があわてて出て行ってしまうと、

「あ、石井君、これはすまん。君もやりたまえ」

また桃子に手わたした。桃子はそれへひとつずつレモンを入れて、しぼりながら、気が楽になったのか、

「さっきの話ですが」

「ん？」

「さっき菊池さん、慣れない農業なんかやめろって言いましたよね。でも菊池さんだって」

「僕が？　何を？」

「慣れない映画のお仕事を」

　この瞬間、

（何）

　寛の連想が飛躍した。

　飲みかけのコップを乱暴に置いて、立ちあがり、

「つまり石井君、君は何かね？　僕にもういっぺん雑誌をやれって言うのかね？」

　桃子が、意外そうに寛を見あげた。

　いや、そこまでは、という顔だったかもしれない。寛は気づかず、

「あり得ないよ。絶対あり得ない。日本の雑誌界はもう駄目だ。僕はすっかり興味をなくしたんだ。特に駄目なのが文藝春秋社だ」

「新社かと」

「おなじことだよ。噂で聞いた話じゃあ、こんど新しく、文芸と美術をあつかう雑誌を出すらしいがね、誌名がよくない。『別冊文藝春秋』だってさ。おかしいじゃないか。そりゃあ最初は臨時増刊だったけど、まがりなりにも定期刊行物にするなら『別冊』だなんて。ちゃんと気のきいた誌名をつけなきゃや。せっかく表紙が青山《あおやま》二郎《じろう》だっていうんだから。ねえ、君もそう思うだろう。

やっぱり僕がいないと……」

と、そこまで一気にまくしたてたところで寛は声がとまり、激しく咳きこんだ。

背を丸め、えずく寸前まで行った。咳がやんでも肩で息をして、身を起こすことができなかった。

桃子が寛のうしろへまわって、手で背中をさすりながら、

「わかりました、わかりました。あんまり興奮したらお体にさわります」

「レモンでむせただけだよ。いや、もうだいじょうぶ。失敬した」

着物の袖でぐじゅぐじゅと鼻の下をこすった。桃子は、

「もうこの話はやめましょう」

「そうだね。やめよう」

だが桃子がふたたび席についたとたん、

「いやいや、佐佐木君もおかしいよ。このご時世にパーティをやったんだよ。創立発会式って名目で、編集室へ関係者を百人も入れてさ」

「………」

「八方手をつくしてビールを買って、佐佐木君みずから栓を抜いてまわったって。世の中が落ち着いてからでいいじゃないか。社員も社員だよ。どうしてそんなにパーティ好きなんだ」

「そうですね」

桃子がくすっとした、ような気がした。寛はきゅうに照れくさくなって、横を向いて、

「あー、そうだね。映画の話だったね。うん、僕はじきに大映を辞めるよ。辞めるしかない。GHQが軍国主義者と見なして公職追放にするだろうからね。ますます暇ができる」

「ご家族と過ごす時間ができる、と思っては？」

「え？」

聞き返すと、桃子はコップのレモンを少し飲んで、目をつぶった。やっぱり酸味がきつすぎたのかもしれない。

†

清水谷《しみずだに》公園は、千代田区紀尾井町にある。

江戸時代には紀州徳川家の上屋敷があったところだが、明治に入って東京市に寄贈され、都市公園になった。

園内でいちばん目立つのは、高さ六メートル以上にもおよぶ石碑である。この付近で暗殺された維新三傑のひとり大久保利通を哀悼するもの。石碑のまわりには木が植えられ、心字池が設けられ、そのあいだを縫うようにして遊歩道がゆるやかな曲線を描いていた。

池のほとりには、和風の家屋がある。偕香苑《かいこうえん》という名の茶座敷である。戦前、まだ文藝春秋社がこの近くの下六番町にあったころには寛は何度か社員とともにここへ来て、句会をやったり、将棋大会をやったりしたものだった。

日比谷へ引っ越してからはやや足が遠のいてしまったが、寛はこの日、家族をつれて、じつに約二十年ぶりに足を踏み入れた。

すでに結婚している三人の子供たち、瑠美子《るみこ》、英樹《ひでき》、ナナ子がたまたま家にそろったので、

「よし。戦前なら銀座でフルコースってところだが、そうもいかない。ピクニックに出よう」

きゅうに決めて、ぞろぞろ歩いて来たのである。ほかに妻の包子や、瑠美子の長女の九つになる貴美や、書生や女中たちも入れて、ぜんぶで九人、偕香苑の横の土の上へ安物の毛氈《もうせん》を敷いて弁当をひろげた。弁当はありったけの白米を炊いたにぎりめしに、佃煮《つくだに》、南京豆、ゆでたまご。あとは番茶を入れた一升のやかんが二個。酒類はなし。

厳密には園地の無断占有にあたるのかもしれないが、晩秋の日曜日である。どうせ管理人は来ないだろうし、そもそも園内に人はいない。あたりはきわめて静かだった。大判小判をぶちまけたように鮮やかに染まった銀杏《いちょう》の木のてっぺんで、黒い鴉《からす》が、アーアー、アッアッと鳴き声を交わしている。

寛はそれを見あげて、白いめしが口いっぱいに入っているのもかまわず、

「このへんは焼けなかったのかね。いい景色だよ。やっぱり麴町区《こうじまち》はいい。のんびりしてるね」

などと上きげんだったが、次女のナナ子に、

「お父さん、もう東京に麴町区なんてないわよ。神田区と合併して千代田区に」

と言われて、

「知ってるよ。小役人がろくに勉強もしないで由緒ある地名をいじったんだ。千代田区だなんて

センスがないよ。千代田はお城ひとつあればいいんだ」

みるみる不機嫌になりかけたが、横に正座していた包子が、

「お父さん、ほら、あのへん。むかしは芝生が張ってあって」

と指さしたので、寛はそっちへ首を向けて、

「ああ、そうそう。横光君も、川端君も、あそこで夕暮れまで昼寝してたんだ。彼らは、いまも……」

と、そこで話をやめて、

「あ」

「どうしました」

「不易流行《ふえきりゆうこう》」

「え？」

「誌名だよ、新しい雑誌の。『不易流行』がいい」

家族全員、目を丸くした。

英樹など、あからさまに「またやるのか」という表情だった。最近妻の百々生《ももを》とのあいだに夏《なつ》樹《き》という長男が生まれ、父となったが、まだ二十五歳なので生意気である。

「何だい英樹、その顔は」

「また雑誌やるの？」

と、これは長女の瑠美子である。寛はそっちへ、

「もしもの話だよ。やるとしたらだ」

「頬っぺたに、ごはんつぶ」

「だってさ、貴美」

「お父さんよ」

「そうか」

寛は指先でつまんで口へ入れ、ぺろっと舌でなめ、その指でハンチングをかぶりなおした。また英樹が、

「総合雑誌？　文芸雑誌？　どっちにしても『不易流行』だなんて堅苦しいよ。千代田区よりセンスがない」

「何を言う」

寛は毛氈から茶碗を取り、がぶっと番茶を飲んで、むきになって釈明した。

みんなも知ってのとおり、自分はGHQによる公職追放の対象となった。それ以前から文藝春秋社とは縁を切っているし、大映も辞めたので、しんじつ空身《からみ》になってしまった。

言いたいことは山ほどあるが、結局のところは誰のせいでもない、自業自得だと思っている。自分は戦時中、なかんずく盧溝橋事件以降、あまりにも時局に乗りすぎてしまった。声高く国民を指導してしまった。

時局とは、言いかえれば流行である。街の女の髪型や、歌謡曲や、小説のベストセラーなどと同様の、群集心理が生み出す巨大なまぼろし。

むろん雑誌を出すにあたっては、それを無視するわけにはいかない。戦争中ならなおさらだ。だがそのいっぽうで、雑誌にはまた「不易」も必要だった。いつの世にも変わらないもの。戦時だろうが平時だろうが当然人間そうあるべき何か。それを忘れてしまったことが、いま自分を軍国主義者に見せている。

「流行だけでは浮薄にすぎる。不易だけでは重苦しい。両方をうまく塩梅するのが雑誌づくりの本分っていうより、人間の生きかたの本分なんだ。そういう意味を込めてるんだ。わかるか、英樹。わからんか。それはお前が理数系だからだ」

「いやいや、わかるよ。でもさ、お父さん、ちょっと想像してみてよ。本屋の店先に『不易流行』って雑誌があったとして、お父さんなら手がのびるかい」

「………」

「何だか占いの本みたいじゃないか。僕なら買わない。みんなもそうだろ?」

瑠美子、ナナ子がうなずいた。業腹なことに書生まで、

「買いません」

英樹はかえって、ばつが悪そうに頭へ手をやって、

「でも、まあ、おなじ意味で、別のことばなら」

「そんなのないよ。あるわけない」

と寛は茶碗を口へ持って行って、中身がないので、黙って書生のほうへ突き出した。書生はよいしょとやかんを持ち上げて、

「どうぞ」

じょろじょろと番茶をつぐ。そのあいだにも包子は叱責の口調で、

「英樹、お前またそんな口のききかたをして。忘れたのかい。戦争中お父さんは、私たちを宇都宮に疎開させて、自分はひとりで雑司ヶ谷の家でがんばったんじゃないか。庭のプールをつぶして防空壕にして、二階には焼夷弾が落ちて来ても燃えないよう土嚢《どのう》も積んで。私たちが戦後もこうやって家に集まることができるのは……」

「俺は兵隊に取られてたよ」

「そういう話はしてません」

「お母さん、もういいって」

「そうだよ。そうだよ」

「べつに英樹とお父さん、喧嘩してるんじゃないし」

家族がこんな家族らしい話をしているあいだ、寛は茶碗へ目を落とし、そのなかの夕焼け色の液体をじっと見ていたが、とつぜん、

「肉が食いたい」

「え？」

「ピクニックもいいが、やっぱり店で食いたいよ。いいとこ知らないか」

しばしの静寂のあと、ナナ子が、

「お父さん、そんなの無理……」

「いや、広い東京だ、探せばあるはずだよ。ロッパ君なんか戦争末期でも食ってたんだ。品川のなじみの店から『本日は晴天なり』って電話があると、これは盗聴対策の一種の符牒《ふちょう》で、ほんとは『ヤミで材料が手に入った』って意味だから、いそいそと行ってポタージュだの、ビフテキだの、カレーライスだのを平らげてた。おかわりまでしたらしい」

「いやいや、それは」

「別の日には東中野まで行って、こたつに足を突っ込んで、サントリーの七年をやったって」

寛はそう言って、また茶碗のなかの番茶を見た。ロッパ君とは古川《ふるかわ》ロッパ、喜劇役者である。ロッパ自身が声帯模写と命名した一種のものまね芸で人気者になり、舞台に、映画にと大いそがしだった。

何とまあ招かれて宝塚大劇場の舞台にまで立ったほどで、だからこそ食生活も贅沢だったのだろう。書生がやや遠慮がちに、

「でもこの前、ロッパさん、ラジオで言ってましたよ。かえって戦後のほうが、ものがないって。鯨のステーキはもう嫌だって、よくまあラジオであんなこと言えたなあ」

「鯨のステーキ？」

寛は、鋭く聞き返した。顔を近づけて、

「そう言ったのかね、ロッパ君が」

書生は身をそらして、

「え」

「ほんとうかね」

「ええ」

「そうか」

寛は澄まし顔になり、番茶を飲んだ。にぎりめしにはもう手をつけなかった。

†

約四か月後、昭和二十三年（一九四八）二月。寛は見つけた。

新橋駅の近くに牛肉や豚肉を食わせる店があるという。材料はヤミだから看板やのれんは出していないし、常連客しか入《い》れないが、寛なら手筈がつけられるとか。

見つけた経緯は、以下のとおりである。まず寛は、あのとき清水谷公園のピクニックで書生から聞いたラジオの話を、

（符牒だ）

と受け取った。

古川ロッパは、もともと文藝春秋社員・古川緑波《ろっぱ》だった。それこそ会社が下六番町《しもろくばんちょう》にあったころには映画通として活躍し、いっときはおよそ映画と名のつく記事ならばみな彼が担当していたほどで、自分で評論を書きもした。

緑波の話には、みょうな癖があった。仕事柄、一般読者には言えないような情報を手に入れる

と、わざと反対のことを言って、ほのめかしをするのである。

たとえば女優某と脚本家某が愛人関係にあると知れば「口論したぜ」と言う。大作がお蔵入りになったと聞けば「封切り間近か」と吹聴する。

嘘はついていないのである。おそらくは無邪気な知識自慢なのだろうが、寛はそれをおぼえていたから、今回ラジオで「鯨のステーキはもう嫌だ」と言ったというのは、実際には、

(あいつ、たらふく牛豚《うしぶた》を食ってる)

そこで大映の永田雅一――やはり公職追放に遭ったので正確には元大映の――に葉書を書いた。永田は元部下に命じてロッパに話を聞きに行かせた。そうしたらロッパは、

「ああ、菊池さんですか。大恩人だ、お教えしますよ。店の主人にも言っときます。でも先生に伝えてくださいね、いきなり満腹したら体に毒なんで、少しずつ量をふやしてくださいって」

寛はそれを永田からの電話で聞いて、さっそく、

「それっ」

年下の作家をさそって行ってみると、そこはテーブルのふちに乾いた血がこびりついているような店だったが、出されたトンカツはたしかに豚であり、ビフテキは牛である。

夢に見たほどの肉のかたまり。それを熱いまま頬張るよろこび。二、三度嚙んだだけで呑みこむと、胃の底でもまだ脂がじゅうじゅう音楽を奏でている感じがする。その上へまた肉を落としこむ。

体がはちきれそうになって、寛はズボンのバンドをゆるめ、手のひらで何度も腹をさすった。

こうなると寛は極端である。他の作家にも電話をかけて、

「ご馳走するよ。行こう。行こう」

三日連続で飽食した。四日目の朝、猛烈な下痢《げり》が来た。出るものが出てしまっても腹は楽にならず、お茶を飲んでも吐いてしまう。体が懶《ものう》い。二本の脚で立つこともできない。

寛の家は、雑司ヶ谷にある。

ただしそれは「文藝春秋」発刊の一年後、あの作家としても雑誌経営者としても雲を突き抜けるような時期に住んでいた金山《かなやま》の家ではない。その後おなじ雑司ヶ谷の、歩いて五分のところに五百坪の土地を買って新築したものである。

完成は昭和十二年（一九三七）だから、築十一年。したがって石井桃子がまだ日本女子大学校の学生だったころ翻訳のアルバイトでたびたび訪れたのは前の家、戦後に挨拶に来て鶯沢村での農業の話をしたのは現在の家ということになる。現在の家は洋館一棟と和風家屋一棟から成り、その庭には、新築当時はプールもあった。

寛の書斎は、洋館二階。

書斎も洋風である。板床《いたゆか》に絨毯が敷かれ、奥に机と椅子が置かれるが、手前のドアの近くにはベッドもひとつ置かれていた。

夜ふけに原稿を書いてもすぐ眠れるようにという寛一流の合理主義のあらわれだけれども、そんなわけで、寛はその合理主義の上で寝たきりになった。

「何だ、こんなもの。大したことない」

口に出したが、気分はよくならなかった。枕を替えても駄目だった。うつぶせでもあおむけでも吐き気がするので、横向きになり、背を丸め、胎児のようにひざを抱える。

多少気分がよくなると手をのばし、サイドテーブルから英語の本を取る。

電気スタンドのスイッチを入れる。スタンドのシェードは緑色なので、本のページも緑色になり、二、三行読むとまた気持ち悪くなってしまう。本を閉じてテーブルに置く。そうしてまた両手でひざを抱えるのである。

寛は、頭がぼんやりした。

ここで死ぬのだと思った。はたしてそうなら死に顔はやはり毒々しい緑色の光に飾られるのだろう。そういえば自分はこれまで何と多くの人々の通夜や葬式に立ち会って来たことか。作家としての師である夏目漱石。高等学校の同級生の芥川龍之介。初期「文藝春秋」の戦友というべき佐々木味津三《ささきみつぞう》や直木三十五。

ほかにも、たとえばジャーナリズムの先輩である千葉亀雄《ちばかめお》。あれはたぶん過労だろう。大阪毎日新聞在職中には懸賞小説の応募作四千通の選考をたったひとりでやったというような常軌を逸した真人間ぶりが仇になった。菅忠雄は結核で死んだ。最古参の文藝春秋社員のひとりであり、つねに編集作業の中心にいたこの男は、ご自慢のコールマンひげが真っ白になり、出社も不可能になったけれど、最後まで退社あつかいにはしなかった。する気にはなれなかった。

そうして加藤雄策、江原謙三、生江健次……戦災死または戦死した社員たち。去年の暮れには横光利一まで逝ってしまった。胃の病気だったという。みんなみんな、

（待ってる）

ドアの向こうで、トントンと音がした。

音の調子で、包子が階段をのぼって来るのだとわかった。ドアをあけて入って来て、サイドテーブルの本を除《の》け、お盆を置く。

お盆の上にはコップがあり、うっすらと白い色をした液体が入っていた。

「お父さん、お加減はいかがですか」

「………」

「食べすぎですよ」

「胃カタル（胃炎）だって」

「食べすぎです。よっぽどうれしかったんでしょうけど、大堀《おおぼり》先生も往診のときおっしゃってたでしょう。もう六十一なんだから身のほどをわきまえなきゃって」

寛はもぞもぞと寝返りを打ち、包子に背を向けて、

「……悪かった」

「え？」

「食べすぎてない。肉が悪かったんだ。そういえば何か沼みたいな味がした。ロッパ君もいいかげんな男だよ。あんな店を教えるなんて」

「食べすぎです」

と、包子は、教師が生徒の言い訳を封じるように言った。それから、

「いくら何でも、あれだけ吐いたんです。栄養を摂らなかったら体に毒。これなら召し上がれるでしょう」

「いいよ、もう」

「甘いものですよ」

甘いものと聞いて応じる気になった。寛はゆっくりとあおむけになり、身を起こした。包子がコップを口もとへ持って来ようとするので、

「自分でできるよ」

コップを奪い、おそるおそる白い液体で唇を湿らせた。

舌でなめ、呑みこんでみる。吐き気なし。胃の痛みなし。これなら行ける。こんどは少量をじかに喉へ送ったが、やはり込み上げるものはなかった。

口のなかでは甘みのほか、酸味のそよ風が吹いている。少し頭がはっきりして、

「何だい、これは」

「カルピスです。うんと薄めて」

「うまいね。うまい」

もうひとくち飲んで、飲み干そうとしたが自重した。半分ほどを残したコップを包子に返した。

包子はそれをお盆へ置きながら、

「前に風邪を引いたときも、これだけは召し上がっていたでしょう」

「そうだったかな」

「そうでしたよ」

と、その笑みがどこか満足そうに見えたので、

「誤解してるな。僕はべつに肉を食うのがうれしかったんじゃあ……」

「座談会でしょう」

あっさり言われて、目をしばたたいて、

「わかるか」

座談会とは、この場合、文芸誌「文學界」のそれだった。翌月に出る四月号は「横光利一追悼号」になるということで、寛も呼ばれたのである。ほかには横光の心の友である川端康成をはじめ、河上徹太郎《かわかみてつたろう》、今日出海《こんひでみ》、舟橋聖一《ふなはしせいいち》といった年下の文士たち。

合わせて五人。話はしんみりとしたものだったが、それとは別に、

(久しぶりに、文藝春秋と関わった)

このことが寛の心を躍らせた。「文學界」は、戦前の或る時期からは文藝春秋社が刊行して、新潮社の「新潮」や改造社の「文藝」とならんで、いわゆる純文学の分野における一大勢力を築いていたのだ。

戦時中の休刊をはさんで戦後に復活、現在はいちおう新設された文學界社の刊行ということになっている。寛はその復活時にはもう会社を手放していたので経緯はわからないけれど、行きがかり上、その編集には文藝春秋系の人々が関係しているのは確実だった。

寛の意識としては、

(あの会社が、呼んでくれた)

その思いがある。座談会が終わって帰ろうとしたところ、同席していた編集者とおぼしき若い女性が、

「あの、菊池先生」

「何だね」

「先生には今回あくまでも一作家としてお出ましいただいております。失礼ながら巻末の後記には、先生が『自発的に』来られたと記すかもしれませんが……」

「うん、うん、そうだろう。僕はもう関係者じゃないし、君らが呼んだと言ったら具合が悪いよ。いいようにしてくれ」

気分の高揚は翌日もつづき、翌々日もつづいて、四日目があのトンカツ、ビフテキの日だったのである。それから三日連続の摂取過多。

包子は笑みを浮かべたまま、

「わかるかって、それはわかりますよ」

「どうして」

「妻ですから」

「……………」

寛は、口をつぐんだ。

コップに目を向けた。まだ半分ほどの薄いカルピス。女中にまかせず、包子自身がつくったも

のにちがいなかった。思えば結婚から、

（三十年、か）

寛は包子を見あげて、

「すまん」

「え？」

「僕はここで死ぬ。だから言っておく。苦労をかけた。申し訳ない」

「何言ってるんです。藪から棒に」

包子の顔から笑みが消える。寛は、

「聞いてくれ」

と、ここまで話しただけで息が切れてしまった。あおむきになり、体が落ち着くのを待ってから、

「僕は、僕は……いい夫じゃなかった。つくづくそう思う。何しろ夜な夜な芸者と遊んで、待合に行って、うちにはろくに帰らなかった」

「………」

「かあちゃん」

と、包子を呼んだ。結婚したてのころは名前で呼んだ気もするが、いつのまにか、こんな照れかくしの権化《ごんげ》のような呼び名になっていた。

「かあちゃんには、頬紅ひとつ買ってやらなかった。でもはじめて会った芸者には三千円の帯を

買ったことがある。好きな芸者に会いたいがため用もないのに新潟へ行ったこともある。女優とも寝た。ダンサーとも寝た」

包子の唇のはしっこが、こころなしか痙攣《けいれん》したようである。寛はひどく疲れた。自分はこの程度だと思った。世間むけに原稿を書けば「日本の婦人も欧米のように夫の浮気に対して強い態度を取るべきだ。即座に離婚と慰謝料を請求すべきだ」などと進んだふうな口をきいておきながら、私生活はこの程度。浮気も男の甲斐性のうちだの何だのと、百年も前から使い古された言いわけを錦の御旗にして。

包子はようやく口をひらいて、

「……長生きしてください」

「無理だよ」

「長生きしないと、私、お父さんが死んだら言いふらしますから。大震災のとき愛人が、母親と女中と、お父さんとのあいだに生まれた男の子まで連れて家にころがりこんで来たこととか。いくら何でもひどすぎです。あの母親のふてぶてしい態度！」

「そ、それは」

「あと、そうそう、じつは養子だったこととか。結婚したときは私の実家の奥村《おくむら》家へ入ったのに、小説が売れたとたん『養子はいやだ』って言いだして菊池の家に復籍して。これが知れたら世間はさぞかし『菊池寛は器が小さい』って」

「こまる。こまるよ」

寛は、身じろぎした。ベッドのシーツがかすかな衣ずれの悲鳴をあげた。包子は身をかがめ、寛に顔を近づけて来て、

「なら長生きしないと」

寛は身じろぎをやめ、

「……無理だよ」

声をしぼり出したとたん、また頭がぼんやりとした。

きゅうに瞼《まぶた》が重くなった。そのままゆっくり目を閉じて、深い眠りのなかに落ちた。

†

十日あまり後、三月六日。寛は、

「レコードをかけよう」

と言いだした。

マホガニーの壁につくりつけた戸棚の扉をひらく。なかは本箱のようになっていて、ぎっしりとSPレコードが立てられている。

そこから一枚を取り出し、窓ぎわのキャビネットのところへ行く。キャビネットの上には電気蓄音機があって、そこに黒い円盤を置き、スイッチを入れる。

円盤が一分間に約七十八回の速さで回転しはじめると、寛は身をかがめて目を近づけ、鉄の針

をそっと乗せた。

　この家でいちばんの大広間に、アメリカ英語の軽快な歌が流れだした。とたんに瑠美子、ナナ子、それに何人かの女中の動きも軽快になったようだった。彼女たちはパーティの準備をしているのだ。テーブルの上へ白いクロスを敷いたり、ナイフやフォークや皿などを行儀よく置いたり。

　十歳になった瑠美子の娘、貴美もせっせと手伝っている。台所からビールびんを二本かかえて来る様子は危なっかしくて仕方がないが、それでも三歳の男の子のよちよち歩きとすれちがうときには、

「こーら、夏樹ちゃん。お邪魔だから座っていてよ」

　壁ぎわのソファを指さして、恐い顔をしてみせる。

　男の子は英樹の長男、夏樹である。首を上に向けて貴美を見て、大きな目に涙をためた。ソファには寛が座っていた。急いで立ちあがり、近づいて行って、

「よし、夏坊、あっちの部屋へ行っていよう。お前のお父さんもいるはずだ。な、な」

　孫の手をにぎり、ゆっくりとテーブルのあいだを縫って行って、西側のドアをあけた。あけると、そこは玄関ホールである。ホールだけで十畳ほどの広さがある。正面の玄関に向かって左の壁にドアがふたつあって、寛はそのうち奥のほうをあけた。

　なかは、応接間だった。約一年半前、石井桃子を通した部屋だが、いまは男ばかり六人がいる。英樹がたばこを灰皿に置き、椅子ごと体をこっちへ向けて、

「ああ、夏樹。やっぱり邪魔にされたんだな。だから言ったろ。ここでお父さんといよう」

夏樹はこっくりうなずいて、寛の手を離し、ぱっと父親のひざに乗ってしまった。寛はにこにこして、

「何だ、夏坊。もう少しおじいちゃんと一緒でいいじゃないか」

応接間には、ほかに瑠美子の夫の藤澤閑二《ふじさわかんじ》、ナナ子の夫の西ヶ谷巌《にしがやいわお》、それと都内に住む親戚が三人。

つまりは内輪の面々である。さっきまで大広間へテーブルを運びこんだり、人数ぶんの椅子をならべたりと力仕事に精を出していたからか、部屋全体の気温が高い。むっとしている。もちろん壁の化粧暖炉に置かれたガス・ストーブがしゅーっと音を立てて焚かれているのも一因なのにちがいないが。

(暑いな)

寛は立ったまま、着物の袖でひたいの汗をぬぐい、

(あいつ、来るかな)

日が暮れると、呼び鈴が鳴った。

女中が玄関を出て、門へ走って行く音がした。

話し声が聞こえる。長い時間ではない。女中の足音がゆっくりと戻り、玄関を上がり、ドアをあけて顔を出した。

「誰だい」

と聞くと、女中は、

「永田さんです」

「ああ、元大映の」

「菊池先生によろしくって、果物一籠《ひとかご》をいただきました。お引き止めしたんですが、お帰りに
……」

「うん、いいよ。彼も追放中の身だしね。あとで礼状を書いておくよ」

次の客は、玄関に来た。

寛はホールで出迎えた。背広姿の、やたらと背の高いアメリカ人だった。長い手足をぽきぽき折るようにして靴をぬぎ、ホールに上がるや、寛へ右手をさしだして、

「やあ、キクチサン」

「やあ、ロバート。よく来てくれた。きょうは仕事を忘れて飲食してくれ」

英語で言った。相手は青い目でウィンクして、

「サンキュー。そうさせてもらうよ。これは差し入れだ。いっぺんに飲んだら体に毒だよ。はっはっは」

なぜか爆笑しつつジョニー・ウォーカーのびんを一本、寛の胸に押しつけた。

ロバート・ボイド。アメリカの情報機関である中央情報局、略してCIAの職員である。公職追放を受けてもなお大衆に人気のある寛がふたたび軍国主義的な発言をしているかどうか、反民主的な政治活動をしているかどうか、監視するのが任務である。

本来はまあ目ざわりな存在なのだけれども、そんな活動はする気もないし、しじゅう顔を合わせるうち、すっかり仲よくなってしまった。最近ではかえって寛のほうがＧＨＱの今後の政策に関する非公開情報を教えてもらうこともあるくらいで、この日もロバートの心づもりは「仕事を忘れて」はあり得ないにしろ、「そうさせてもらう」もまた嘘ではないといったところか。

要するに、ひとりのパーティの客。と、背後の、大広間へ通じるドアがひらいて、ナナ子が、

「お父さん、もうお料理の支度できたけど……」

「そうか。じゃあ始めよう」

応接間の男たちに声をかけ、全員ぞろぞろと大広間に入った。

大広間には、テーブルが三つ。いちばん台所に近いそれには女子供が着席した。包子、瑠美子、ナナ子、貴美、夏樹、それと英樹の妻であり夏樹の母である百々生。

その手前のテーブルには一族の男たち。藤澤閑二、西ヶ谷巌、都内に住む親戚三人。英樹だけは長男ということで、ここではなく、寛とおなじテーブルのほうに席を占めた。

寛のテーブルは、いちばん大きなものである。寛、英樹、ロバート・ボイド、あと誰もいない椅子がふたつ。

（あいつ、どうした）

着席が終わると、寛は立って、

「諸君、来てくれてありがとう。きょうは僕の快気祝いだ。女たちも遠慮せず食ってくれ。ただし食いすぎて胃カタルにならないように」

一座を笑わせてから、ビールの入ったコップを掲げて、

「乾杯！」

パーティが始まった。まもなく呼び鈴が鳴る。

（来た）

寛は腰が浮きそうになったが、がまんしていると、女中が猫背の男をつれて入って来た。寛は目を輝かせて、

「これはこれは、大堀さん。うれしいなあ」

寛の主治医、大堀泰一郎《たいいちろう》である。空席のうちのひとつに腰かけて、寛に向かって軽い口調で、

「ご体調は？」

「だいじょうぶですよ。ほら、このとおり。あなたのおかげで……」

「ちがいます」

「え？」

「奥さんですよ。奥さんのおかげ」

テーブルの上には鮨、サンドイッチ、ビフテキなどの大皿がひしめいている。大堀は鮨に手をのばした。あんまりうまそうに食うのでロバートまでが興味を示し、ぎくしゃくと箸を使ってトロの鮨をぽいと口へ入れる。

寛も、食べたくなった。

生ものは控えておくつもりだったが、女中を呼んで、いくつか小皿に取らせ、平目《ひらめ》の鮨をつか

んで食った。信じられないくらいうまかった。

女たちのテーブルから、貴美の声が、

「おじいちゃん、手を洗ったの？」

寛はにっこりして、

「手で食って死んだやつはいないよ」

ビフテキも小さい一きれを試してみたが、胃は痛まず、気分も悪くならなかった。こいつはいいと寛は思った。テーブルごしに英樹がロバートと話している。理数系のくせに流暢な英語。鹿島建設の技師だから仕事で使うのかもしれないが、結局は、

(僕の、血だ)

それでもやはり、結局は、残るひとつの空席に目が行ってしまう。窓の外はもう暗いのに、あいつめ、まだ来ないのか。ひょっとしたら来る気がないのか。校了前で忙しいのかもしれないが、でも、あいつはもう現場の人間じゃない。編集局長だ。ちょっとくらい抜け出したっていいじゃないか。きょうのことは人を通じて知らせておいた。知らないはずはない。まさか伝わっていないのか。

「暑いな」

つぶやいて冷たいビールを口にしたとき、また呼び鈴が鳴った。

きょうだけで何度目だろう。寛は、

「来た」

声が出た。女中が外へ出て行く音がした。がまんできない。がたっと音を立てて立ちあがり、西側のドアをあけ、玄関ホールに出た。

門のほうで声がする。こっちへ近づいて来る。まちがいない、あいつだとわかると急にきまりが悪くなった。

大広間へ戻ろうと思ったが、その暇がなかった。玄関ドアが静かにひらいて、なつかしい広大なひたいと横ながしの黒髪の顔が、

「池島です。遅れちまってすいません。記事の差し替えの相談してて……」

と言ったときには寛はひとりでダンスのステップを踏んでいる。

ダンスは、戦前からやっている。片手で見えないパートナーの腰を抱き、もう片方の手をたかだかと上げ、大広間から聞こえる音楽に合わせて寄木細工の床《ゆか》を鳴らしている。きゅっと体の向きを変えて、そっけなく、

「君、来たの」

それから大広間のほうを手で示して、

「ビールあるよ。僕みずから栓を抜こうか」

「え？」

「何でもない」

池島信平が大広間に入り、最後の空席を埋める。ほかの客へ、

「いや、皆さんお久しぶり」

挨拶しながら自分でビールの栓を抜き、コップについで飲みほした。まるで寛の若いころのように、こだわりのない態度だった。寛は、

「腹へったろう。ゆっくり食べなさい」

と言ったくせに、池島が鮨を三つばかり食ったらもう立ちあがって、全員へ、

「僕はちょっと疲れたよ。中休みにしたい。みんなはゆっくりしてほしい。ロバート」

「うん？」

「池島君」

「はい」

「それに大堀さんと閑二君。君らは僕といっしょに応接間に来て、話し相手になってくれ」

さっさと玄関ホールに出て、左の奥のドアをあけ、先ほどの応接間へ入って座った。あとから指名を受けた四人が来る。いちように「なんで呼ばれた」という顔をしている。かすかにガスのにおいがしているのは、化粧暖炉のガス・ストーブの火を入れっぱなしにしていたのである。

寛はそれにいちばん近い席を占め、女中を呼んでサンドイッチを運ばせた。

ロバートの差し入れのジョニー・ウォーカーと、剣菱《けんびし》の一升びんも持って来させた。剣菱は古川ロッパから贈られたもので、ひょっとしたら贖罪《しょくざい》のしるしだったのかもしれぬ。ほかの四人も腰をおろした。寛はジョニー・ウォーカーの栓をあけ、水で薄めて、いっきにコップの半分ほど飲んでから、

「池島君。話がある」

池島は、寛の正面にいる。

「何です」

「こちらはＣＩＡのロバート・ボイド君。彼によれば、元大映の永田雅一君、追放解除になるそうだよ」

ロバートは青い目をぱちぱちさせた。剣菱をどっとコップに注いで、

「イエス、そのとおりだ。ほかの解除者との関係で実行は来月か再来月になるけれど、決定はもう動かない」

「そしてさ、池島君、ロバートはいずれ僕も解除になる見込みだって言うんだよ。今回の組には入らないが、遠からず」

池島は目を伏せて、

「知ってました」

サンドイッチに食いついた。寛は、

「へえ」

「ＧＨＱの民間情報教育局の方面から、ちらちらっと。きょうは僕もその話をしようと」

「どういうことかね」

「菊池さん」

池島はサンドイッチを食いかけのまま皿に置いて、寛を見つめて、

「解除になったら、会社へ戻ってくれませんか」

「えっ」

「佐佐木さんとも相談したし、鷲尾洋三君や澤村三木男君、千葉源藏《ちばげんぞう》君も賛成です。もちろん、この藤澤君も」

寛の横の藤澤閑二を手で示した。閑二は瑠美子の夫であり、寛にとっては義理の息子にあたるけれど、あの会社の社員でもある。小さくうなずいて、

「まちがいありません、お義父《とう》さん。いや菊池さん」

「僕が、会社に」

寛はつぶやいて、

「ほんとかね」

「ほんとうです」

「僕が……僕が」

信じられない。寛はどうしたらいいかわからず、尻をもぞもぞ左右に動かした。

もちろん下心のようなものはあった。この日、池島を来させたのも、この全快ぶりを見せたいからだった。もっともそれは、見せればまた「文學界」あたりの座談会へ呼んでくれるかもという程度の小さな希望、いわば一文士の希望にすぎなかったので、ここまで大それた話は考えていなかった。考えられるはずがなかった。

寛はぷいと横を向き、語気を荒げて、

「そんなはずないよ。僕は会社を捨てたんだ。こっちから縁を切ったんだ。佐佐木君なんかきっと内心じゃ軽蔑して……」

「ちがいます」

池島も、声を強めた。佐佐木は以前、言っていた。なるほど菊池さんは会社を捨てたが、それを言うなら自分も捨てたと。

自分の場合は戦時中、敗色濃厚になったころ。妻とともに伊東へ去った。社内の時局便乗派に追い出された面もあるけれど、自分自身、嫌気がさしたことも事実だったのだ。

だが寛は去らなかった。東京中にアメリカの爆弾が雨と降るようになっても疎開せず、家の二階に土嚢を積み、庭のプールをつぶして防空壕にして、日比谷の会社へ出勤しつづけた。そうして敗戦の日を全《まった》く会社とともに迎えたのである。池島はつづけた。

「いまじゃあ佐佐木さんも、正直に言って僕たちも、菊池さんへ言いたいことは山ほどあります。恨み言もいっぱい言いたい。でもそれ以上に、何ていうか、尊敬っていうかな……」

「尊敬じゃないのかね」

「楽しいんですよ。楽しいんだ、菊池さんと仕事してると。それだけけっ」

池島はとつぜん大声を出して、怒ったように横を向いた。

照れたのだろう。向いた先にはロバートがいて、怪訝《けげん》そうな顔をしている。池島は早口で説明した。池島は東京帝国大学の西洋史学科出身であり、大学ではイングランド中世の「大憲章《マグナ・カルタ》」を読んでいたくらいだから現代英語などお手のものである。

ロバートは、

「いいね」

破顔した。そのとなりの大堀医師も、

「無理しなければ、だいじょうぶでしょう」

太鼓判がぽんぽん押される。寛は着物の内側に汗をかいた。熱い汗だった。いきなり立ちあがって、

「失敬！」

応接間を飛び出した。

玄関ホールに出て、大広間へのドアが少しあいていたので顔だけ突っ込んで、

「失敬！」

応接間の反対側には階段がある。駆け足でのぼりながら、

「そうか。だからか」

ことばが出た。だから佐佐木は、あるいは会社の連中は、これまで毎号雑誌を届けてくれたのか。単なる儀礼的なものと思っていたけれど、その裏には、こんな意味があったのだ。

二階へ上がり、書斎へ入り、ベッドの横を過ぎ去って机の前に立った。机の上には書きかけの原稿と万年筆、たばこの吸い殻《がら》が山になった灰皿、それに「文藝春秋」最新号。

立ったまま手に取って、洋画家・安井《やすい》曾太郎《そうたろう》の筆になる、赤いセーターらしきものを着た女の表紙をまじまじと見て、

「は」

笑いが込み上げてきた。

「は、はは。はっはっは」

哄笑《こうしょう》になった。なんだ、ここにあったじゃないか。不易流行。時局と永遠。世に移り変わるものと変わらぬもの。

清水谷公園で家族でピクニックをしたとき、寛は、もしも新しい雑誌をやるなら誌名は「不易流行」にしたいと告げた。子供たちには反対された。英樹のごときは「僕なら買わない」とまで言ったものだが、何のことはない、自分はおなじ意味の名の雑誌をもう二十年以上も前からやっていたのだ。

そう、「文藝春秋」だ。春秋とはもともと季節の春と秋だったものが、転じて歳月そのもの、一時代そのものの意味になった語であるし、文芸とは言語による芸術をさす。芸術であるからには時を超えることをめざす。その両語の合成語。

なるほど創刊時には文芸系の雑誌だったけれど、のち総合雑誌にしたときもこの名前は変えなかった。それでよかったのだ。時局と永遠の二筋道《ふたすじみち》。二十年のあいだには良いこともあった。失敗もいろいろしたけれど、それでも結局、自分はこの素志《そし》を逸れることはなかった。自分の人生は文芸と春秋の人生なのだ。

「どうだっ。みんな」

ここにいない家族に向かってつぶやいた。もっとも、会社を捨てたのも家族のためだった。会社の累《るい》が家族に及ばぬよう、菊池家だけは安泰であるよう。

つまりは保身。そうだ。自分は保身のために一世の判断を誤った。そのことは否定しようもないのだ。

だが、それももう終わりだ。寛はそう思った。これからはまた文藝春秋社のために、いや新社のために働くのだ。もちろん社長というわけにはいかないだろう。一兵卒。それでいい。一兵卒として池島君に企画を出そう。どんなのがいいか。敗戦によって没落した旧華族たちの座談会なんてどうだろう。あるいは専門の医者に依頼して、結核予防ワクチンＢＣＧは法律で接種を強制すべきか否かを書かせたりとか。

そうそう、それと、芥川賞と直木賞。あの正賞はどうするんだ。もともと受賞者には外国製の懐中時計を贈呈していたが、戦時中に買い置きがなくなって、かわりに陶製の硯《すずり》を贈呈した。硯自体は河井寛次郎《かわいかんじろう》の作だから恥ずかしいものでは決してないが、やはり時計とは権威がちがう。彼らには改めて時計を贈ったらどうだろうか。

いや、それを言うなら、そもそも賞自体が中断されている。まず復活させなければ。選考委員は誰がいいか。選考の場所はどこにするか。とにかく、そう、これからがほんとうの菊池寛の時代の始まりだ。第二期菊池寛の到来なのだ。

寛は、立ったままだった。

書斎は寒かった。ガス・ストーブは置いてあるが、スイッチを入れていなかったのだ。

着物の内側の汗がにわかに冷えて、体がぶるっとして、

「はっ」

息をのんだ。

胸が、締めつけられた。

締めつけは一瞬で強くなり、痛みになった。奥歯を埋まるほど咬《か》んだ。猛烈に吐き気がした。胃ではない。心臓だ。これまでの発作とは比較にならない。寛は雑誌を机に置き、体を折り、左の胸を手でおさえた。

レモンしぼり器。

脳裡にその姿が浮かんだ。金属製の二枚のスプーン状の道具。櫛切りのレモンをはさんでグリップを握ると、ぐしゅっとつぶれて果汁がしたたった、あのレモンのように心臓がつぶれる。破裂する。寛にはそれがありありと見えた。

立っていられない。しゃがみこんで、ドアに向かって、

「英樹！　英樹！」

ドアに近づいた。着物の裾を踏んで転びそうになる。どたどたと階段のほうで音がして、ドアがひらいて、二十六歳の長男が入って来た。

つづいて大堀医師、藤澤閑二。みんな何か叫んでいるが、聞こえない。両ひざをついた。そのまま前のめりに倒れてしまいそうだったが、

「お父さん！」

包子の声だった。

大堀医師らを押しのけて入って来て、寛の前にしゃがみこんだ。寛はその両肩へ手をかけた。包子が背中に手をまわすのがわかった。体がそこだけ暖かくなった。寛は、

「かあちゃん、かあちゃん」

顔を上げた。妻の肩ごしにベッドの横のサイドテーブルが見えた。英語の本が二、三冊。電気スタンド。

緑色のシェードから金色《きんいろ》の房が垂れている。その房が、視界の中央だった。白い点があらわれた。点がピンポン球大になり、テニスボール大になり、さらに広がって四隅にまで達したとき寛の時代が終わり、寛が終わった。

初出
「寛《ひろし》と寛《かん》」　オール讀物二〇二二年七月号
「貧乏神」　オール讀物二〇二一年九・十月号
（掲載時「文藝春秋の貧乏神」を改題）
「会社のカネ」　オール讀物二〇二二年八月号
「ペン部隊」　オール讀物二〇二二年十一月号
「文藝春秋」　オール讀物二〇二三年一月号

門井慶喜（かどい・よしのぶ）
一九七一年群馬県生まれ。同志社大学文学部卒業。二〇〇三年、オール讀物推理小説新人賞を「キッドナッパーズ」で受賞しデビュー。一六年に『マジカル・ヒストリー・ツアー　ミステリと美術で読む近代』で日本推理作家協会賞（評論その他の部門）、同年咲くやこの花賞（文芸その他部門）を受賞。一八年に『銀河鉄道の父』で直木賞を受賞。著書に『家康、江戸を建てる』『ゆけ、おりょう』『東京、はじまる』『地中の星』『信長、鉄砲で君臨する』『江戸一新』など多数。その他、ルポ『ぼくらの近代建築デラックス！』（万城目学氏との共著）、エッセイ集『にっぽんの履歴書』、新書『東京の謎　この街をつくった先駆者たち』など幅広く活躍する。

この物語は、史実に基づくフィクションです。

文豪《ぶんごう》、社長《しゃちょう》になる
二〇二三年三月十日　第一刷発行

著　者　門井《かどい》慶喜《よしのぶ》
発行者　花田朋子
発行所　株式会社　文藝春秋
〒一〇二‐八〇〇八
東京都千代田区紀尾井町三‐二三
☎〇三‐三二六五‐一二一一

印　刷　凸版印刷
製　本　加藤製本
組　版　萩原印刷

ISBN978-4-16-391667-5